World Classics Courses
{ 美国卷 / American Volume }

世界名著大师课

柳鸣九　王智量　蓝英年 ——————— 主编

目录
Contents

001
◆
《红字》
隐秘的罪恶与灵魂的净化
季 进

027
◆
《白鲸》
在惊涛骇浪中的疯狂复仇之旅
刁克利

047
◆
《汤姆叔叔的小屋》
一部引发南北战争的小说
刁克利

067
◆
《草叶集》
以诗歌去塑造包罗万象的"自我"
王敬慧

097
◆
《小妇人》
女性的成长之路与隐秘的情感纠葛
生安锋

115
♦
《汤姆·索亚历险记》
"熊孩子"如何演绎奇妙人生
刘洪涛

139
♦
《哈克贝利·芬历险记》
追求自由的冒险生活和种种奇遇
刁克利

167
♦
《欧·亨利短篇小说集》
"泪中带笑"的黑色幽默故事
生安锋

193
♦
《了不起的盖茨比》
富丽奢华背后的孤独与幻灭
赵国新

219
♦
《飘》
乱世佳人的爱恨情仇与命运沉浮
王敬慧

247
◆
《永别了，武器》
战火纷飞中的爱情与悲剧
陆建德

265
◆
《老人与海》
人可以被毁灭，但永远不能被打败
陆建德

283
◆
《麦田里的守望者》
出走少年的精神成长之路
但汉松

311
◆
《夏洛的网》
拯救一头小猪的意义
严　锋

329
◆
《神州集》
中国古典诗与美国现代诗的完美融合
赵毅衡

《红字》
隐秘的罪恶与灵魂的净化

The Scarlet Letter

苏州大学·季 进

纳撒尼尔·霍桑

📖 作品介绍

《红字》是美国浪漫主义作家纳撒尼尔·霍桑创作的长篇小说。《红字》讲述了一段发生在北美殖民时期的恋爱悲剧。女主人公海丝特·白兰嫁给了年老的医生齐灵窝斯，他们之间并没有爱情。在齐灵窝斯失踪的一段时间里，孤独的海丝特与牧师丁梅斯代尔相爱，两人还生下一个女儿。后来，海丝特因为此事被当众惩罚，并被戴上标志着"通奸"的红色Ａ字示众，即便如此，海丝特仍拒不说出谁是孩子的父亲。齐灵窝斯的心中妒火燃烧，他决心要不惜一切代价，狠狠地报复海丝特和她的情夫……《红字》涉及了当时严肃而敏感的婚外情话题，还触及了当时进步的女性主义思想，霍桑的这部小说也是对当时北美清教思想的一种颠覆和挑战。象征手法的运用是《红字》的一大特色，因此它被称为"美国文学史上第一部以象征手法创作的小说"。

✒ 《红字》思维导图

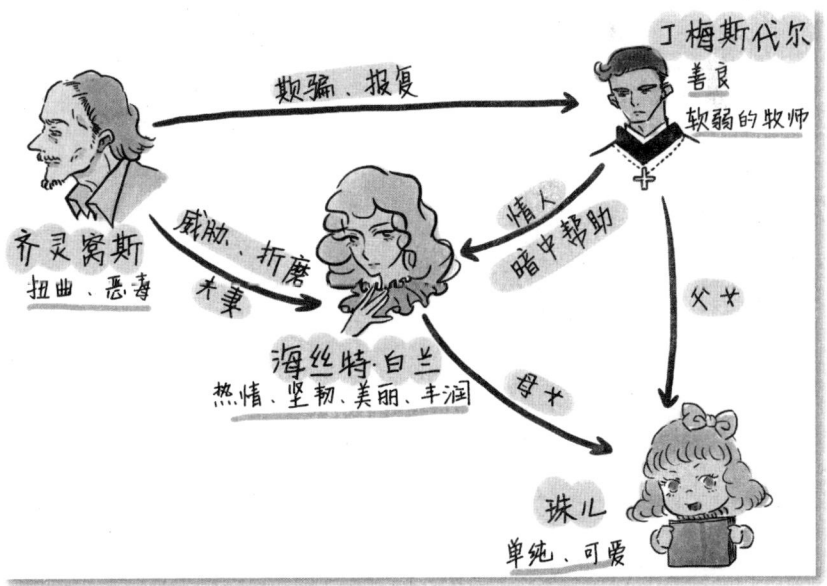

第一节
一段推翻传统套路的爱情故事

提起纳撒尼尔·霍桑,也许大家有些陌生,但说到他的作品《红字》,大家就非常熟悉了。《红字》作为美国浪漫主义小说的代表作,问世之初就在世界文坛上引起了巨大的轰动,之后又影响了包括海明威在内的一系列在文学上卓有建树的作家。直到今天,它仍然吸引着一代又一代的读者。《红字》还被多次改编为电影搬上银幕,受到了观众的欢迎与喜爱。这样一部不足二十万字,并且距今已有170年历史的作品,为何拥有这样经久不衰的生命力呢?它的魅力究竟在哪儿?

小说的开头描写了整个故事的背景:

> 新殖民地的建设者,无论他们原意是怎样计划着人类美德与幸福的乌托邦,可总是从一开始,便在实际的需要中,认为一定要划出一部分处女地作为墓地,另外还划出一部分作为监狱的地基。
>
> 在这所丑陋的监狱大厦前面,有一块草地,丛生着难看的杂草,但是在门口的一边,却有一丛野蔷薇,在这六月的时光,缀满精致的宝石般的花朵,使人想象,它对囚徒呈献出芬芳和娇媚,借以表示大自然对于他们还有怜悯,还有温存。

这个曲折哀婉、荡气回肠的故事,就从这里开始。

17世纪中叶的一个夏日的清晨，一大群波士顿居民拥挤在监狱前的草地上，目不转睛地盯着牢门。

牢门打开，一个年轻女人缓缓走到众人面前，她怀里抱着三个月大的婴儿，胸前佩戴着一个鲜红的 A 字。这就是我们故事的女主人公海丝特·白兰，那个小婴儿则是她的私生女，名叫珠儿。在绞刑台上，无论总督贝灵汉和牧师约翰·威尔逊怎样盘问，海丝特都宁可忍受屈辱，也始终拒绝说出孩子父亲的姓名。最终她被判处通奸罪，并将永远佩戴那个代表着耻辱的红字。

虽然在当今社会，通奸已远不是要戴罪终身的错误，但在 17 世纪的英属北美殖民地，通奸却是不可饶恕的重罪。其实，17 世纪的世界在今天看来，观念是非常保守的。当时的中国正处于明末清初时期，印度在莫卧儿王朝的统治之下，欧洲人虽然开始了文艺复兴，资本主义也有了发展，但是宗教氛围依旧非常浓厚。在当时的历史背景之下，在这片北美殖民地上，一位年轻美貌的女子因通奸被当众定罪是一件引人注目的大事。

而海丝特·白兰的丈夫也在围观人群中。齐灵窝斯是一位年老、残疾的医生，之前因为被异教徒俘虏和囚禁，失踪了很长时间。正是在这段时间里，海丝特·白兰与年轻的牧师丁梅斯代尔相爱了。

齐灵窝斯回到这片殖民地之后愤怒地发现，自己已经被戴了绿帽子，而且还闹得众人皆知。他假装不认识海丝特·白兰，向围观的居民打听了事情的原委，并且假扮成医生在监狱中与海丝特·白兰见面。齐灵窝斯威胁她绝不能向任何人透露他们俩的夫妻关系，并逼迫她说出情夫的名字。但海丝特·白兰态度强硬，拒绝把对方的名字告诉丈夫齐灵窝斯。齐灵窝斯只能愤怒地离开。妻子的隐忍使他内心里复仇的火焰烧得更旺，他决心不惜一切代价，狠狠地报复海丝特和她的情夫。

在海丝特·白兰生活的教区有一位年轻有为的牧师，名叫丁梅斯代尔。自从海丝特·白兰出事之后，丁梅斯代尔的脸色就莫名变得憔悴、苍白，还会不时流露出痛苦绝望的神情，仿佛在承受着巨大的折磨。

如果说在自己管理的教区中，有人做出了不堪的事情，牧师理应感到难过。但为了一个不熟悉的女人伤心到这样的地步，显然超出了一位牧师的职责。齐灵窝斯注意到这一点之后，伪装成丁梅斯代尔的个人医师和知心朋友，想趁机弄清楚他与海丝特·白兰之间是否真的存在着不同寻常的关系。

有一天，齐灵窝斯终于等到了一个机会。那一天正午，丁梅斯代尔非常困倦，倒在椅子上迷迷糊糊地睡着了。齐灵窝斯走进他的卧室，轻轻上前，解开了他的法衣。在丁梅斯代尔的胸膛上，赫然有一个血红的 A 字——那是丁梅斯代尔为了惩罚自己，故意烙在身上的。齐灵窝斯兴奋地战栗起来，几乎要发狂。

现在奸夫已经找到了，接下来该怎么办呢？把消息公布出去毁了他的名声吗？还是直接拿刀杀死他以泄心头之恨呢？在齐灵窝斯看来，这些都太便宜他了。在齐灵窝斯心底，这些都不足以弥补自己曾经受过的屈辱。他想要一点一点地报复丁梅斯代尔，控制他，折磨他，让他崩溃、发狂，最终让他在无穷无尽的悔恨中极度痛苦地死去。

很快，齐灵窝斯就将自己的决定付诸行动。一方面，他利用丁梅斯代尔对他的信任，让对方和自己交心；另一方面，他又用言语和行动，摧残着对方的精神。而可怜的丁梅斯代尔却没有任何怀疑，仍旧将齐灵窝斯当成自己最要好的朋友与最信任的人。与此同时，海丝特·白兰已经出狱，她带着小珠儿搬到了一所海边的茅屋居住，靠做针线活赚取微薄的收入，与珠儿过着离群索居、深居简出的生活。

这样的情形一直持续到了珠儿7岁那年。在这些年里，珠儿从一个小婴儿长成了活泼动人的小姑娘，曾经光彩照人的海丝特·白兰也已经变成了一个简朴勤劳的妇人，她除了一心一意地照顾小珠儿，还尽自己所能去帮助穷苦的人。

丁梅斯代尔牧师在圣职上大放异彩，获得了众人的尊敬，但这并没有让他获得丝毫解脱，反而加重了他的负罪感。而原本就饱经沧桑的齐灵窝斯也更老了，他的面孔已经被仇恨和疯狂扭曲，先前那种聪慧好学的品格、平和安详的风度已经荡然无存。海丝特·白兰发现，复仇的欲望已经冲昏了齐灵窝斯的头脑，这将会毁掉他和丁梅斯代尔两个人的人生。于是，海丝特·白兰决定将齐灵窝斯的真实身份告诉丁梅斯代尔。

海丝特·白兰与丁梅斯代尔见了面，他们倾诉着几年来心底的秘密和彼此内心的痛苦。丁梅斯代尔告诉海丝特，虽然他没有公开佩戴红字，但是，那种痛苦无时无刻不在拷问着他的灵魂。

此时，海丝特·白兰才意识到，原来自己的受刑和齐灵窝斯的折磨让丁梅斯代尔受到了这么大的伤害。她劝丁梅斯代尔和自己一起离开这里，避开知道这件事的所有人，包括齐灵窝斯，然后他们可以开始一段新的生活。丁梅斯代尔犹豫着，他是应当承认自己的罪行然后逃走，还是继续留下来和以前一样当一个伪君子呢？最后，丁梅斯代尔决定，要和海丝特一起离开。

在海丝特·白兰的鼓励下，丁梅斯代尔重新拥有了开始新生活的勇气和希望。恰好有一艘停泊在港湾的船，三天之后就要出发去英国。丁梅斯代尔决定，演讲完庆祝布道后，他们就乘坐这艘船去欧洲。

新英格兰的节日如期而至，丁梅斯代尔牧师的演讲马上就要举行了，海丝特·白兰带着小珠儿来到市场，她的脸上满是不安与兴奋。

"再最后看一眼这红字和佩戴红字的人吧！"她在心中快乐地想着，"再过一段时间，她就会远走高飞了！那深不可测的大海，将把你们在她胸前灼烧的标记永远淹没无存！"

故事到这里本该结束了，在我们的想象中，海丝特带着珠儿与丁梅斯代尔一同登上开往英国的轮船，将所有的痛苦与屈辱远远地抛在身后。他们会在新的地方安家落户，像童话里经常用的那个结尾一样，"从此过上了幸福快乐的生活"。

然而很遗憾，就像人们常说的那样，梦想很美好，但是现实很残酷。正当海丝特沉浸在喜悦中时，那艘即将前往英国的轮船船长走过来，告诉海丝特·白兰，齐灵窝斯也将搭乘这艘船。

海丝特·白兰彻底绝望了，而这最后沉重的打击也终于击垮了刚刚燃起希望的丁梅斯代尔。他内心的负罪感和良心的谴责最终压垮了他。他决定，要将一切难以启齿的过往讲出来，让自己曾经隐藏的罪恶全部暴露在天光之下。他要在世人和上帝面前真诚忏悔，赎清自己曾犯下的罪。

于是，在他的布道大获成功之后，丁梅斯代尔由齐灵窝斯陪伴着慢慢走入人群。他面色惨白，步履踉跄，濒临崩溃。人人都为他精彩的布道而欢欣鼓舞。然而，就在经过绞刑台的时候，丁梅斯代尔突然挣脱了齐灵窝斯的束缚，在海丝特·白兰的搀扶下登上了绞刑台。他攀着海丝特，拉着珠儿，屹立在绞刑台上，既羸弱，又坚定。他的心情激动而又急迫，惨白的面庞也泛出了红光。终于，他在众人面前开口宣布：他就是海丝特的情人、小珠儿的父亲——一个通奸犯。

将这个埋藏了 7 年的秘密公之于众后，丁梅斯代尔猛地扯开法衣的饰带，露出了那个象征着罪孽的血红的 A 字。在众人的惊惧与议论声中，饱受摧残的丁梅斯代尔倒在海丝特的怀里死去了，他得到了解脱，也得到了救赎。

7年来，齐灵窝斯把复仇当作生活的唯一目的，可是当他获得胜利之后，他的生命反而迅速地枯萎了，因为他的心灵失去了寄托。不到一年，齐灵窝斯也死了，他把自己的财产赠给了小珠儿。不久，海丝特·白兰带着小珠儿离开了这里。红字的故事渐渐变成了传说。

许多年以后，在大洋的另一边，小珠儿出嫁了，过着非常幸福的生活，而海丝特·白兰又回到了波士顿，胸前依旧佩戴着那个红字。这里有过她的爱情，她的罪孽，这里有过她的悲伤，这里也有过她的忏悔。

又过了许多年，在一座下陷的老坟附近，多了一座新坟。两座坟共用一块墓碑。上面刻着这么一行文字：

一片墨黑的土地，一个血红的 A 字。

《红字》的故事，到这里就结束了。这是一个令人唏嘘的故事，一个悲剧，就像鲁迅先生说的，悲剧就是"将人生的有价值的东西毁灭给人看"。作者霍桑是个怎样的人？为什么会写出这样的书？这本书又用了什么特别的艺术手法呢？

第二节
世俗的评判标准是恒定不变的吗

《红字》的故事发生在17世纪英属北美殖民地。此时,宗教在西方世界占有重要的地位。在人类历史发展步入现代社会之前,宗教一直是西方人民生活中不可或缺的一部分,他们的政治、经济、文化、生活都与宗教有着密切的联系。

18世纪之前,西方政权的更迭都是与宗教捆绑在一起的,甚至在他们的历史、文化典籍中,也处处显示出宗教的影子。而这些宗教中最为重要的一支,便是基督教。

基督教是如今世界上信众最多的宗教,与伊斯兰教和佛教并称世界三大宗教。基督教于公元1世纪发源于罗马的巴勒斯坦省,也就是今日的以色列、巴勒斯坦和约旦地区。它建立的根基是耶稣基督的诞生、传道、死亡与复活,经典文献是《圣经》。基督教主要有天主教、东正教和新教三个分支,其中新教出现的时间最晚,它是在16世纪宗教改革中应运而生的。

研究西方文学,往往难以脱离宗教背景去看待作家、作品。《红字》的故事发生在17世纪中叶的英属北美殖民地,一个清教氛围浓郁的地方,而作者霍桑本人,也深受清教思想影响。

殖民地的建立,一方面与资本主义的诞生和大航海时代的到来有关,另一方面也与宗教冲突有关。可以说,北美殖民地的开辟,是历史与时代发展的必然结果。由于独特的地理、气候因素,西方很早就开始与海洋打交道,发展商品经济,并建立起相应的政治制度,这也催生了相应的文化,形成了海洋文明。

5世纪左右，西方进入黑暗的中世纪。经历了近千年的压抑之后，人们解放天性的需求如同岩浆般喷涌而出，势不可当，终于迎来了文艺复兴的曙光。人们开始追求现世享乐，实现自我价值，这就唤起了人们对于财富的渴望。商品经济不断发展，资本主义也开始萌芽、生长。

到了15世纪，科学技术的发展让人们具备了远洋航行的条件，人们开始去海外寻求财富。由此，西方逐渐进入了大航海时代。在当时，风靡欧洲的《马可·波罗游记》还掀起了一股"东方热"。

在这本书中，古老的东方被描述为一片繁华富庶之地，其中一个故事记录了一座位于日本的宫殿，这座宫殿居然是用纯金打造而成的。这种夸张的描述激起了西方人对于东方的强烈向往。于是，大批西方商人登上了轮船，前往东方寻找财富。

当时从西方到东方的商路很少，且必须经过直布罗陀海峡。但坐落在该海峡周围的奥斯曼土耳其帝国崛起之后垄断了商路，不允许他国船只通行。在这种情况下，西方国家不得不开辟新的航路。这一时期也涌现出了一大批著名的航海家，我们熟知的哥伦布就是其中一位。其实他的初衷不过是开辟一条通往东方的新商路，却偶然间发现了美洲大陆。

根据哥伦布随行船员的描述，他们登上了北美洲，看见了葱郁的丛林、清澈见底的溪流。那里的原住民印第安人相信"万物有灵论"，他们崇敬自然，对自然界的一草一木、一山一石都无比敬畏。

这样一片远离世俗的伊甸园，为何会在后来沦为欧洲国家的殖民地呢？

当我们把视线转移到17世纪的英国，就会明白其中的原因。相较于其他国家，英国的资本主义经济产生的较早，势力也比较强大。17世纪英国就进行了资产阶级革命，建立了资产阶级政权。以利润最大化为目标的资本主义经济，要求资本家们通过不断拓展新的渠道来获得优质的商品以及广阔的商品市场。因此，英国在这时开始对外殖民扩张也就不奇怪了。

殖民地建立的另一个原因是宗教冲突。16世纪，欧洲爆发了轰轰烈烈的宗教改革。德国的马丁·路德掀起了宗教改革运动之后，新教的势力日益壮大。新教中有一个派别叫加尔文教，在英国被称为清教。清教徒们对英国的宗教现状极度不满，他们认为，英国国教成了维护国王统治的工具，教会内部腐朽不堪，因此应当清除英国国教中的天主教残余，废除主教制。清教徒们还要求减少宗教节日，提倡勤俭节约，反对纵欲奢华。

拥有不同宗教信仰的人往往难以和平共处，尤其是当这信仰还与政治利益相关的时候。

清教徒的主张引起了天主教徒的强烈抵制，天主教徒对清教徒进行了残酷的迫害。1620年，一批遭到严重迫害的英国清教徒乘坐"五月花"号轮船离开英国，前往北美大陆，也正是在这艘船上，他们签署了著名的《五月花号公约》。这份公约成为美国日后无数自治公约中的首例，它的签约方式及内容代表着"人民可以由自己的意愿来决定自治管理的方式，不再由人民以上的强权来决定管理"。清教徒开创了一个自我管理的社会结构，在王权与神权统治的时代代表着民主的信念在萌芽。

《五月花号公约》写道："为了上帝的荣耀，为了增加基督教的信仰，为了提高我们国王和国家的荣耀，我们漂洋过海，在弗吉尼亚北部开发第一个殖民地。我们这些签署人在上帝面前共同庄严立誓签约，自愿结为民众自治团体。为了使上述目的能得到更好的实施、维护和发展，将来不时依此而制定颁布被认为是对这殖民地全体人民都最合适、最方便的法律、法规、条令、宪章和公职，我们都保证遵守和服从。"

早期统治英属北美殖民地的清教思想，在一定程度上可以说是自由、开放的，但实际上，自由并不意味着为所欲为。美国清教主义从一开始就是一种精神运动，它不仅仅是一种宗教信仰，而且还是一种极端民主与共和的理论。

清教徒们在自己的祖国遭受迫害，对英国严酷的社会现实产生强烈的不满，移民到北美之后，他们希望从此能够按自己的意愿信仰上帝。于是，他们致力于建立一个乌托邦式的重视伦理和精神生活的社会模式。他们崇尚的自由，涵盖了广泛的道德含义。他们严厉地斥责和惩罚任何破坏和蔑视这种自由信念的行为。

所以，我们就不难理解为什么霍桑在《红字》开头写道："新殖民地的建设者，无论他们原意是怎样计划着人类美德与幸福的乌托邦，可总是从一开始，便在实际的需要中，认为一定要划出一部分处女地作为墓地，另外还划出一部分作为监狱的地基。"由此也不难理解，为什么海丝特会因通奸罪在众人面前接受审判，并且终身佩戴屈辱的红字了。

除了重视伦理、崇尚自由，清教徒还是创业精神的代言人。他们认为，人要想开创事业，必须要禁欲和俭省节约，并限制一切纵欲、享乐，甚至消费行为。他们崇尚商业和工业活动，在商业中诚实守信、珍视信誉、绝不坑蒙拐骗。清教徒企业家不仅追求利润最大化，而且具有回馈社会的意识，担当社会责任、维护社会公正，为社会公益事业做出了巨大贡献。

清教徒无论从事商业贸易还是生产耕种，都具有排除万难的勇气和信心，他们善于创造和创新，不断地开拓和征服。他们身上的这种精神，后来被称为"清教徒精神"。

在这一批勤劳能干的英国清教徒的共同努力下，英属北美殖民地蓬勃地发展了起来，并为之后美国的建立打下了坚实的基础。

第三节
面对"不伦之恋",作者持怎样的态度

霍桑的人生经历与《红字》有什么关联吗?前面我们讲到,一批英国清教徒因为深受迫害,乘坐"五月花"号抵达了北美。而在这群英国人中,就有霍桑的五世祖。在他的影响下,霍桑的整个家族世代都是虔诚的清教徒。

霍桑有两代长辈都曾担任马萨诸塞州权力机构中的重要职位。其中一位是马萨诸塞州殖民地议会的首任议长,名叫威廉·哈桑,因为参与迫害辉格党而臭名昭著。另一位是他的叔叔约翰·哈桑,曾任地方法官。1692年,在马萨诸塞州的塞勒姆镇发生了历史上著名的"驱巫案",约翰在该事件中担任法官,表现出了他的宗教狂热及残酷无情。

这样一个宗教氛围浓郁的家族,对霍桑造成了两方面影响。一方面,霍桑的一生深受清教影响。有人说,原生家庭对孩子的影响往往是一生的,更何况是这种世代相传的家族风气。而且在马萨诸塞州这个地区,宗教与人们的生活联系非常紧密,有些时候,宗教甚至等同于法律,具有至高无上的权威和效力。

但另一方面,霍桑在年幼时就已经意识到,清教思想在某种程度上是对人的尊严的一种残酷践踏。他对祖先们的某些行为感到羞愧,甚至深深自责,于是他在自己的姓氏 Hathorne(哈桑)里加入一个"w",变成 Hawthorne(霍桑),以此将自己和罪孽深重的祖先区分开。

所以我们不难发现,在霍桑的作品中总是既带有清教主义思想,却又

模糊地流露出一些反清教主义的倾向。这是不是意味着，认识到清教的本质之后，霍桑最终可以成长为一个反宗教的倡导者呢？恐怕不是的。相反，他终其一生都没能摆脱清教的影响。

我们必须认识到，霍桑的道德观是建立在宗教教义基础上的道德观。对于祖先们的所作所为，他虽然感到愧疚，但这愧疚仍然局限于宗教范围内。清教思想中的"原罪"意识在霍桑的道德观中占据核心地位。对于海丝特与丁梅斯代尔的爱情，他尽管怀有同情甚或是赞颂的态度，却仍免不了用"罪"去定义它。

这种"原罪说"根植在霍桑的心中，深刻地影响着他此后数十年的创作生涯。他认为每个人都有隐秘的罪恶，外表的纯洁不过是一种假象。所谓的正人君子，只不过是用各种各样的欺骗形式把罪恶隐藏起来罢了。

无论是海丝特·白兰这样的殉道者，还是像罗格·齐灵窝斯那样畸形毒辣的人，无论是受人尊敬的牧师丁梅斯代尔，还是绞刑台前的普通看客，在霍桑眼中，几乎每个人都是有罪的。只不过有些人的罪恶是公开的，如海丝特·白兰；有些人的罪恶是隐秘的，如牧师丁梅斯代尔；而更多的人没有意识到自己的罪恶，如齐灵窝斯，他一直以受害者自居，被复仇的怒火烧昏了头脑，最终犯下了不可饶恕的罪中之罪——摧毁他人的灵魂。只有海丝特·白兰和丁梅斯代尔的女儿珠儿几乎是完美无瑕的，她象征着作者的宗教理想。

有了原罪，便要赎罪。霍桑主张通过善行和自我忏悔来洗刷罪恶、净化心灵，从而得以赎罪。他认为自己祖先们的恶行也是一种原罪，因此他要不断地替祖先们赎罪。

《红字》的写作初衷便是基于这样的观念，这也反映在主人公们的命运中。海丝特·白兰出狱后，本可以到别的地方开始新的生活，然而她不愿意离开新英格兰，因为这里曾是她犯下"罪孽"的地方，她应该在这里受尽人间的惩罚，洗清自己的罪过。

于是她搬到海边一座远离尘嚣的茅屋，在漫长的 7 年里，克服了孤独寂寞与他人的蔑视，靠刺绣和缝衣赚取微薄的收入养活珠儿，并不断接济穷人，积德行善。她的勤劳与善良终于减轻了她的"罪恶"，"净化"了她的灵魂，使她受到了人们的喜爱和尊重。

还有小说中的男主人公丁梅斯代尔，作为一位牧师，在政教合一的新英格兰殖民初期，丁梅斯代尔享有很高的社会地位，但他却因为自己的"罪行"，不仅受到疾病的困扰，还受到灵魂的折磨。极度的悔恨使他的心灵得不到片刻的宁静。他清楚自己的"罪孽"，但又不愿失去自己的名誉、信用和地位。多年来，丁梅斯代尔的良心一直不能战胜伪善、自尊和自私，只能用对肉体的惩罚来减轻自己灵魂的负担。

但是，肉体的痛苦无法使他净化自身，更无法使他获得心灵的解脱。在绞刑台上的最后一幕，丁梅斯代尔放弃出逃，勇敢地与海丝特、珠儿站在一起，当众承认了自己的"罪行"。他揭去了自己正直清白的面纱，袒露自己掩藏在法衣里的红字，以生命为代价，与海丝特"用这一切悲苦彼此赎救了"。

霍桑通过丁梅斯代尔的悲惨经历告诫人们："要真诚，要真诚，一定要真诚。即使不把你的最坏之处无所顾忌地显示给世人，至少也要流露某些迹象，让别人借以推断出你的最坏之处。"但这种强烈的宗教情结也导致了霍桑的唯心主义倾向。当时的社会正处在资本主义发展初期，经济迅速发展，社会结构也在发生着重大的变化和调整。但在霍桑看来，技术的进步和各种先进机器的使用，不但不能改善社会的道德面貌，反而会使人陷入更深的"罪"的旋涡。霍桑认为，一切社会问题的根源不在物质生活中，而在人们心中。根据霍桑的观点，解决一切社会问题都需要从"恶"入手，这种观点也在他的作品中被充分展现出来。

此外，在霍桑创作《红字》的同时，美国第一次妇女大会恰好在纽约州召开。在这次大会上，女权主义者们提出了女性和男性财产权不平等的问题，他们指出当前法律和社会对待女性非常不公正，因为女性"一旦结婚，在法律的角度看如同死亡。他（丈夫）拿走了她所有的财产权，甚至她所赚取的工资"。他们提出，女性和男性应该平等地工作，以便从经济的层面摆脱对男性的依附。

在某种程度上，霍桑对于男女平权持有肯定态度。他塑造了海丝特·白兰这样一位特殊的女性。海丝特付出劳动，达到了经济独立，从而获得了人格的独立。她用自己的实际行动赢得了人们的尊重，重新书写了自己的身份。

但是，对于男女性别分工这个问题，霍桑的观点还是相当保守的。他为海丝特找到了一种自我实现的方式，让她拥有了自己独立的人格和尊严，但海丝特所做的针线活本身却带有很强烈的性别色彩。在霍桑生活的时代，已经有部分女性开始挑战男权，从事在传统价值观念中男性才能从事的工作。但霍桑对这些"出格"的女性相当厌恶，并曾经因为看到女儿从事文学创作而大发雷霆，因此，他自然也不会为海丝特寻找某种超出女性领域的谋生方式。这也是霍桑思想上的一大局限。

因此，有人评价《红字》最大的特点就是含混，这与霍桑本人的经历有着密切的关系。既然霍桑拥有那么多缺点，他的作品也不是那么尽善尽美，我们为何还这么推崇他和他的作品呢？借用雷塔·科·戈林对霍桑的一句评价："霍桑在他小说中写的是他前面的时代，却也写的是他的时代，而我们今天读来发现他也写了我们的时代。"

为什么这么说呢？首先，霍桑虽然是19世纪美国的浪漫主义作家，但在他的文字中，已经隐隐流露出现代主义的某些特点。对于科学技术和资本主义的发展，对于个人在时代中所处的状态，霍桑进行了前所未有的深入思考。

霍桑所生活的年代正值美国工业革命时期，这场革命给19世纪美国社会生活的各方面都带来了深刻的影响。作家凭借敏锐的眼光和观察力，意识到人们对科学技术的狂热追求可能会导致危机，他在《胎记》等作品中表达了对这种危机的担忧，同时也提出了自己对人与科学之间关系的见解。在霍桑眼中，假使人们利用科学技术任意妄为，任由自己被欲望驱使，就会迷失自我，丧失良知。在霍桑所处的那个年代，这样的观念无疑具有前瞻性。

更加宝贵的是，霍桑在他的小说中表现出的矛盾和冲突，从某种意义上来讲，不是具体的某一个时代或者某一个国家的处境，而是整个人类社会面对的困局。霍桑在他的作品中流露出对科技与人的关系，人与社会的关系，本我、自我与超我的关系的思考，表现出深切的人文关怀，甚至包括他对原罪的认识，对"恶"的探讨，也深入地透视和剖析了人性。因此，宗教主义的影响，既导致了他的局限性，同时也造就了他的深刻性。

另外，尽管霍桑对"恶"挖掘到了极致，但实际上，霍桑并不因此对人类失去信心，他在对人性善恶的思考中也表现出对善的追求。尽管他对人性之善仍然保持怀疑，可他愿意去相信并引导人们洗清自身的罪恶，不断向至善至美之境靠拢。

海丝特与丁梅斯代尔的孩子名为珠儿，英文单词为"珍珠"（pearl）。虽然珠儿诞生于罪恶，但这无损她的善良正直，就像珍珠虽然孕育在受到伤害的牡蛎内，却依旧美丽和纯洁。霍桑对于珠儿的塑造，也是对未来的美好愿望和无限期许。

此外，霍桑在写作手法上也有一定的创新。他不仅在作品中运用了大量象征、反讽等现代派技法，也对人的心理活动拥有超常的兴趣和洞察力，并且在自己的小说中运用了心理分析法。这种心理分析法到了 20 世纪演变为意识流，这也是霍桑对于世界文学的一大贡献。

无论是生前还是身后，霍桑都饱受争议。59 年的人生中，霍桑受宗教主义、浪漫主义、超验主义的三重影响，在近三十年的创作生涯中留下了五部长篇小说、百余部短篇小说。

保守中蕴含着进步、局限中蕴含着深刻、理性中蕴含着悲悯，这就是我们对霍桑的印象。

第四节
红字 A 究竟代表什么

这一节我们将从另一个角度分享纳撒尼尔·霍桑的长篇小说《红字》，即小说主人公名字的寓意以及作品中象征手法的运用，帮助大家更好地理解这部作品。

我们先来看看人物名字的寓意。在古今中外的文学作品中，给人物命名是一种常用的塑造人物的方式，每一个称呼都可以使人物变得生动活泼、栩栩如生和富于个性。有的作家给人物起绰号，有的根据人物的性格特征命名，还有的根据外貌或生理特点命名。比如，在大家所熟悉的《红楼梦》中，曹雪芹就运用了判词的形式解析金陵十二钗的名字，以此来揭示她们的命运。

这种塑造人物的方式在《红字》中也有所体现。但是，霍桑既想在人物姓名中隐含其性格特征和主题寓意，又不愿意让读者一眼看出，所以他的命名方式有些隐晦。他综合运用了希腊神话和《圣经》典故、谐音、以词述意、首字母暗含以及词形相近等方法来给主要人物命名，使得作品蕴含了多重寓意和多元主题。

我们以书中的女主人公海丝特·白兰为例。从海丝特·白兰的英文名 Hester Prynne，我们就可以大致猜出她的形象和性格特征。"Hester"有两种含义，首先，"Hester"让人联想起希腊神话中宙斯的姐姐赫斯提亚（Hestier），她是一个掌管天上人间一切炉灶的美丽女神，而炉灶使人联想起热情和家庭的温暖。所以霍桑的命名表明了主人公海丝特（Hester）

是一个美丽、热情奔放的女子。其次,"Hester"也是"hastier"的谐音,hastier的意思是"轻率的,不顾一切后果的"。在小说中,海丝特的婚姻是草率的,与其说是爱情,倒不如说是一种精神上的冒险。正是由于她的这份轻率,因为在婚后的生活中她感到十分孤独和压抑,于是她不计后果,大胆热烈地爱上了自己的牧师。

海丝特的姓氏"Prynne"也有三种含义。首先,"Prynne"是"prurient"的谐音,意思是肉欲的,揭示了她所犯的通奸罪。其次,"Prynne"也是"prune"的谐音,意思是删除、净化。霍桑在探究了海丝特犯罪的根源之后,也肯定了她出狱之后勤奋劳动、乐于助人,能够悔过自新、负罪行善的行为。最后,霍桑用"Pry"——即"窥视、探究秘密"——来作为"Prynne"的第一个音节,表明他想通过主人公来探究人性"恶"的本质。小说里写道:"外表的圣洁全是骗人的伪装,如果将所有人的真情全部暴露在光天化日之下,那么好多人胸前都该佩上红字……"暗示人人内心皆有"恶"。

总之,"Hester Prynne"这个名字蕴含着美丽、激情、轻率、欲望、灵魂的净化以及对人性的探究等意义。美丽是海丝特的外部形象,激情和轻率是她的性格,欲望代表着她人性中霍桑认为"恶"的一面,灵魂的净化是霍桑竭力提倡的道德行为,而对人性"恶"的探究是这部小说的主题之一。

其实不只是《红字》,许多中外名著都会用联想、谐音等方式给人物命名,比如《红楼梦》中的甄士隐、贾雨村,其实是"将真事隐去、用假语村言"的谐音,也就是说真正的事实被隐去,只有虚假的传言留存下来。像这样的例子在文学史上并不鲜见,因此,从姓名入手来探究人物形象和作品主题,在某种程度上,也不失为一种解读文本的好方法。我们在今后读书的过程中也不妨试着从这个角度去分析，也许会对文本有更进一步的理解。

在分析了海丝特·白兰的姓名之后，让我们再把目光转向丁梅斯代尔和齐灵窝斯，看看他们的姓名又蕴藏着怎样的深意。

牧师丁梅斯代尔的英文名 Arthur Dimmesdale 的寓意是"一个犯了通奸罪的人，因性格怯懦而把罪恶隐藏在阴暗的心中"。名字的首字母"AD"正好是"adultery"的前两个字母，表明了他作为通奸者的身份。姓氏"Dimmesdale"也意蕴丰富，"dim"的意思是虚弱的、阴暗的，"dale"的意思是山谷，象征着牧师的"dim-interior"，即"阴暗的内心"。他深爱着海丝特，但也悔恨自己的堕落，他的怯懦使得他无法公开自己的爱情或罪行，当他最终把隐藏在内心的罪恶公之于众时，一切都已经太晚了。

由于齐灵窝斯残忍的复仇行为，读者很容易把他看作一个反面人物，一个恶棍，一个残忍的恶魔。事实上，他的名字 Roger Chillingworth 也正好蕴含着他邪恶的本质。"Roger"是"rogue"的谐音，意思是恶棍、流氓，这直接定义了他的人物形象。而"Chilling"源于"chilly"，意思是寒意、冰冷、缺乏怜悯，这表明齐灵窝斯（Chillingworth）是一个绝无怜悯之心的复仇者。他外表沉静、温和、不动声色，内心却怀有深深的恶意。而"worth"的意思是值得、有价值的。霍桑认为，即使是这样一个人，仍然有值得肯定的一面，那就是他在引诱牧师道出内心的秘密时，无意中入木三分地揭露了宗教的虚伪本质，他说：

如果他们真要保持上帝的荣耀，就不要朝上帝举起肮脏的双手。

如果他们有意为同伴效劳，就得强制自己忏悔灵魂的卑劣，以表明良心的真实和力量。啊，聪明又虔诚的朋友，难道虚伪的外表比上帝的荣耀、人类的福祉更重要？难道比上帝传播的真理更正确？请相信我的话，这种人在欺骗自己。

总之，罗格·齐灵窝斯（Roger Chillingworth）这个人名的基本寓意就是"恶棍、复仇和冷酷"，它是人性"恶"的集合，但霍桑认为在这个反面人物身上也有值得肯定的一面。

除了在给人物命名的事情上颇费心机，象征手法的运用也是《红字》的一大特色，它甚至因此被称为"美国文学史上第一部以象征手法创作的小说"。在文学作品中，象征手法是用具体的事物来表示某种特殊意义的创作方法，多用于道德、宗教和哲学方面的理念。象征手法存在于古今中外的艺术作品中，它可以使文艺作品的内涵更丰富，意味更深长。

就《红字》而言，全书贯穿始终的最突出的象征就是红字 A 本身。小说以红字 A 为线索来展开故事情节。A 是"通奸"（adultery）的首字母。身负通奸罪的海丝特被判在绞刑台上示众，并戴上象征着罪行和耻辱的 A 字，随后又被投入狱中。但在刑满释放后，海丝特和她的女儿一起居住在郊区的一间简陋的小茅屋中，以做手工活为生，穿着粗布衣服，过着清苦的生活。

多年来，她一直含辛茹苦，从未提出任何要求以补偿她的苦难；她忍受屈辱，答应她心理变态的丈夫保守秘密；她宽厚仁慈，当她看到自己深爱着的牧师备受折磨、痛不欲生时，她勇敢地向他袒露心扉，劝他一起逃离波士顿，到欧洲重新开始他们的生活。

渐渐地，海丝特以自己的善行洗涤了污点，并敢于坦然面对自己的罪行，最终赢得了人们的谅解和尊重。人们不再按照本意来解释她胸前佩戴着的那个红字了，反而认定那是"能干"（able）、"慈爱"（affection）

的象征，海丝特成了人们心中圣徒的化身，A进一步走向了"升天"（ascending），而最后刻在墓碑上的A，也不再是她耻辱的记录，而成了她骄傲的象征。

这个贯穿了整部小说的红字A并非只是为小说中的女主人公海丝特而创设的，对清教统治下的社会而言，红字象征着一种正义的惩罚；对牧师而言，红字时时刻刻提醒他内心隐秘的罪恶；对丈夫来说，红字是他寻求报复的动力；对女儿来说，红字又不过是一个明亮而神秘的符号而已。或许，这就是作家在创作过程中妙用象征手法的目的：它带给读者无限的遐想，也给读者留下无穷的回味。

到此，读者可能会有这样的疑问：这些象征手法都是跟英文有关的，如果对外国文化和语言都知之甚少，是不是就没有办法从象征这个方面独立解读英文作品了呢？其实并不是这样的，除了在人名和字母A上玩这种象征游戏，霍桑还在《红字》中其他地方运用了象征，这些象征则与文化背景以及语言习惯无关，只要认真阅读、用心体会，都能感觉得到。

以作者在开头写到的阴森恐怖的监狱大门，以及门口盛开的娇艳的玫瑰为例。这里的"监狱"代表的不仅仅是监狱本身，它也象征了文明社会中的种种罪恶和惩罚。在第一章中，霍桑直接以"文明社会中的黑色之花"来定义监狱，而周围那些难看的杂草，则暗示着在文明社会中存在着一些丑陋且有腐蚀性的东西，正是这些不良社会成分的存在使得监狱必不可少。同时，监狱门口还有一簇盛开的玫瑰花，霍桑将其定义为"甜蜜的道德花卉"，为晦暗的故事增加了一些色彩。

再比如故事中的那片森林，一方面它是黑暗世界和邪恶的象征：树林里光线暗淡，令人压抑，而且人们只能沿着一条狭窄的小道行走，它象征着道德的荒野，甚至连牧师也在这里"有意地做一些自己都认为是最罪恶的事情"。但另一方面，这也是自由和美好生活的象征：小女孩珠儿可以在这里快乐地玩耍和嬉闹，与各种各样的动物和花卉做朋友，甚至海丝特在这里都可以把红字扔掉，把黝黑的长发放下，让其随风飘扬。书中写道："那黑暗幽森的森林对她是敞开的，那里的人民的风俗和生活为这里惩处她的法律所不容，而与她奔放的性格却正相契合……在这里，她的才智和情感有一种返归故里之感，如同野蛮的印第安人，在森林中散步一样。"

这里没有清教社会残酷和摧残人性的清规戒律，只有在这里，海丝特才能摘下屈辱，体验到自由的快乐，她的性感、青春以及美丽才可以再度复活。可以说，霍桑出色地运用了象征手法，将作品中很多具体的事物都赋予了特殊的象征意义，从而极大地丰富了作品的思想内涵。

还有一个重要的象征则是镜子，它在《红字》的重要时刻和重要场合中反复出现。

在小说开头，当海丝特在绞刑台上被示众时，镜子第一次出现，但这里的镜子是心灵的象征。她透过"昏暗的心灵之镜"看到了自己流光溢彩的少年时代，看到了故乡、父母、丈夫，看到了教堂、街道和城市……镜子的意象以今昔对比的方式，增加了人物的传奇色彩。

随后，镜子以及眼镜、玻璃、圆盖似的天穹的意象不断出现，比如海丝特的红字在凸面镜的作用下以一种夸张的、巨大的比例放大。如果说，此前的海丝特在心理上拒绝承认红字，否定红字"通奸"的象征意义，千方百计地把它当成艺术，甚至是情人名字的第一个字母的象征，而这次在镜子面前，她不得不面对投射其中的自我形象，正视自己犯下的罪行并为此忏悔终生。因此，这里的镜子也就含有了训诫的意味，成了道德与纪律的象征。

同样，牧师对自己罪行的忏悔也是借助镜子来实现的。他时常在黑暗中借助强烈的灯光揽镜自照，不断通过审视自己在镜中的面容来反省和折磨自己。牧师一方面憎恨自己的懦弱与虚伪，另一方面又不得不在公众面前扮演令人敬仰和崇拜的角色。镜子的使用，使得他私下激烈的内心冲突与表面平和、虔诚的形象形成了强烈的反差。

对《红字》的讲解到这里就告一段落了。如果大家对这部作品还想进一步挖掘，欢迎大家去阅读《红字》的中文译本或查阅参考资料，相信一定能给大家带来更加深刻的感受。

《白鲸》
—
在惊涛骇浪中的疯狂复仇之旅

Moby-Dick

中国人民大学·刁克利

赫尔曼·梅尔维尔

📖 作品介绍

《白鲸》是美国小说家赫尔曼·梅尔维尔的长篇小说代表作。小说讲述了捕鲸船"披谷德"号船长埃哈伯在一次捕鲸的过程中,被一头名叫莫比·迪克的白色抹香鲸咬掉了一条腿,他因此满怀愤怒,心生复仇之念。此后,他不断追捕这条白鲸,变成了一个专断独行的人,甚至失去了理性,不顾海上遇到的种种危险。在他的船几乎搜遍了全世界的海域时,终于找到了莫比·迪克。经过三天的持续追踪,他用鱼叉击中白鲸,但与此同时,船被白鲸撞破,埃哈伯掉入海中,与白鲸莫比·迪克同归于尽。小说中写到了关于鲸鱼的方方面面,堪称一部鲸鱼的百科全书,同时也淋漓尽致地展现了捕鲸的壮观场面和过程,记录了当时捕鲸者的艰苦生活。白鲸是具有象征意义的意象,甚至可以看作自然的化身,而梅尔维尔描写人对鲸鱼的追击,也是他对人与海洋生物的关系、人与自然的关系提出的庄严拷问,表现了他对自然生态和人类社会文明的忧患意识。

《白鲸》思维导图

第一节
大海、鲸鱼、疑似抑郁症患者、幸存者

《白鲸》的作者是美国小说家赫尔曼·梅尔维尔。以前我们还会看到鲸鱼搁浅海滩、日本或北欧一些地方捕鲸的新闻,但现在部分鲸鱼物种已经被列为濒危物种,捕杀鲸鱼受到严格限制。

大规模的捕鲸已经成为过去,捕鲸对我们的生活影响很小。那我们现在还需要看这本书吗?

文学虽然描写的都是特定历史时期的人和事,但是它的价值和意义并不限于此,它具有远远超越时代的价值,超出事件本身的意义。这种超越时空和事件本身的意义能够和当下的生活产生共鸣,这才是我们阅读文学作品的根本原因。换句话说,越阐释越丰富,越读越有味道,这就是经典作品的品质。

那么,《白鲸》这部小说的意义又在哪里呢?

之所以推荐《白鲸》这部小说,是因为它有以下几个特点。

首先,从书名看,这是一本"鲸鱼之书"。这本书中写到了鲸鱼的方方面面,不仅是一部关于鲸鱼的百科全书,也是一本捕鲸业的历史之书。书中有很专业的描写,采用了现实的笔法,为人工捕鲸业时期留下了化石标本一样的记录。

其次,因为捕鲸发生在大海上,所以这又是一部"大海之书",一部与大海朝夕相处的水手写出来的丰富多彩的海洋启示录,大海之美的描写随处可见。

再次，这也是一部幸存者的故事，是反思反省之书。叙述者是一位捕鲸船上的幸存者，他讲述了自己独自生还的故事。

最后，这还是一部充满想象力的、波澜壮阔的史诗。通过描写人对鲸鱼的追击，作者提出了对人与海洋生物、人与自然关系的庄严拷问，也是对人如何与自己相处，如何面对自己的野心、雄心、仇恨等的深沉思考。

这本小说如何把这几个特点合而为一呢？

一个年轻人厌烦了陆地上的生活，到"披谷德"号捕鲸船上当水手，他就是这个故事的叙述者。船长埃哈伯是一个有很多经验的捕鲸船长。在一次捕鲸行动中，埃哈伯被一条名叫莫比·迪克的抹香鲸咬掉了一条腿。他发誓要报仇，带领一船人寻找白鲸。后来，众人找到白鲸，经过三天的追杀，最后的结局却是鲸死船毁人亡。白鲸撞毁了"披谷德"号，除了这个故事的叙述者，所有船员都葬身大海。

小说中有三个重要角色：叙述者，船长，白鲸。谁是主角呢？

如果只看书名可能觉得白鲸是第一主角，其实它直接出现的篇幅不足全书的二十分之一。船长作为核心人物，在小说写到三分之一后才出现，只有叙述者"我"通篇存在，自始至终贯穿整部小说，出现在所有场景中。

这个叙述者很有意思，他不但讲故事，而且还是一个很重要的角色。

《白鲸》的叙述者有四个身份。这四个身份决定了故事发生的地点和空间、作品的内容和风格、小说的格局和思想容量。

叙述者的第一个身份：疑似抑郁症患者。他怀疑自己得病了。他无钱，无聊，无事做；心火旺盛，随时可能发作，但尚有自制力。他为了人生能有点寄托，为了去除心火，调节血脉流通，为了见识水上的世界而上船。他对捕鲸船充满好奇，想迎接新的挑战。他希望这次出海捕鲸能对他的人生有所启发，使他的人生态度有所改变。

他的第二个身份：捕鲸船上的新手。他要学习鲸鱼的知识和捕鲸船的工作。正是因为他对大海和鲸鱼充满感情，通过他作为水手的视角，他关于捕鲸的种种分工描写才真实可信。他第一次成为捕鲸船员，相比有经验的水手，他持旁观者的态度。他在学习理解人生，同情并试图理解所有人。正是因为这种新手的身份，他才能把遇到的各种人物，以及各种奇遇由简单到复杂，由片面到丰富，逐渐展现出来。

叙述者好奇但无知，善于思考但无目的，始终引导着读者的好奇心，是作者与读者之间的桥梁。他多愁善感，心头萦绕着整个宇宙的问题。他思绪纷呈，任何事物都可以引发他的联想。他为什么生发出这许多感慨呢？

这和他的第三个身份有关：他是捕鲸船上唯一的幸存者。经历过生死的人想问题比较深刻，这是必然的。船毁人亡，他是心有余悸地来讲述这个故事的。他不可能不加入自己对人生的思考、对生与死的追问、对人与自然关系的态度。

所以，这包含了一个无辜者、幸存者的看法，他且看且思考，具备了知识性和问题意识与探讨人生和宇宙大命题的可能性。

随着叙述者的讲述，我们会发现，船长对自己与白鲸的关系也有一个不断深入思考的过程。开始时他把鲸鱼当成复仇的对象，后来变为对真相的追问，最后成为命运的挑战。人们对白鲸的想象也在不断改变。这些都给作品注入了比一个复仇故事深远得多的内涵。

所以阅读《白鲸》这本书时，可以把它当作描写大海的散文诗，当作捕鲸百科全书，当作水手海上历险记，也可以当作人生的追问之书。

一本书为什么能承载这么多内容呢？为了理解这种写法，我们要谈谈叙述者的第四个身份：雄心勃勃的作家。他想通过描写鲸鱼，写出一部包罗万象的传世之作。这部小说的叙述者是精心设计的。他既是读者的向导，也是作家的眼睛。

读完前面的介绍，可能你会觉得它很有趣。但是，从篇幅上看，它是一部皇皇巨著。中文译本的正文有近六百页，这显然是对读者耐心的挑战。

它为什么这么长呢？作者想要说什么？梅尔维尔是位什么样的作家呢？

梅尔维尔出身纽约名门，家境富足，家中兄妹八人，他排行第三。梅尔维尔幼年时就博览群书，11岁时，经商的父亲破产，梅尔维尔只得辍学做工，补贴家用。他先后做过的工作包括：银行职员、农场工人、皮货店伙计、小学教师等，20岁就到货船上当水手，去了英国利物浦。

后来他去了一条捕鲸船上当水手。在漫无归期的漂泊中，因为难耐孤独，他离船上岛，在南太平洋一个有"食人生番"之称的部落里生活了一个多月。随后，他搭乘另一艘捕鲸船离开，途中卷入一场暴乱，被船长放逐到塔希提岛。梅尔维尔逃脱后在另一条捕鲸船上当镖枪手。船行至夏威夷，他参加了美国海军，退役后回到美国波士顿，开始小说写作。四年的海上生涯给了他无尽的写作素材。

在《白鲸》之前，他写了五部海上小说。这些小说融游记、历险、随笔、哲思为一体，为梅尔维尔赢得了名声，也固定了他的作家形象。他被公认为是一位擅长写异国情调的小说家、写海外生活的作家。他如果沿着这条道路写下去，把《白鲸》写成猎奇探险的故事，一向喜欢他的读者会很高兴，批评家也不会觉得意外。

梅尔维尔确实是想按照这个套路写作《白鲸》的。但是写作过程中，他去拜访了《红字》的作者，大作家霍桑。由于受到霍桑的影响，梅尔维尔决定改弦更张，放弃原来的套路，下决心写一部真正的巨著，一部能够让他在文学史上不朽的著作。他不断增加篇幅，以容纳他不断扩张的雄心。

根据他的创作经历，在写作《白鲸》之前，从人生阅历、文学创作、艺术积累等各方面，他就已经做好了写出大作品的准备，《白鲸》就是他命中注定的大题材。梅尔维尔成名是因为他异域情调的游记和冒险故事，当他希望写出严肃深沉的作品、显露文学雄心的时候，他被读者无情地抛弃了，因为他改变了自己的形象。这次创作是一次冒险，在当时并没有成功。

《白鲸》成功的契机在第一次世界大战之后，随着美国国际影响力的扩大，美国需要优秀的文学作品传达它的民族精神，于是这部书再次引起人们的重视。再后来，因为人与自然的关系、人与生态环境的关系、人与自身的关系越来越引起社会各界的广泛关注，这部作品具有的丰富内容和多方面的阐释性使它迈入不可撼动的经典行列。

英国小说家D.H.劳伦斯说它是"无人能及的海上史诗"，在灵魂中唤起敬畏。《白鲸》也是英国小说家毛姆所著的《巨匠与杰作》中所列的十部小说中唯一入选的美国小说，书中称赞其作品风格壮观、雄辩，达到了完美的程度。

《白鲸》无论从写法还是内容，可能都是目前为止读者能读到的最特殊的一本著作。它结构恢宏，气势不凡，运用无辜者、幸存者的视角，讲述一个誓死报仇的船长与一条庞大无比的鲸鱼的遭遇。

接下来，我们将随着作者上船、出海，一一认识船长和他的捕鲸手，看一出人与鲸鱼搏杀缠斗的好戏，也体会一部作品成为经典的品质。

第二节
船长的追击究竟意义何在

在捕鲸这件核心事件上,叙述者并没有起到什么作用。指挥者是船长,出力者是副手和镖枪手,故事的核心冲突也是船长和白鲸的冲突。

埃哈伯船长一开始很神秘。他待在家里不出来,轻易不见人。他读过大学,也在野人族群中生活过,他那支烈火般的长矛百发百中。他是个了不起的船长,捕鲸业绩很好。但是自从被白鲸咬掉一条腿之后,他性情大变。

埃哈伯船长究竟是怎样的神秘存在?在他露面之前,我们先了解一下捕鲸船和船长的职责。

股东出资买船,船长带船员出海捕鲸。捕到鲸后,各个方面的收益按照约定的股份分成,船长和船员各自取得相应的报酬。这是一个发展了很多年的行业,有着非常完善的机制。书中"披谷德"号捕鲸船的主要股东是两位退休的老船长,剩下的股份属于领年金的老人、寡妇、孤儿和受大法官监护的未成年人。船长和全体船员由股东招募而来,按照捕鲸收入分成。所以,一艘捕鲸船寄托着很多人的身家性命,很多人靠它养家糊口。

当时捕鲸业的繁荣构成了《白鲸》这本书的时代背景。对鲸鱼和捕鲸业历史的描写增加了小说的知识性,也为小说提供了宏大的历史背景。对捕鲸船的构成和水手岗位的描述,则可以帮助我们判断船长和水手的行为是否合度,他们是否正当地履行了职责。

船长是股东的雇员,职责是保障船员和捕鲸船的安全,使捕鲸收益最大化。所以，好的船长应该多捕鲸，而不应该不考虑经济利益，倾全船之力，甚至赌上一船人的性命，对一条有个人恩怨的鲸鱼穷追猛打。所以无论从雇佣关系上讲，还是从道义责任上讲，埃哈伯船长都没有理由这样做。他背离了自己的职责。

埃哈伯船长怎么说服或胁迫船员追随他呢？我们先来了解一下船上的人物关系，再来回答这个问题。

在船上，船长是绝对权威，掌握航行的目标和全过程。下面有大副、二副、三副。三位副手各带一名镖枪手。

大副：捕鲸船港口的本地人，理智，有责任；深思远虑，坚韧不拔，是个可靠的好人。

二副：勇猛如烈火，强悍如机器，不拘小节，无忧无虑。

三副：固执、顽强，缺乏想象力。

我们重点说一说镖枪手季奎格。他是叙述者认识的第一个人，来自南太平洋岛屿的部落。他的相貌、举止怪异，但心地善良，坚持部落的宗教信仰。在关键时刻，他会祷告，祈求他自己随身带着的那个小神灵给他启示。他让叙述者体会到了信仰、信任和友谊。

有一天，他突然病倒了，在梦中他得到神的启示，于是让人给自己打了一口棺材。棺材做成之后，他的病又好了，棺材没用了，平时就用来放东西。这是一个非常荒诞的情节。小说读到最后，我们才会知道这口棺材的用处。

捕鲸船被白鲸撞翻之后，叙述者成为幸存者。他之所以能够幸存下来，就是因为他跳进了棺材里。棺材在海上漂流，他因此得救。而这样一个重要的情节在小说开始就已经埋好了伏笔。

其他两个镖枪手各有特点。一个是印第安人，一个是人高马大的黑人奴隶。

船长的亲信是一群马来人，他们是拜火的印度袄教徒，是追逐白鲸的驾船人。

就这样，不同种族的人团结在美国船长的旗帜下，驾着大船，在浩瀚的海洋上驶向未知的命运。这是个典型的美国故事。

小说对船长出场的描写很有艺术性。开船时，船长不露面，而是由大副、二副来掌控这艘船。一开始大家听到了很多关于他的传说和离奇故事，叙述者也在不断调整对他的看法。他的形象逐渐丰满、鲜明时他才出现。作者对船长埃哈伯的出场描写很经典：未见其人，先闻其"声"，这个"声"不是船长自己的声音，而是别人对他的描述，以此逐步展现船长的真实面目。

在船上，船长对大家或是居高临下，或是语带威吓，一副凛然不可侵犯的神气。复仇的火焰在他心中熊熊燃烧。他善于操控舆论，巧妙地暗示和诱导水手，把自己个人的仇恨变成集体的疯狂。

面对船长的疯狂，有的人盲目服从，有的人玩世不恭，有的人从挑战、质疑到沉默、屈从。很多水手开始的时候冷静理性，到后来渐渐地失去自我，随波逐流，偏离了初衷，沦为船长个人复仇的帮凶和附庸。

对比船长蛊惑人心的演讲和船员的反应会有很多感慨。面对可以预知的危险，面对不可一世的权威，应该如何对待？这可能是我们所要警惕的事情。船上的每一个人都做出了自己的选择，每一种选择都是一种人生态度。

埃哈伯船长在不断调整自己的思考。在他的眼里，鲸鱼不仅仅是一条伤害了他的鲸鱼，而且是任何可以激起他报复心、嫉妒心的存在。

白鲸改变了他对世界的理解。他不仅把白鲸当成敌人和复仇的对象，还把白鲸当成生活中一切不如意因素背后的原因，一个无处不在的、强大到让他发狂的对手。最后，他把捕杀白鲸当成人生的目标。

在这三天的追击中，船长如何为自己的行为辩护？

第一天的追击是个人恩怨的爆发，是有仇必报的计较。第二天追击后，埃哈伯说整个行动是上天注定的，不可更改。他是命运的执行官，捕杀鲸鱼就是他的命运。第三天追击时，他感叹自己寂寞的生，寂寞的死！感慨他盖世无双的伟大存在于盖世无双的哀痛之中。他在感叹中投出镖枪，击中鲸鱼。鲸鱼飞奔逃走时，绳索套住他的脖子，将他勒死了。

你会发现船长的一个特点：他既是行动者，也是思想者。在小说的不同阶段，他对白鲸做不同的解释，找不同的借口为自己进行辩护。

在这次狂热的远航中，似乎没有人能够说得清他们追逐的究竟是什么。包括船长也说不清，他只知道追逐本身成了一种宿命，成为一船人的命运。这次捕鲸的旅程开始于各种各样的期待：为了换个活法，为了养家糊口，等等；终止于一种把所有人凝聚在一起的方向。

这样，船、人、大海、鲸鱼处于一种相互影响的关系中。这种关系有时懒散、无聊，难以打发，有时充满期待、探寻，有时则紧张得让人窒息。

《白鲸》这部小说的文字描写很有诗意，阅读过程中我们能够体会到大海之美，生物之盛。小说读来又很戏剧化，它把鲸鱼知识与捕鲸故事穿插叙述，对大海的描写波澜壮阔，气势磅礴；捕鲸场面则惊险刺激，动人心魄。为了增加现场感和揭示人物的内心活动，还辅助以场景戏剧和当事人的内心独白，让人物自己反省自己的行为，解释自己的所作所为。我们读起来就像看一个演员在舞台上对着观众剖析自己的灵魂一样。

这部小说还被改编成了电影《白鲸记》。电影里把木船换成了潜艇，船上还有一位能够用声呐技术寻找鲸鱼的女科学家。船长改成了舰长，但他照例是个离经叛道之人，本来是最好的潜艇舰长，因为曾经被鲸鱼攻击过而不再服从指挥中心的命令，私自改装潜水艇，避开监控，一心去捕猎白鲸。

司令部派飞机查找潜艇的下落，甚至发射导弹要摧毁他，结果飞机却葬身鱼腹，真的被鲸鱼吞到了肚子里。这更给了舰长捕杀鲸鱼的理由。电影和小说的结局是一样的，他把鲸鱼吸引到一个不宜逃脱的海湾，炸死了它。最后，女科学家活了下来，流落到荒岛上，等待救援。

鲸鱼的死亡是可以预见的，因为人的现代化装备愈加完善，人获胜几乎有十足的把握。可是人与人的斗争，人与自己内心的冲突，坚持职责本分与固守一己之私而离经叛道的矛盾，权威与服从，理性与狂热，这些冲突是不变的。

对于这件事，白鲸是怎么想的？白鲸如何还击？它如何了结与人类的恩怨？

第三节
写了一部不道德的书，却感觉像羔羊一样纯洁

这一节我们将直接面对白鲸。作为主角的白鲸，大多数时间和篇幅都活在人们的传说和猜测中，这是一个很有趣的现象。

书中对白鲸的直接描写仅限于小说最后三天的追逐，篇幅不到全书二十分之一，其余都是关于它的各种猜想、流言和传说。船上的水手每个人都听说过白鲸，都有自己关于白鲸的想象。但终究有一天，他们要面对这个庞然大物。

埃哈伯第一次说起白鲸时，他向船员描述：刺在它身上的几支镖枪全被拧得歪七扭八，它的尾巴一扇一扇活像被狂风撕破的三角帆。

我们得到了什么信息呢？这说明白鲸遭遇过多次捕猎，并多次受伤。可白鲸究竟是主动攻击水手，还是人类侵害了它的领地和生命，它不得已才反抗自卫，船长并没有明确说。

在小说对白鲸的正面描述中，白鲸不但不主动进攻，反而躲着人类和船只。埃哈伯率领他的捕鲸船一路追击，找到了白鲸出现的海域。白鲸的安逸和水手的杀气腾腾形成了鲜明的对比。

白鲸在书中共有三次现身。

第一次出现在船员面前的白鲸正在大海上游弋，如在自己的家园——海上起舞，美丽、优雅。洋面非常平静，像是拉过了一张地毯铺在波浪之上；又像是正午时分的草场，幽静地铺展开去。正是在这样的平静中，船

长开始了对白鲸的围捕猎杀。一个回合的争斗后，埃哈伯体力衰竭，动弹不得，像一个被象群践踏过的人。但是，过了不久，他重新醒来，恢复了精神。

第二天，船员们达成了共识，把白鲸当成每个人的敌人，开始了疯狂的追击。白鲸受到挑衅之后，奋力来了一个罕见的姿势：鲸跳，准备和船员们一决雌雄。一场拼杀过后，白鲸身受重伤。埃哈伯的假腿再次被咬掉。他最厉害的一个镖枪手的尸体被卷在了白鲸身上。白鲸受了伤，也伤了人。

第三天也就是最后的追击，船长和他的水手成了嗜血狂徒。白鲸意识到被绝命追杀，便以死相拼。在船长和水手们一再地围追堵截下，它奋力用脑门撞向大船的船头，与之同归于尽。

三天的追击中，白鲸的形象不断变化。它一次比一次潜得更深，跳得却越来越高。海洋由宁静的家园变成了杀戮的战场。

按照我们讲解的内容颠倒过来提问，有三个问题需要我们解答：白鲸是什么？埃哈伯是不是一个英雄？为什么活下来的是叙述者？

第一个问题：白鲸是什么？

白鲸的形象在小说中是不断变化的。作品主题的丰富性很大程度上在于白鲸象征的含混和丰富。说不清其所指，似有所指又似乎无所不指。它一开始是人类用油的来源，鲸鱼肉、骨的提供者，是大自然的馈赠，是工业和人类生活的驱动力，同时是最大、最有力量的生物，有破坏性。追逐白鲸就象征着挑战命运和追逐真相。

我们需要注意两点：第一点，人打破了大海平和的环境，打破了白鲸的宁静；第二点，白鲸并没有主动侵犯人类，但是它却被人类追逐、围捕、猎杀。

白鲸出现前，劳动的快乐与井然的秩序并存，船员们合作分工，一切与平时无异。勤劳的人们尽享满满的收获，这是正常的生产状态。从这次捕鲸的收益上看，捕鲸船已经收获满满了。捕杀白鲸，不是因为没有捕够鲸鱼，而是节外生枝，非要捕获白鲸不可。捕鲸船由此偏离了原本的目标，驶向了不可知的命运。

　　于是，白鲸在不同的船员眼里，分别象征着复仇、挑战、利用、敌对、尊重的对象、自然的力量、宇宙的神秘等等。但在埃哈伯船长眼里，它是一个仇敌，一个对手，一个事关尊严、必须要征服的对象，一种神秘的力量。

　　海洋是它的家，它在大海里自由驰骋，优雅而舒展，风度翩翩。相比之下，在波涛汹涌的大海上，人类是那么渺小。再反过来想，人类虽然躯体渺小，却雄心勃勃地要征服一个庞然大物，一个个头完全超出自己很多倍的生物，是勇气可嘉，还是自不量力？是雄心，还是无知？

　　随着人与鲸鱼的较量升级，白鲸不再是一个生物，而是代表除人之外的所有力量。是大自然中对人类构成威胁和挑战的对立面。在不同的船员眼里，白鲸有不同的象征。也许白鲸根本不愿与人交际，是自由自在、两不相害的生命存在。不同的人对它的象征有不同的理解。

　　一条白鲸，让我们想到很多。我们的人生中，都会有一条"白鲸"。

　　船长、水手、叙述者分别代表了对待白鲸的不同态度和方式，而读者也会有自己看待白鲸的态度和方式。

　　每一个人都有属于自己的"白鲸"。如果白鲸是一个传说，每个人都有自己理解、想象、传播的方式。如果"白鲸"是真实的存在，也许你会把它当成一个单位里的权威人物，一个让你不舒服的同事，一个伤害过你的人，一个你嫉妒的对象。如果"白鲸"是抽象的恐惧，也许是没有来由的猜忌，也许是想要实施的报复，也许是从心底暗生的嫉妒。或许你的"白鲸"根本就不是你想象的那种存在，而是一种心的魔障。

第二个问题：埃哈伯是不是一个英雄？

他的确具有像英雄一样的行为，敢于挑战命运，挑战敌人。但是，他终归是一个复仇者，他有英雄的勇气和果敢，却没有英雄的目标和成就。

什么是真正的英雄？英雄是为了他人，为了个人目的之外的更大的目标而活着，而战斗，埃哈伯显然不是。他的目标纯粹是个人的，他并不是为了替同行报仇，更多的是自己无法平复内心的执念。连自己都控制不住，连自己的内心都难以协调，连自己都征服不了的人不是英雄。

他的水手们具有英雄的品质，却没有主动思考的能力，虽然做出了英雄的行为，最后却成为盲目的陪葬品。所以，这些人最后全部死去，把讲述的任务留给了一个会思考的人，而把评判的权利留给了读者。

正如作者自己所说："写了一部不道德的书，却感觉像羔羊一样纯洁。"这是一部关于猎杀的、不道德的书，而且埃哈伯不是一个可以作为榜样学习的英雄。作者已经意识到，人若执迷于自己的执念，无论多么强大，都不能算是英雄。没有正当的理由、责任和使命，无论多么勇敢，都只能是悲剧。所以，让船长死去，让盲从者殉葬，也许就是作者的一种态度。

最后一个问题：为什么活下来的是叙述者？这个叙述者和船上其他人有什么不一样？

叙述者和船长是相反的人。船长带着特殊的目的上船，操纵船员，等级森严。他正好相反，他与人为善，能够和异教徒交朋友，对人一视同仁，这一点难能可贵。他对一切宗教都持宽容的态度，他心胸敞开，学习一切，思考一切。直到最后讲述者也没有提到抑郁症是否痊愈了，但我想能够在多年后写出这么长的故事，他的病肯定好得差不多了。

小说最后透露，叙述者的名字来自《圣经》，尾声引用《圣经·旧约·约伯记》："唯有我一人逃脱，来报信于你。"报告世人以全船人的性命换来的教训。

人生如旅途，人人都在船上；人生如船，每个人都是自己的船长；白鲸在海里游，你我都是观鲸者；每个人都有自己要面对的"白鲸"；每个阅读者都是幸存者，都是自己人生故事的讲述者。我们如何扮演自己在人生之船上的角色？如何面对自己人生中的"白鲸"，讲述自己的故事？

从叙述者自己的学习和对周围人的思考中，我们可以体会三点：一是学习与自己相处，学习面对自己的过去，包括仇恨、恐惧和不平；二是学习与同伴相处，思考与人相处之道是驱使、恐吓、说服、蛊惑，还是尊敬、同情、信任、扶持？在船上的特殊环境下，人的情绪容易受到激发和诱导，遇到分歧时，更需要有强大的判断力；三是学习与自然和平相处，看看现在生态环境为我们敲响的警钟，应该就会理解生物多样性的珍贵，理解人类与自然共存共生的关系。

我们前面说过，经典在于具有穿越时间的品质，总能给人以启示。

这部小说的简单层面即书中展现的情节是：捕鲸，复仇，追随，丧命。这是无数个复仇造成双输结局的故事的翻版。

《白鲸》的经典性，即它对具体事件的超越性体现在哪里呢？在于叙述者视角的设置和独特作用，在于船长对自己行为的思考与拔高，在于白鲸象征的复杂与神秘。也因此让我们明白：如何与自然、与万物相处，与自身、与同类相处，是一个永恒的话题。

在上述的讲解中，我们先后讲了《白鲸》的作品特色、叙述者的作用与作家的努力，提出了叙述者作为无知者、无辜者的叙事策略；分析了船长对白鲸的追击动机、小说层层推进的结构与白鲸的象征，以及小说的主题与当代意义。小说的中文版，我推荐人民文学出版社出版的成时先生的译本。

我们通过《白鲸》这部小说，探寻了什么样的作品可以称得上经典，又该如何阅读经典。经典是能够拓宽视野、深刻思想、扩大头脑容量、让心灵震颤的作品。名著值得反复阅读。希望通过阅读，你能得出自己的领悟。

《汤姆叔叔的小屋》
——
一部引发南北战争的小说

Uncle Tom's Cabin

中国人民大学·刁克利

斯托夫人

作品介绍

《汤姆叔叔的小屋》是美国女作家斯托夫人创作的一部反映黑奴制度的小说。小说以黑奴汤姆和乔治的生活为线索,采用穿插轮叙的方式讲述两人的不同境遇。汤姆是个心地善良、逆来顺受的黑奴,在得知自己将要被庄园主卖掉的情况下,依旧对主人忠诚有加,后来,汤姆被卖给一个凶狠的农场主,被鞭打虐待而死;相反,乔治夫妇则是勇于抗争的人,为了不让儿子被卖掉,他们先后从主人家里逃跑,来到加拿大,终于获得了真正的自由。两人不同的性格和选择,决定了彼此截然不同的命运和结局。作者描绘了身处奴隶制下的黑人的惨痛经历,还刻画了众多的奴隶主和奴隶贩子的形象,深刻地描绘出奴隶制度残酷的本质。这部小说是抨击美国奴隶制的杰作,它掀起了美国废奴运动的高潮,对美国南北战争起到了推波助澜的作用,在美国历史乃至世界文明进程中都产生了深远影响。

《汤姆叔叔的小屋》思维导图

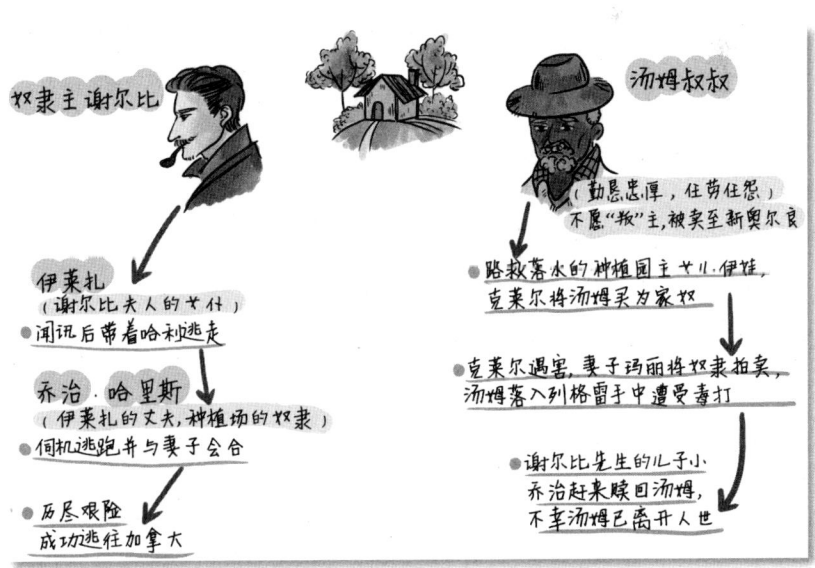

奴隶主谢尔比

伊莱扎
(谢尔比夫人的女仆)
●闻讯后带着哈利逃走

乔治·哈里斯
(伊莱扎的丈夫,种植场的奴隶)
●伺机逃跑并与妻子会合

●历尽艰险
成功逃往加拿大

汤姆叔叔
(勤恳忠厚,任劳任怨)
不愿"叛"主,被卖至新奥尔良

●路救落水的种植园主女儿,伊娃·克莱尔将汤姆买为家奴

●克莱尔遇害,妻子玛丽将奴隶拍卖,汤姆落入列格雷手中遭受毒打

●谢尔比先生的儿子小乔治赶来赎回汤姆,不幸汤姆已离开人世

第一节
一个女人，一本书，一场内战

美国总统林肯曾经在接见一位作者时说过这样一句话："你就是那位引发了一场大战的小妇人。"这位作者就是美国女作家斯托夫人，这本书就是《汤姆叔叔的小屋》。

按照我们的理解，文学作品中可能会包含战争情节的描写，比如古希腊史诗《伊利亚特》描写特洛伊战争，《双城记》以法国大革命为背景，中国古典小说《封神演义》描述了武王伐纣，这些都是在书中写了发生过的战争。很少有一本书能够真正引发战争。

这本小说为何具有如此大的威力，能够引发战争呢？

林肯总统说的"一场大战"就是美国南北战争，这是美国自建国之后到现在唯一的一场内战。是什么矛盾尖锐到不得不用一场战争才能解决呢？是关于奴隶制的存废问题。当时美国南方各州要求保留奴隶制，而北方各州主张废除奴隶制。

北美的黑人奴隶贩卖很早就开始了，美国建国之初，蓄奴的现象很普遍。不过到南北战争之前，从非洲贩运奴隶的行为已经基本停止，北方奴隶的来源主要依靠北美奴隶自身的繁衍。

当时美国南北方的生产方式不一样，经济结构也不一样。北方主要以工业为主，需要大量能够自由流动、有一定技术和技能的劳动力。开一家新的工厂，需要劳动力；工厂倒闭或规模变化，工人就得解散，所以就需要一个能够自由流动的劳动力市场。于是废除奴隶制对北方而言是必需的。

南方主要是种植园经济，棉花是主要的经济作物和经济支撑。棉花种植园需要大量劳动力——主要是黑人奴隶，保留奴隶制对南方有利。

所谓奴隶制是这样的：奴隶没有人身自由，生下来就属于奴隶主。奴隶主根据需要可以自由买卖奴隶，假如奴隶主经营不善，可以卖掉值钱的奴隶抵债，平衡账务。或者种植园根据农活需要或规模变化买卖奴隶，调整人数。

不是所有的奴隶主都苛刻地对待自己的奴隶，遇到不同的奴隶主，不同的管理奴隶的方式，就决定了奴隶的不同生活和不同命运。这些情况，小说中都有描写。

除了经济方面的原因，随着社会文化、宗教思想的发展，越来越多的人认识到奴隶制的不人道和不公正。美国的《独立宣言》第一句就是：人人生而平等。法国大革命标榜自由、平等、博爱，而奴隶制显然与这些思想格格不入，其被废除是早晚的事，只不过要等到矛盾激烈到极限，不同主张和冲突没办法协商解决，不得不爆发的时候。而爆发的方式就是战争。

林肯总统说这是一部引发了一场大战的小说，意思是这部小说与奴隶制之间的关系，对战争爆发起到了推波助澜的作用。这本小说点燃了战争的导火索，好像子弹装上膛，小说扣动了扳机。

我们都说文学反映历史，其实文学反映的是作者对这段历史的看法，或者说表达的是小说作者自己的思想观点。这本书还有一个副标题，完整标题是《汤姆叔叔的小屋：奴隶汤姆的低下生活》。也就是说，小说以汤姆叔叔的小屋为标志，内容是写一个奴隶的生活。

奴隶主谢尔比先生债台高筑，不得已需要卖掉奴隶还债。奴隶贩子看上他最有价值的两个奴隶。一个是汤姆，他从小在主人家长大，照顾小主人，现在是奴隶主管。汤姆踏实、能干，替主人照看庄园、管理奴隶。他对自己的生活也很满意，他在主人大宅的旁边有一座自己的小屋，妻子克洛伊负责主人的厨房。汤姆夫妇和孩子们安居在小屋里。小屋收拾得干净整洁，也是黑人奴隶们劳作过后的礼拜之所。在这里，汤姆带大家读《圣经》，唱赞美歌，还会讲经布道。

汤姆享受着温暖的家庭生活，深得主人一家的信任和庄园奴隶们的爱戴。主人的妻子谢尔比太太和儿子小乔治都很爱汤姆，小乔治还发誓长大以后一定要给汤姆叔叔自由。

被奴隶贩子看上的另一个奴隶是女主人的贴身女仆伊莱扎的儿子，他也可以卖出大价钱。谢尔比先生和奴隶贩子的谈话被伊莱扎偷听到了，她不能忍受和儿子分离，于是决定带儿子连夜逃走。她还把消息告诉了汤姆，这样汤姆也有机会逃走。实际上，汤姆逃亡成功的概率更大，因为他有主人给他的通行证，可以自由地到外面去。但是，汤姆拒绝逃走。第二天他就被奴隶贩子带着上路了。

伊莱扎的丈夫乔治·哈里斯属于附近的另一个奴隶主。乔治机敏好学，心灵手巧。他在被主人租借给麻布厂干活时，发明了一台净麻机，减轻了工人的工作量。然而，他的发明却遭到主人的忌妒。主人把他从工厂带回种植园，让他干最苦最脏的活，还不断地欺凌和羞辱他。最终，他忍无可忍，选择了逃跑。

乔治与汤姆相反，他性格独立，反抗压迫，愿意为自由而勇敢斗争。他并不知道伊莱扎那边的变故。夫妻两人因为不同的原因，不约而同地踏上了逃亡的道路。乔治与汤姆的命运形成了鲜明的对比，他们都是奴隶，都聪明能干，却做出了不同的选择。

这是一部描写美国南北战争之前奴隶生活的书。在对它的情节感兴趣的同时，我们可能会有这样的疑问：它的描写真实吗？作者是什么样的人？她对奴隶生活了解吗？

现在，就让我们暂时放一放热闹的小说情节，了解一下斯托夫人是谁，她为什么能够写出这样的作品。

作家斯托夫人名叫哈丽特，她出生于一个宗教氛围浓郁的家庭。她的父亲是当时大名鼎鼎的神职人员，担任过神学院院长，几个兄弟也都是知名牧师，姐姐热衷于教育事业，还创立了女子神学院。可以说哈丽特出生在一个文化世家。

在她父亲担任院长的神学院，哈丽特遇到了她后来的丈夫，神学院的教授卡尔文·斯托。这也是为什么我们在她的小说中经常会读到基督教方面的内容，这是她生活的环境使然。

作家对奴隶制的了解来自在居住地耳闻目睹的经历。哈丽特21岁时随父亲到辛辛那提居住，婚后在那里一直定居了18年。辛辛那提与蓄奴州肯塔基州仅一河之隔，她经常看到逃亡来的奴隶，听到关于奴隶的故事。她也多次到肯塔基州看望朋友，亲眼看见了各种悲惨景象。

斯托夫人说，她写作这部小说的灵感来自一次礼拜日的圣餐仪式。突然清晰地看到一个幻象：一个衣衫褴褛的老奴隶遭受毒打，却宽恕了折磨他的人。这一景象点燃了她的写作欲望。她把自己对奴隶制的见闻写入小说，写作地点是她日常忙碌操劳的厨房餐桌。

这是那个时代很多女性写作的方式：一边操持家务，一边见缝插针写作。她们的写作多是有感而发,不得不写。像我们熟悉的简·奥斯汀、艾米丽·狄金森都是以这种方式写作的。所以她们的作品都有一个特点:短。简·奥斯汀的小说章节短,因为她随时要结束当下这一部分的写作,不可能累赘地写长篇大论。艾米丽·狄金森的诗也都很短,这与她们的写作方式有一定的关系。

斯托夫人说,她是在上帝的指引下写出这部小说的。她在小说的序言写道:写作的目的是要唤起人们对非洲种族的同情和体恤,表现出在奴隶制度下他们的冤屈和痛苦,暴露蓄奴制度的残暴,以至于废除这个制度。

《汤姆叔叔的小屋》出版后,当时的人们有什么反应呢?

在北方,小说取得了巨大的成功,销量极其可观。出版第二年,由小说改编的戏剧在百老汇上演了三百余场,可谓盛况空前,被大思想家爱默生称为"产生了席卷全球的影响"。经典作品有穿越空间和超越时间的魅力,能够感染其他人,其他民族,被全世界所接受。

这部小说在中国也被广泛接受。《汤姆叔叔的小屋》中文版最早由林纾译为《黑奴吁天录》,意思是黑奴向苍天呼吁。这是很中国化的表达,遇到不平事,人们会呼天喊地,感时运不济,叹命运不公。

以小说为基础改编的戏剧也成为中国现代戏剧(即话剧)的开山之作,多次出现在中国话剧舞台上。1907年,春柳社在日本东京上演了曾孝谷改编自《黑奴吁天录》的同名话剧。小说被改编为五幕话剧,由于当时更需要乔治的反抗精神和崇尚自由的理想,主角由汤姆变为乔治和伊莱扎一家。

作为中国新型话剧的第一个创作剧本,《黑奴吁天录》不仅显示了思想内容上的时代感和现实性，而且在艺术形式上标志着中国话剧的开端。2007年，新改编的《吁天》在人民大会堂上演。

汤姆被奴隶贩子买走之后，会经历哪些凶险？乔治和伊莱扎在逃亡路上是否会走到一起呢？接下来，我们走进人物，了解作品打动人心的力量。

第二节
相同的身份，截然不同的命运

汤姆被卖掉之后，跟着奴隶贩子一路行走。一开始，汤姆和其他奴隶一样被拷上锁链。后来，奴隶贩子发现他一直安分守己，从不惹事，有时间就埋头看《圣经》或独自祷告，就解开了他的锁链，让他可以自由活动。

在轮船上，汤姆救了一个意外落水的白人女孩，女孩说服父亲克莱尔买下了汤姆。女孩叫伊娃，天真烂漫。汤姆的主要工作就是陪伴小女孩，和她一起读书、唱歌、玩耍，还有给主人赶马车。主人克莱尔对待奴隶宽厚仁慈，每个奴隶都衣着整洁，各司其职，他的奴隶管家甚至可以随意使用他的香水和丝质手帕。这是个气氛宽松随意的庄园。伊娃和克莱尔还帮助汤姆写信给妻子，告诉她汤姆的状况。

不幸的是，伊娃身体多病，最后因肺病死去。克莱尔受到沉重的打击，身心疲惫。一日，他到镇上酒馆饮酒，遇到有人争执，他好心劝架，却被误伤，不治身亡。最终，女主人卖掉了庄园中所有奴隶，回娘家过日子。由于汤姆的自由手续还没有办好，也被卖掉，不幸的是，他被卖给了凶残的种植园主列格雷。

另一边，出逃的乔治和伊莱扎分别得到了人们的救助，一家三口重逢团聚，在废奴派人士的接力帮助下，最终逃往加拿大，获得自由。

书中随着主人公命运的起伏，穿插了奴隶贩卖市场的情景。在奴隶贩卖市场，一个个家庭被拆散，亲人被迫分离，一幕幕场景让人撕心裂肺。书中还有对几个奴隶悲惨命运的描写，表现了奴隶制度的罪恶，比如和汤姆在一条轮船上的女奴，孩子被偷卖掉，女人跳河身亡。一个黑人女奴老蒲露生下的每一个孩子都被卖掉，一个都没有留在身边，只能日日借酒浇愁。还有女奴甚至杀死自己的孩子，就为了避免孩子长大后也被剥削的悲惨命运。

与命运悲惨的奴隶们相应的是，书里还写了热情救助逃亡奴隶、尽量帮助奴隶的群体，比如谢尔比太太。她暗示她的奴隶尽量拖延追捕伊莱扎的时间，敦促丈夫想尽办法赎回汤姆，还有教友会众多帮助黑奴逃亡的热心人，以及自愿花费心血教育奴隶的奥菲利亚小姐。

如果我们把《汤姆叔叔的小屋》中的人物分类就会发现，这部小说描写了三类人物：奴隶、奴隶主和其他辅助人物。

奴隶的身份特征是：他们被视为主人的财产，生活的好坏，全凭主人对待他们的方式。根据主人的经济状况，他们随时有被卖掉抵债的危险。奴隶还可以被租出去，租金归主人。奴隶以汤姆为代表，以伊莱扎和丈夫乔治作为对比。

奴隶主决定奴隶的命运，好的奴隶主关心奴隶的生活，对奴隶照顾周到，管理宽松；坏的奴隶主残暴专制，榨取奴隶的价值，对奴隶任意行使生杀大权。奴隶主有谢尔比先生与其儿子小乔治，还有克莱尔，以及列格雷。他们的不同性格、生活方式和经营状况影响了奴隶的命运。奴隶贩子、警察、律师等，都在维持奴隶制的存在。

还有关心奴隶命运、热心帮助奴隶改变处境的人，如谢尔比太太、教友会教友、教友的议员丈夫等。

下面我们逐一认识这些人物。

第一类人物是奴隶。奴隶可以分为汤姆、乔治和伊莱扎，种植园里沉默的大多数，另类抗争的凯茜三种。

主人公汤姆对主人忠诚，对宗教信仰虔诚，在其他人眼里正直能干。知道自己将被卖掉的时候，他虽然有随时来去的通行证，却没有逃跑，还安慰妻子：如果不卖掉自己，庄园里所有的人都要被卖掉。他觉得利用自己替主人还债天经地义，他相信无论他被卖到什么地方，等主人以后有钱了就会把他赎回来。在列格雷的种植园，他宁愿自己受苦也不愿意鞭打别的奴隶。汤姆为人正直，我们记住的是汤姆的悲惨命运和他忍耐坚韧的精神。

小说中的另一个人物乔治选择了和汤姆相反的道路。他遭遇不公时，奋而反抗。在逃亡路上，他带着枪和猎刀，随时准备誓死捍卫自由。他坚毅、勇敢，在危险的时候向追赶他的警察开枪，逃出了魔掌。他对自由的向往和果敢的行为得到了回报。他最后的结局也很好，不仅与妻儿团聚，还在教友会的帮助下，成功逃往加拿大。

乔治的妻子伊莱扎同样立场坚定，视自由高于一切。伊莱扎是从小被女主人宠爱着抚养长大的。当她听到主人要把儿子卖给奴隶贩子时，她义无反顾地带着儿子夜半逃走。她来不及告诉丈夫，也不知道丈夫已经逃走，孤身一人带幼子走上了逃亡之路。当奴隶贩子在大河边快要追上她的时候，她奋不顾身地跳上冰凌，抱着孩子，踏着一个又一个漂浮在河面上的冰块，跳到河对岸，把追赶她的人惊得目瞪口呆。我们只能说，这种勇敢与无畏，是母爱的奇迹。

最令人叹服的是凯茜的另类抗争。她是个混血女人，非常漂亮，气质不凡，好几次被转卖，被迫与奴隶主同居，物质待遇非常好。但她的身份仍旧是奴隶，不仅没有自由，生的孩子也被当作奴隶夺走卖掉。她知道，等她年老色衰，奴隶主会买来更年轻的女奴取而代之。因为孩子被卖掉，凯茜心里充满了对奴隶主列格雷的仇恨。在新的女奴到来之后，她被送到地里干苦力，摘棉花。她利用自己的聪明才智，在周密的筹划后，最终顺利逃脱魔掌，并找到了自己的女儿伊莱扎，与家人团聚。

第二类人物是掌握奴隶命运的奴隶主。汤姆的第一个主人是谢尔比先生，他对奴隶不错，但是关键时刻还是要利用这笔财产来弥补自己的亏损，是个无用的好人。汤姆的第二个主人是克莱尔，他深知奴隶制度的罪恶，只能尽量对他们好些，甚至迁就纵容，但是无力行动起来给他们真正的自由。他虽然答应给汤姆自由，却没有来得及办到。汤姆的第三个主人是种植园主列格雷。他凶狠残暴，是小说中彻头彻尾的反面奴隶主形象。

善待奴隶的好奴隶主是存在的，然而制度之恶是必须铲除的。不管奴隶主个人是好还是坏，奴隶制度本身的邪恶使得奴隶命运具有很大的随意性和不确定性。

第三类人物是除奴隶和奴隶主之外的人物。我们重点讲小说中的女性人物。

虽然那个时代女性不能外出工作，活动场所被限定在家庭和住宅内，但她们还是发挥了巨大的推动作用。谢尔比太太很温柔但是主意坚定，暗示她的奴隶们尽量拖延奴隶贩子追捕伊莱扎的时间；在丈夫陷入经济危机时想要帮助他厘清账目，参与管理庄园，鼓励儿子小乔治去寻找汤姆，对儿子解放黑人奴隶大力支持。

一位议员夫人鼓励她的丈夫服从感情而非法律条款，带动村民用实际行动帮助逃亡奴隶，凯茜更是以自己的聪明智慧得以逃脱困境。

在那个时代，在向女性有限开放的活动范围内，女性以温柔的力量、聪慧的方式、坚定的行动力做出了努力，推动了废奴的实际进程。当然，我们也不能忘记，这部时政性强，斗争性强的颇具阳刚之气的作品的作者就是一位爱憎分明、充满正义感，又有远见卓识的伟大女性。

《汤姆叔叔的小屋》具有19世纪女性小说中常见的感性与戏剧性风格。在斯托夫人的时代，这种类型的小说最为流行：它趋向于描述女性主角，写作风格常能唤起读者的同情与感动。但《汤姆叔叔的小屋》与其他女性小说有所不同，《汤姆叔叔的小屋》直面现实，将焦点集中在奴隶制这种大题材上，并以一名男性作为故事的主角。这本身就说明作者具有相当了不起的勇气和担当。

小说中栩栩如生的小人物形象让我们对他们的遭遇和困境感同身受，并给予他们深切的同情。小说给我们留下的最深刻的印象便是人物。

人物是长篇小说的灵魂，人物形象的塑造和人物命运的描写是长篇小说的核心。作家塑造人物的角度和感情深度，是一个作家品格、成就、思想水平的集中体现。同样的故事，人物能否打动人心，在于作家的态度和感情投入，在于有没有提升读者的感悟。没有这一层，人物就没有光，故事就没有色彩，生命就没有温度，意义也就无从谈起。

这一节我们介绍了汤姆和乔治的不同道路，探讨了不同类型的奴隶、奴隶主和其他人物，揭示了奴隶命运的不确定性。汤姆在小说中被卖掉三次，第一次被卖掉是因为替主人还债，第二次是被买来做表达谢意的礼物，第三次则是种植园的需要。汤姆第三次被贩卖到种植园为什么是最悲惨的经历？小说中人物的大结局又是怎样的呢？

第三节
三个小屋，三种生活

南方种植园主列格雷是小说中最心狠手辣、残暴无情的奴隶主。汤姆因为拒绝服从鞭打女奴的命令，被列格雷折磨。汤姆原来的主人小乔治经过多方打听，赶到列格雷的庄园，见到了汤姆，可是为时已晚，汤姆身受重伤，奄奄一息，最后在小乔治的怀里死去。

回到家里，小乔治给了庄园每一个黑奴自由，他把黑奴的解放归因于自己受到汤姆的感召，把奴隶们得到的自由归因于汤姆的牺牲。小乔治对他曾经的奴隶们说：每当你们看到汤姆叔叔的小屋，就应该想到你们获得的自由，要让小屋成为一座纪念碑，以汤姆为榜样，做一个正直、虔诚的基督徒。

小说开头就有对汤姆叔叔的小屋的描写，结尾处又重新提起，前后呼应。可是物是人非，开始时小屋是温馨的家庭安居之地，而如今变成了回忆悼念之所。

这部小说的题目很有意思，《汤姆叔叔的小屋》，其中小屋是重点，以小屋说明汤姆的生活。汤姆被卖了三次，一共经手了三个主人，住过三个地方。三个小屋与三家主人大宅的关系有许多不同之处。

在谢尔比家时，汤姆家庭美满，这里也是祷告的福地。小屋是靠近主人大宅外围的依附之处，位置相对独立。

克莱尔家是一座典雅漂亮的庄园，汤姆被安排住在马厩旁的独立房间里，由于克莱尔夫人玛丽喜欢干净，所以她要求汤姆穿的衣服必须干净得没有一点马厩的味道。小屋是一个远离尘嚣的乐园，汤姆在这里能够静心读书，思考问题，陪伴天使一样美丽纯洁的伊娃，过着像田园牧歌一样的生活。

在列格雷的庄园，汤姆被塞进狭小憋屈、黑暗简陋的空屋，屋子刚刚能够容身，人过得就像一个工具。汤姆在这里紧紧抓住唯一安慰他心灵的《圣经》，完成了灵与肉的升华，这是他经受磨难，忍受痛苦却得以超脱尘世，解脱灵魂的地方。

三个小屋不管空间大小，条件优劣，汤姆都不计较。这三个小屋的相同之处是，无论他身居何处，房屋都只是容身之地，始终不变的事是读《圣经》和祷告。他认字费力，读得很慢，却读得虔诚，能领会到灵魂深处。汤姆叔叔的小屋最主要的特征其实就是精神灵魂之所。

直到在最后的小屋里，在受尽折磨和毒打，只能躺在地上的时候，汤姆知道自己的最后时刻已经来临。他从书中读出了他的命运，所以他选择宽恕折磨他的人。汤姆觉得这些人的灵魂很可怜，折磨别人越狠，灵魂沦陷越深。

汤姆宽恕了折磨他的人，折磨他的人反倒觉得恐慌，认为他平静得可怕，安详得吓人。打手的心里十分害怕，对他打得也越狠。这是一种奇特的反转：汤姆的毫不屈服使他的对手心灵受到震撼和恐惧。奴隶主列格雷后来六神无主，整日疑神疑鬼，寝食难安。

汤姆作为小说的中心人物，坚韧不拔，宁死不屈，内心的强大使他到哪里都有一种正直温暖的能量。不管环境如何改变，他永远都在努力做自己。其他奴隶也在关注汤姆命运的过程中汲取了力量。小屋不在大小，而在主人德行的高尚和心灵的光芒。

小说除了人物给我们留下了不灭的印象，情节也随人物命运的变化而跌宕起伏、引人入胜，小屋的象征也让我们佩服作者的匠心安排。如何理解这部小说的主题？这是一部特定时期的美国小说，时过境迁，为什么还能成为经典？

在不同的历史时期，《汤姆叔叔的小屋》得到过不同的评价。小说发表之后，还有不少质疑小说内容不实的声音，这激起了南方各州的愤怒。由于不断遭到蓄奴州的批判和历史学家及文学批评家的质疑，小说发表第二年，斯托夫人发表《汤姆叔叔的小屋题解》，为小说主要人物和情节提供出处，说明小说材料的来源，证明小说的可靠性和真实性。

斯托夫人在序言中也说道，世界上许许多多的悲伤和冤屈都已经被洗刷、被淡忘，因此，我们可以欣慰地期望：总有一天，类似于本书的这一类描写只是作为不复存在的那段历史的记录，这样这本书才具有其价值。

《汤姆叔叔的小屋》还引起了南方作家的不满，所以也出现了很多针锋相对、鼓吹奴隶制、维护南方种植园形象的作品，在之后的20年里，也引发了一批"反汤姆"的种植园小说。南方作家笔下的种植园奴隶主仁慈，像大家长，把奴隶制描绘成维护、教育奴隶，使其高雅的好制度。

南北战争之后，过强的政治性与说教性都曾影响这部小说的评价和声誉。但是，时过境迁，那些质疑都已烟消云散，唯独小说依然流传。

《汤姆叔叔的小屋》是废奴文学的代表作。

在奴隶制下，除了主人的人品，没有任何东西能保护奴隶的性命，这种缺陷是奴隶制本身所固有的。

谢尔比、克莱尔等人都是对奴隶不错的主人。谢尔比的奴隶因为主人的债务而被卖掉时，最不该卖掉的汤姆被卖掉，因为他最值钱。克莱尔的奴隶享受着在天国一样的自由散漫，因为主人遭遇不测而被卖掉。这都说明奴隶的命运只寄托于奴隶主人品是靠不住的。

华盛顿的伟大在于建立了与英国不同构架的美利坚合众国，林肯的伟大在于签署了《解放黑人奴隶宣言》，维护了国家制度的统一。而《汤姆叔叔的小屋》的意义在于为铲除不人道的奴隶制呼吁呐喊，唤起人们的斗争精神和人生而平等的觉醒意识，因此赢得了诸多的尊敬和肯定。

《汤姆叔叔的小屋》充满了宗教氛围和气息。

所有的好人都沐浴在基督教的圣光中，所有的苦难都得以释怀和平复，所有的德行抗争都假借上帝之名，连同书名——《汤姆叔叔的小屋》——也可以解读为祷告之地。小乔治把奴隶解放归于上帝，把汤姆作为基督徒的榜样；谢尔比夫人的善良，教友会的无私帮助，议员遇到法律与良心的冲突时遵从内心的召唤，都是上帝的指引。

有宗教气息的西方作品很多，比如我们熟悉的《简·爱》《天路历程》等。《汤姆叔叔的小屋》留下了对自由的歌颂，对正义和平等的赞美，对坚守自我的支持，这是它超越宗教和历史的永恒的文学之光。

这部小说还有一个特点，它可以说是非洲裔美国人寻根文学的鼻祖。小说结尾处，已经获得自由，并在法国接受了高等教育的乔治·哈里斯选择带家人去非洲工作，并认为那里才是他的根，所以这部小说开启了非洲裔美国人的寻根之旅。对非洲同族的认同，对种族不平等的批判是后来很多非洲裔美国人文学书写的特征，著名的小说有《根》《向苍天呼吁》等。

最后我们提一个问题：为什么要读文学作品？

很多著名的作品在艺术上有成就，运用了新的、有启发性的艺术手法；在主题上有开拓，写了从未有人写过的内容，但是，我们就是读不下去，或者读完了觉得更加沮丧低落，对人性失去希望，感觉人生更加无奈。这类作品的确著名，但是只适合对艺术手法感兴趣，对开拓人性、理解人生有启发的特定的人读。还有一种书读完了元气充盈，给人力量和希望。《汤姆叔叔的小屋》就是一本充满力量、给人希望的书，这本书让人勇敢斗争，不屈服；让人信念坚定，不妥协。

这种力量表现在汤姆身上，就是他的隐忍和坚韧。许多人年轻时可能难以接受他这种方式，或者说没有宗教信仰或精神力量的人认为难以做到。经历的世故多了，就觉得汤姆的这种坚韧难能可贵，以一己的精神坚守和内心定力应对痛苦和磨难是不容易做到的。

这种希望还表现在诸多善良的人身上。众多的配角和小人物都尽自己最大的力量，给这个残忍的世界和丑陋的制度带来了温暖，显示了奴隶制的废除有强大而广泛的群众基础，也预示了奴隶制的必然消亡。众多小人物汇集起来的能量终于激起了一场正义的战争，结束了一个丑陋的制度，解放了一个被压迫的种族。

小说给我们的启发在于，人要善良，要对自由充满向往，要有抗争的勇气、智慧和力量。普通人的善良、互助构成了强大的群众基础，众志成城就是历史的方向。

关于这部小说的中文版，我推荐译林出版社出版的林玉鹏先生翻译的版本。

在《汤姆叔叔的小屋》里，我们读到了历史与文学的不同：历史描述具体事件，文学书写推动事件发展的人性光辉。我们在小说中读到了作者对奴隶制的抨击，对自由的向往，以及对人格独立的讴歌，让我们感受到了作者坚定的信念。弱者要自强，强者要助人，这是文学给人的温暖的力量。

《草叶集》
—
以诗歌去塑造包罗万象的"自我"

Leaves of Gras

清华大学·王敬慧

沃尔特·惠特曼

📖 作品介绍

《草叶集》是19世纪美国浪漫主义诗人沃尔特·惠特曼的一部诗集,共收录诗歌三百余首。

草叶是最普通、最有生命力的东西,象征着当时正在蓬勃发展的美国。在这部诗集里,惠特曼打破了长期以来美国诗歌因袭的律式,创造了被称为"自由体"的诗歌形式。这种形式的诗歌,节奏自由奔放,汪洋恣肆。惠特曼用一千多行诗来歌颂自我,这个"自我"既是诗人自己,又是一切个体的代表;通过自我感受和自我形象,诗人热情地歌颂了资本主义上升时期的美国。此外,诗人在诗中还极力赞美大自然的壮丽、神奇和伟大,向往人与自然的和谐统一。《草叶集》是惠特曼一生创作的汇总,包含了丰富而深刻的思想内容,反映了19世纪中期美国的时代精神,是美国诗歌史上的一部里程碑之作。

✒ 《草叶集》思维导图

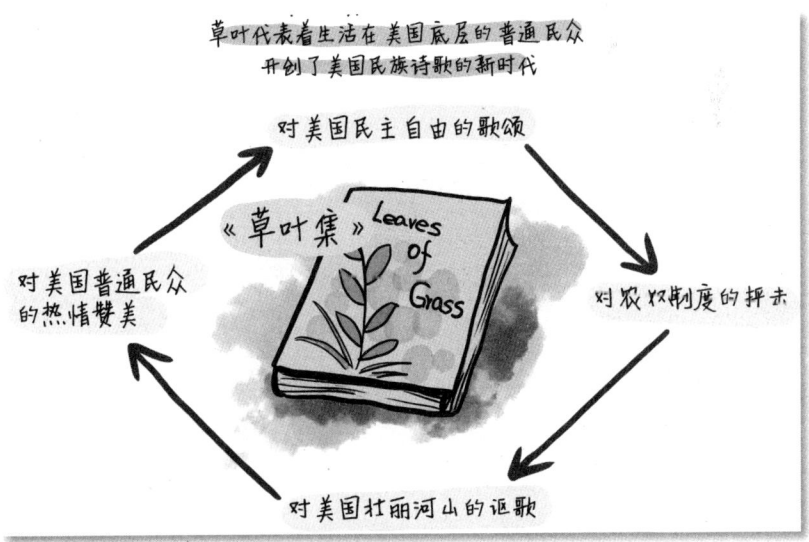

第一节
仅凭一部作品就名扬天下的时代宠儿

2019 年是"美国诗歌之父"沃尔特·惠特曼的 200 周年诞辰,他生于 1819 年,于 1892 年去世。惠特曼的代表作是诗集 *Leaves of Grass*,汉语译为《草叶集》。在讨论《草叶集》这本诗集之前,如果我们将它与玛格丽特·米切尔的《飘》放在一起比较,会得出什么结论呢?这两本书之间有什么联系吗?《草叶集》的"草叶"指的是什么呢?

我们从两方面来分析这两部作品,讨论这两位作家的可比性。

首先,两位作家都是一生只出版了一本书。(仅因一部作品就名扬天下,并在文坛上占有一席之地的作家并不多,而玛格丽特·米切尔与惠特曼都属于这样的类型。)米切尔认为自己的写作技巧并不是很好,所以见好就收,不再发表任何长篇小说;而惠特曼则不断完善自己的诗集,1855 年出版的第 1 版《草叶集》中共收录诗歌 12 首,1891 年出版第 9 版时,书中已经收录了 383 首诗歌。

惠特曼的《草叶集》对于美国文学而言,其重要性就如同唐诗之于中国古典文学。《草叶集》是美国诗歌中的经典,倾注了惠特曼毕生的心血,"草叶"象征普通民众,象征当时正处于资本主义上升时期的美国。

另外,《飘》的作者米切尔与《草叶集》的作者惠特曼都与美国南北战争密切相关。但是这两位作者对于南北战争的态度又截然相反。《飘》的作者同情南方,而惠特曼在《草叶集》里写了无数篇纪念林肯的文章,因为他是北方废奴制度的坚定支持者。他所哀叹的不是南方生活的飘散,而是北方灵魂人物林肯的去世。他的《哦，船长，我的船长》是非常典型的一篇诗歌，表达了对林肯的深刻悼念。

《飘》中来自南方种植园的男士们，不管是否赞成蓄奴制度，都会积极加入对抗北方的战争，南方那些曾经华服锦食的妇女还到战场上做护士，帮助受伤的战士；在这个时候，惠特曼也在坚持着他的废奴思想，他也在华盛顿做战地护士，尽心地帮助着受伤的北方战士。也是因为这次经历，他的健康严重受损，导致他老年时期的生活受到了严重的影响。

在内战时期，虽然他没有多少钱，但他靠抄写赚钱，然后将赚到的钱用在伤员身上。也是在这里，惠特曼帮助了一位19岁的联邦士兵，这名士兵的一条腿已经被截肢了，而惠特曼一如既往地关心他，照顾他。惠特曼的这种奉献精神，令人想起《飘》中白瑞德的一位女性朋友，她用自己的身体赚钱，然后捐献给战时募捐团体，用于资助南方的战争。大家都是根据自己的信仰，默默无闻地做着贡献。所以，《飘》所代表的是南方种植园主的立场；而《草叶集》代表的是北方如草叶般的平民百姓的立场。

如果我们将这两部作品一起阅读，就能够更好地了解美国南北战争时期的历史背景和人们真实且完全不同的心态。美国人通过独立战争摆脱了英国的统治之后，南方和北方其实是沿着两条不同的道路发展的。北方在南北战争中胜利的重要意义在于巩固国家统一的同时确立了北方资产阶级在全国的统治地位，为美国的资本主义迅速发展扫清了道路，美国很快成为世界大国。历史书告诉我们，南北战争的局限性在于林肯只是废除了南方叛乱诸州的奴隶制，这些黑人虽然被解放了，但是并没有获得和白人一样的权利。这样的结果肯定不是惠特曼在《自我之歌》里所倡导的真正平等的社会。

所以，在这场战争中，每个人都有自己的角度和立场，不同的时代，人们的判断也会不同。这是不是可以让我们思考战争的本质呢？

惠特曼为什么成了北方的斗士呢？这要归因于他独特的生活经历。这位伟大的美国诗人其实只接受过6年正式的学校教育。他的祖上于17世纪60年代移民美国，他们还是比较富有的，他的父亲是英国后裔，他的母亲是荷兰后裔。但是到了惠特曼父亲那一代，他们家就只有一小块土地，亏得他父亲还有木匠的手艺可以谋生。

作为9个孩子中排行第二的孩子，惠特曼没有接受过正式的高等教育，不过他喜欢游荡、冥想，喜欢大自然，喜欢城市和大街小巷，喜欢歌剧、舞蹈、演讲，更是疯狂地热爱诗歌，他还喜欢读荷马、但丁和莎士比亚的作品。他经常与码头工人、车夫等下层人民生活在一起，对他们产生了深挚的感情。他的工作也一直是和文字打交道，曾经做过印刷厂的学徒、乡村教师、报纸的创办人、记者、编辑、自由撰稿人等。

1841年，惠特曼发表了第一篇小说《死于教室》。同年，他毅然辞去了乡村教师的职位，之后的十几年间，他曾经在新奥尔良、纽约和长岛办过多份报纸。特别是在新奥尔良的时候，他亲眼看见了多次奴隶拍卖，尽管这在当时是很普遍的事情，但是这对他的触动是非常大的。从那时起，他开始着力写诗。

1855年，他自费出版了第1版《草叶集》，诗集共有12首诗，包括他一生的代表作——长诗《自我之歌》。遗憾的是，诗集的销量并不好，当时已功成名就的美国著名诗人郎费罗、洛威尔和霍姆斯等人，对这本小册子根本不屑一顾，而大诗人惠蒂埃甚至把它丢进了火炉里。因为在他们眼中，一个木匠的儿子根本就不配写诗。亏得爱默生的鼓励给惠特曼本人以信心，使他锲而不舍地写下去。惠特曼去世时《草叶集》出版至第9版，这本诗集包含的诗歌已经扩充到383首。

惠特曼的研究学者大多数认为，1855年的版本最纯粹地体现了惠特曼的诗歌创作天赋，饱含了他对诗歌、对美国人民的热爱。他的写作特点和风格如此不同，导致他被一些人喜欢的同时也被一些人憎恶。惠特曼的同性恋倾向在作品中显露，在诗歌中他会歌颂男性间的肉体之爱和精神之爱。

大家一定觉得《草叶集》是一部给惠特曼带来声誉的作品，而事实上，在他有生之年，《草叶集》让他两次失去工作。其中一次是在美国内战后，惠特曼在美国内政部当职员，但是当时的内政部部长詹姆士·哈兰发现他是"恶心"的《草叶集》的作者后，就解雇了惠特曼。

如果我们抛开对于惠特曼个人性取向的追究，我们将会看到怎样的一个惠特曼呢？

第二节
什么才是真正的"自我"

今日和今夜请和我一起叫停时间,你将明了所有诗歌的来源,
你将拥有大地和太阳的秘密(另外还有千百万个太阳),
……
你也不用借我的眼睛观察,不用通过我而理解事物,
你将耳听四面八方的声音,然后由你自己过滤一切。

接下来我们就一起聊一聊惠特曼《草叶集》里最长的一首诗《自我之歌》。上面的诗句就来自这首长诗。如何才能认识自我?如果请你写一首关于自我的诗,你会怎么写呢?是写你的生平、爱好、最喜欢的一个人,还是写最难以忘怀的事件,抑或是人生的座右铭?

总之,这是一个复杂的问题。几个世纪以来,众多学者从不同的角度定义什么是自我,比如弗洛伊德、荣格、福柯等,而惠特曼则从个性主义的角度歌颂自我。

《自我之歌》一共52篇,1336行,是《草叶集》里最长的一首诗。这首诗的内容几乎包括了作者毕生的主要思想,可以说是作者最重要的诗歌之一。长诗中15次提到了草叶,还包含了惠特曼的名句:"只要有土地和水,草就会生长。同样的空气沐浴着整个世界。"(草叶象征着一切平凡、普通的东西和平凡的普通人,我们的芸芸众生就如同诗中的草一样。)

惠特曼用一千多行诗来歌颂自我,是不是有些自恋呢?其实,诗中的

"自我"既是诗人自己,又是一切个体的代表。这里的"自我"是具有美国民族特征和民主理想的巨人形象,也是新大陆的开拓者形象,同样从这首诗也可以看到以爱默生为代表的超验主义学说对诗人的影响。比如该长诗中的第一篇是这样开首的:

I celebrate myself, and sing myself,

And what I assume you shall assume,

For every atom belonging to me as good belongs to you.

I loafe and invite my soul,

我赞美我自己,歌颂我自己,

我所讲的一切,对你也一样适合,

因为属于我的每一个原子,也同样属于你。

我闲游,邀请我的灵魂同往,

首先从诗歌形式上说,这是典型的自由体诗(Free Verse)。这是现代诗中常见的体式,长短不同的诗行存在于同一首诗中,不讲究押韵与格律,只注重诗歌所表达的意象和传递的情感。

在惠特曼的时代,采用这样的诗体是一种创举,因为那时的诗歌还受英国传统诗歌创作的影响,要有五步抑扬格,行尾押韵,要完全达到十四行诗的要求,即合辙押韵。如果不能两者都做到,也可以做到其中一种,比如只能合辙、有抑扬格的,我们称其为无韵诗(Blank Verse),或做不到合辙,至少也要有尾韵,就是行尾要押韵。比如华兹华斯写过关于自然的诗歌,《致一只小蝴蝶》(*To A Butterfly*),是 AABB 式押韵:

I've watched you now a full half-hour;

Self-poised upon that yellow flower

And, little Butterfly! Indeed,

I know not if you sleep or feed.

每句的结尾词汇是：hour，flower，indeed，feed。

我注视你足足半小时多，

黄色花上坦然自若，

不知你是进餐还是熟睡，

小小的蝴蝶，真是很难说。

再比如华兹华斯的《致水仙》（*The Daffodils*）是隔行交互押韵：

I wandered lonely as a cloud.

That floats on high o'er vales and hills,

When all at once I saw a crowd,

A host, of golden daffodils.

我孤独游荡，如浮云一样。

徘徊过溪谷，又登上小丘，

突然撞见繁花绽放，

金黄水仙体态优柔。

韵脚押韵格式是 ABAB：cloud，hills，crowd，daffodils。然后说水仙在哪里呢？

> Beside the lake, beneath the trees,
> Fluttering and dancing in the breeze.

> 在那湖畔，在那林间
> 迎风招展，舞姿翩翩。

韵脚是：trees，breeze，都是押韵的。

比较之后，我们发现惠特曼的写法与华兹华斯的完全不同，比如刚才说过的关于小草生命力顽强的诗句："只要有土地和水，草就会生长。同样的空气沐浴着整个世界。"惠特曼的英文句子是直抒胸臆的，完全是自由体，没有抑扬格，没有韵脚，也没有多少修饰语修饰中心词。

大家可以猜猜惠特曼的英文诗句是怎样说的？"只要有土地和水，草就会生长。"Where there is soil, and water, there will be grass？"同样的空气沐浴着整个世界。"The same air bathe the whole world？现在我们来揭开谜底，惠特曼的原文诗句是：This is the grass that grows wherever the land is and the water is. This is the common air that bathes the globe. 当然，他还是比较善于用排比句式的，比如"This is"就重复了两次。运用排比是惠特曼的诗歌让人读来觉得大气磅礴的一个重要原因。

我个人读《自我之歌》所包含的 52 篇时，总会联想到一年的 52 周，觉得惠特曼是在用这个数字来表达通过一年年的轮回，指芸芸众生日复一日的生活。当然这只是我自己的解读，没有任何依据，姑且和大家分享我的这个想法，迄今为止，我还没找到任何一位学者表达过类似的想法。

严肃地分析这 52 篇诗篇，它们可以被分为三个部分，阐述三大主题：一是关于自我，惠特曼强调身体与精神（或灵魂）的统一；二是关于自我与他人，惠特曼强调人与人之间的平等；三是关于人和自然，惠特曼向往人与自然的和谐统一。

例如，在该诗的开首，他说自己观察草叶，不说自己在观察，他说："我闲游，邀请我的灵魂一起，/ 我俯首下视，悠闲地观察一片夏天的草叶。"再比如他说："我相信你，我的灵魂，那另一个（肉体的）我决不可向你低头，/ 你也决不可向肉体低头""我是肉体的诗人，我也是灵魂的诗人""我的灵魂是明澈而香甜的，非我灵魂（肉体）的一切也是明澈而香甜的。/ 一者缺则二者俱缺，不可见的东西由可见的东西证明，/ 等到它（可见的东西）又变为不可见的东西的时候，那就轮到它由可见的东西所证明"。

在惠特曼看来，肉体不优于灵魂，灵魂也不优于肉体，它们两者的平等共存，就如同一个人与另一个人之间的平等。这个世界上，连上帝都不能说比自我更优越。在第 48 篇，有这样一段："任何一种行业，青年人都可以借之成为一个英雄。/ 任何一件柔软的物质都可以成为旋转着的宇宙的中心。/ 我对任何男人或女人说：让你的灵魂冷静而镇定地站立在百万个宇宙之前。"

惠特曼传达给我们一个信息：让你的灵魂冷静而镇定，明白你和任何人一样都是平等的，都是人类不可缺少的一员，都在合力塑造一个大写的"I"（我）或者说顶天立地的"人"，那么你就可以无比强壮。

在惠特曼的诗歌中，人与自然是合二为一的。比如，他在这一段里会说：我俯首下望，悠闲地观察一片夏天的草叶。但是在另一段里，他会说：

我把自己交付给泥土，在我心爱的草丛中成长，/ 如果你又需要我，请在你的靴子底下寻找我。

从这里，读者可以感受到惠特曼对大自然，对土地、水和草的喜爱。

必须说，惠特曼的这种创作理念受到爱默生很大的影响。有学者说"爱默生把毕生的精力奉献给发展与阐述以下的信念：人通过直觉所体验到生活的内在、道德及神启示的法则，都可在通过感觉观察到的自然界法则的多种形式表现中一点一点地找到对应"。

事实上，爱默生的《美国学者》给惠特曼以灵感创作了这首《自我之歌》。爱默生在《美国学者》这篇演讲中曾用了一个寓言：上帝把人分成了"人群"，以便人能更好地照料自己；这好比一只手分成五指之后，手的用处就会更大。

但是，社会现实却演变成了另一种状态：每一个人都好比从躯体上锯下的一段，它们昂然行走，形同怪物——一截手指、一个头颈、一副肠胃、一只臂肘，但从来不是完整的人。"人"于是演变成某样东西，或许多种东西，农夫很少感受到他工作的真正尊严，并为之欣喜；商人极少认为他的生意具有理想的价值，他被本行业的技艺所支配，灵魂也沦为金钱的仆役；牧师变成了仪式，律师变成了法典，机械师变成了机器，水手变成了船上的一根绳子。这其中的问题在于他们没有观察和尊重其他职业，不知道所有的分工最终的目的是合作。

学者理应成为"有思想的人"，其责任可以归纳为"自信"。学者的职责是鼓舞、提高和指引众人，使他们看到表象之下的事实。而惠特曼决心做这样的自信的学者，用诗歌，用朴素的、粗犷的，同时又雄浑豪迈的语言来描写劳苦大众，写出了"一种适合满手老茧、身穿蓝色工装裤、嚼着烟草、随意说话的人们的诗"，成为"普通人的赞美者"。

爱默生说:"与历史上所有的王国相比,一个人的私生活更像是个庄严的君主政体。它对于敌人来说是可畏的,对于朋友却甜蜜安静。因为按照正确的观点,一个人身上即包含了所有人的特殊性格。每一个哲学家、诗人或演员都像是我的代理人,为我做了将来有一天我也能自己做的事。"

惠特曼就是他的代言人。也正是因为如此,当惠特曼的《草叶集》出版受到冷遇的时候,只有爱默生给诗人写了一封热情洋溢的信。惠特曼从这封信中受到巨大的鼓舞。爱默生给惠特曼的信中写道:"我认为它是美国至今所能贡献的最了不起的聪明才智的精华。我在读它的时候,感到十分愉快,伟大的力量总是使我们感到愉快的。我一向认为,我们似乎处于贫瘠枯竭的状态,好像过多的雕琢,或者过多的迂缓气质正把我们的智慧变得迟钝而平庸,《草叶集》正是我们所需要的。我为您的自由和勇敢的思想而高兴。我为它感到非常高兴。我发现美妙无比的事物,正像应该表现的那样,表现得无比美妙。我还发现那种大胆的处理,它使我们感到十分高兴,恐怕只有深刻的理解力,才能够启发它。"

《纽约论坛报》刊登了爱默生写给惠特曼的信后,《草叶集》销路大增,帮助惠特曼积累勇气继续完善自己的《草叶集》,"创造出一种全新的文学,属于全美所有种族,所有信仰,所有州,所有阶级的文学"。

惠特曼用一个字来统合上述这些不同人群,那就是爱。如果我们沿着惠特曼的思路,诗人与读者也是平等合作的,诗歌自身不是孤立的,而是诗人与读者共同完成的。

第三节
卑贱地活着比英勇地死去要难得多

惠特曼的《自我之歌》所表现出的个性主义并不意味着唯我独尊,也不意味着极端个人主义。通过细细品味其中的文字,你能体会到它所表达的恰恰是平等、民主的思想。惠特曼在《自我之歌》中歌颂人体的美,歌颂普通人的伟大,歌颂人在劳动中与自然万物的和谐。

如果说惠特曼文本中的"自我"有三种,分别是"个体自我""美国自我"与"普遍自我"。那么该怎么理解惠特曼的和谐观呢?答案可以是这样的:

在"个体自我"中,惠特曼认为肉体和精神达到完美的平衡,才能构成个体自我。在"美国自我"中,民主是美国特征的重要组成部分。他认为,只有在一个人人平等和自由的社会中,个人才能实现自我。对于"普遍自我",惠特曼认为实现这个自我要与自然均衡,而且这样更能体现自我。对于惠特曼来说,任何一个美国人都是一个个体的、美国的及普遍意义的自我。

前面介绍惠特曼如何受到爱默生的自然观的影响时,我脑海中想到了英国诗人威廉·布莱克,这位诗人为人熟知的名句是:"一沙一世界,一花一天堂。双手握无限,刹那是永恒。"在此,惠特曼也有同样的令人触动的表述:

我相信一片草叶所需费的工程不会少于星星,

一只蚂蚁，一粒沙和一个鹪鹩的卵都是同样地完美，

雨蛙也是造物者的一种精工的制作，

藤蔓四延的黑莓可以装饰天堂里的华屋，

我手掌上一个极小的关节可以使所有的机器都显得渺小可怜！

母牛低头吃草的样子超越了任何的石像，

一个小鼠的神奇足够使千千万万的异教徒吃惊。

对世界的认识如此深刻，并能用诗句恰当展现出来的诗人并不多，惠特曼就是其中一位。

惠特曼的诗歌通过电影《死亡诗社》呈现过。一所贵族学校的开学典礼暨建校 100 周年庆典正隆重举行，也就在这一天，这所学校的荣誉毕业生、从伦敦回来的新教师约翰·基廷回校出任英文教师。基廷老师在第一节课说到的第一句诗就是来自惠特曼的《哦，船长，我的船长》。他对学生们说：如果有胆量，你可以叫我船长。

与学院一贯采用传统和保守的教学方式不同，基廷老师鼓励这群学生摆脱权威，做自己内心的主人，做一个自由思想者（Free Thinkers），而不是被书中的条条框框所束缚。老师让同学们撕掉了课本上埃文斯·普理查特博士对诗歌分析方法描述的章节，并告诉学生："我们读诗写诗，并不是因为它好玩。我们读诗写诗，因为我们是人类的一分子。而人类是充满热情的。没错，医学、法律、商业、工程，这些都是崇高的追求，足以支撑人的一生。但是诗歌、美丽、浪漫、爱情……这些才是我们生活的意义。"

这位老师哼着《扬基进行曲》，向学生宣传珍惜时间、及时行乐的信

条,以及让学生撕书、鼓励学生站在课桌上,用一个崭新的视角去观察周围的世界,这些在学生长期窒息的心灵中引发了一场地震。

　　学生们逐渐明白,诗歌不应被固定的形式所束缚,同样,每个年轻的生命也是如此。每个人都应像"为这场伟大的戏剧贡献一首诗"一样独立地追寻生活的意义,冲出平静的绝望,倾听自己内心的声音,开拓新的天地,正如基廷老师领着学生们读的惠特曼的诗《啊,自我!啊,生命!》中所写的那样:

　　　　这个问题总是不停地出现
　　　　毫无信仰的人群川流不息
　　　　城市充斥着愚昧
　　　　生活在其中有什么意义
　　　　啊,自我!啊,生命!
　　　　答案是:因为你的存在
　　　　因为你的存在
　　　　因为伟大的生命活力的戏剧在继续
　　　　因为你可以奉献一首诗。

　　在操场上,基廷老师让同学们随着音乐,大声读出手里纸条上的惠特曼的《欢乐之歌》的诗句,随后踢出脚下的足球。

　　　　乘船去出海!
　　　　离开这安稳而又不堪忍受的陆地,
　　　　离开这惹人懊恼的、千篇一律的街道、人行道以及房屋,

离开你，啊，你这凝固不动的陆地，登上一条船
航海，航海，去航海！
啊，让生活自此成为一首诗，歌唱出崭新的欢乐！
跳舞，雀跃，拍手，呼喊，跳跃，欢蹦，向前翻滚，继续漂荡！
做一个世界水手，驶向所有港口的世界水手。

  他引导学生克服恐惧，做自我的主人。比如学生安德森胆怯、自卑，不敢念出自己所写之诗时，基廷老师再次借用惠特曼的《自我之歌》来激励他："I sound my barbaric yawp over the rooftops of the world."（我站在世界的屋脊上喊出我野性的狂叫）。他鼓励学生做自我的主人，坚持自我的信仰，不去在意旁人的眼光；鼓励他们找到自己的路，自己的步伐、步调，而不是随波逐流。

  很不幸的是，当学生内尔听说父母要将自己转学到其他学校，让他学习自己不喜欢的专业时，他慌张了，选择了自杀。如果他读过塞林格的《麦田里的守望者》就好了，书中有这样一句话："一个不成熟男人的标志是他愿意为某种事业英勇地死去，一个成熟男人的标志是他愿意为某种事业卑贱地活着"。学校将内尔的去世归罪于基廷老师，决定开除他。在基廷老师即将离开之际，学生们纷纷站在课桌上，大声朗读惠特曼的《哦，船长，我的船长》向基廷老师致敬，表达对他离开的不舍与心痛，以及对基廷老师谆谆教诲的感激，这种心情与惠特曼写诗表达对林肯总统的不舍是一样的。

  作为美国第 16 任总统，林肯在任期内，为了维护国家统一、摧毁蓄奴制度，他领导北方获得了南北战争的胜利，解放了黑人奴隶。这也是惠特曼所赞扬的事业。就在美国人民欢庆胜利的时刻，南方势力雇用的刺客

杀害了林肯。惠特曼为此极度悲痛，写下了很多诗歌以纪念这位伟大的英雄，《哦，船长，我的船长》是其中最著名的一首。诗歌的基调是悲壮的。诗人运用了比喻和象征的手法，把美国比作一艘航船，把林肯总统比作船长，把维护国家的统一和废奴斗争比作一段艰险的航程。

该诗由三个诗节组成，各诗节结构统一，句子排列整齐匀称。每个诗节包括四行长句和四行短句。从视觉角度看这三个诗节，就像大海中的波浪，呼唤着船长，视觉效果恰好与诗的内容相得益彰。

第一个诗节中，诗人用四行长句描绘出海岸上万众欢腾迎接大船回归的场面和支持废奴事业的热情：

> 哦，船长，我的船长！我们险恶的航程已经告终，
> 我们的船安渡过惊涛骇浪，我们寻求的奖赏已赢得手中。
> 港口已经不远，钟声我已听见，万千人众在欢呼呐喊，
> 目迎着我们的船从容返航，我们的船威严而且勇敢。

然后诗人用四句短句勾勒出船上令人悲哀的惨状。

> 可是，心啊！心啊！心啊！
> 哦，殷红的血滴流泻，
> 在甲板上，那里躺着我的船长，
> 他已倒下，已死去，已冷却。

接着，诗人拉近聚焦点，将"旌旗飞""人群""花束""彩带""花环"这些视觉意象和"呼唤""号角"这些听觉意象融合在一起，构成一幅热

烈欢庆的场面，烘托出人民对林肯这位领导者的爱戴：

哦，船长，我的船长！起来吧，请听听这钟声，

起来，——旌旗，为你招展——号角，为你长鸣。

为你，岸上挤满了人群——为你，无数花束、彩带、花环。

为你熙攘的群众在呼唤，转动着多少殷切的脸。

然后诗人又用四个短句接着哀叹伟人的离去。

这里，船长！亲爱的父亲！

你头颅下边是我的手臂！

这是甲板上的一场梦啊，

你已倒下，已死去，已冷却。

第二个诗节通过这种远与近、动与静、喜与悲相互映衬的画面形成的强烈反差，渲染出浓烈的悲剧气氛。然后，诗人在第三个诗节用四个长句和四个短句来反复哀叹对林肯的悼念之情：

我们的船长不作回答，他的双唇惨白、寂静，

我的父亲不能感觉我的手臂，他已没有脉搏、没有生命，

我们的船已安全抛锚碇泊，航行已完成，已告终，

胜利的船从险恶的旅途归来，我们寻求的已赢得手中。

欢呼，哦，海岸！轰鸣，哦，洪钟！

可是，我却轻移悲伤的步履，

在甲板上，那里躺着我的船长，

他已倒下，已死去，已冷却。

他已倒下，已死去，已冷却。惠特曼在三个诗节的结尾重复了这样的诗句："在甲板上，船长已倒下，已死去，已冷却。"这种重复手法的作用类似意大利歌剧咏叹调辉煌的收束和结尾前的短促乐章重复。惠特曼就是那位歌唱者，哀泣着他所挚爱的父亲一般的"船长"的去世。比起惠特曼其他的自由体诗歌，这篇诗歌押韵比较工整，格律严格，被认为是惠特曼"最传统"的诗作。

在这条船上的人究竟能做什么呢？如果从惠特曼的诗歌中寻找答案，他曾说："我无论生活在哪里，遇到任何意外都要保持自我平衡，面对黑夜、风暴、饥饿、嘲弄、事故、挫败，都要像树木和动物那样坚韧。"看来我们要向自然界的生物学习，比如蜘蛛坚韧的精神。惠特曼在《一只无声的坚忍的蜘蛛》这首诗中写道：

一只无声的坚忍的蜘蛛，

我看出它在一个小小的海洲上和四面隔绝，

我看出它怎样向空阔的四周去探险，

它从自己的体内散出一缕一缕一缕的丝来。

永远散着——永不疲倦地忙迫着。

而你，啊，我的灵魂哟，在你所处的地方，

周围为无限的空间的海洋所隔绝，

你不断地在冥想、冒险、探索，

寻觅地区以便使这些海洋连接起来，

直到你需要的桥梁做成,

直到你下定了你柔韧的铁锚,

直到你放出的游丝挂住了什么地方,

啊,我的灵魂哟!

人类需要的是一个坚忍的灵魂。惠特曼希望我们这些坐在船上的水手应该拥有这样的素质:质疑权威的胆量,克服恐惧的勇气,还有就是坚忍的精神。我最想重复《麦田里的守望者》中的那句话:"一个不成熟男人的标志是他愿意为某种事业英勇地死去,一个成熟男人的标志是他愿意为某种事业卑贱地活着"。卑贱地活着比英勇地死去要难得多。

最后,作为美国的天才诗人,惠特曼不仅仅是美国的,也是全世界的。

第四节
惠特曼与中国诗人的休戚与共

这一节我们聊一聊惠特曼的诗歌与中国现代诗歌的关系。我将本着惠特曼"均衡全面"的原则,从两方面来谈这个问题,一个是中国诗歌对惠特曼的影响;另一个是惠特曼对中国现代诗歌的影响。我们在探讨中外文学相互影响的问题时,其实都可以用这种方法思考。

《草叶集》从第 1 版到第 9 版,经历了太多曲折和坎坷,开始并不被看好。许多伟大的作家、诗人,他们在世的时候,往往得不到同时代人的认可,因为他们作品中的思想往往超越了他们的时代,也就是说,他们总是走在同时代人的前面。当时代过去了,他们的作品才会得到后人的承认和接受,得到后人给予的极高评价。

惠特曼就是这样一位伟大的诗人。直到 19 世纪下半叶,尽管仍然有很多人反对惠特曼,但惠特曼也有了忠实的追随者。英国批评家威廉·罗塞蒂于 1868 年发表了文章《惠特曼诗歌》,对惠特曼的诗歌做出了很高的评价,同时他还在伦敦出版了《惠特曼诗选》,惠特曼的作品由此开始走出美国,走向世界文学的领域。

20 世纪初期,《草叶集》在全世界拥有了无数读者,给一些文学家带来了深刻的影响。1919 年 7 月 15 日,田汉在《少年中国》的创刊号上发表文章《平民诗人惠特曼的百年祭》,这是中国最早能够查到有关惠特曼及其诗歌的文献资料,由此,惠特曼的诗歌在中国渐渐流传开来。从五四运动时期开始,惠特曼的诗歌和他的思想就被众多爱国诗人推崇。

惠特曼对中国持什么态度呢？他喜欢中文和中国人吗？

在惠特曼的诗歌创作中，他曾得到爱默生的支持，理所当然，爱默生等人对东方和中国文化的强烈兴趣和憧憬也影响着惠特曼本人。他虽然没有来过中国，但对我们这个古老的东方大国满怀敬意。

在《草叶集》中，中国的江河山岳、古庙皇宫、都市百姓，以及孔子的名字都曾出现其间。他在诗歌中明确地说出中国的四大重要河流：长江、黄河、珠江和鸭绿江。而且他竟然知道鸭绿江其中一条较大支流的名字是"爱河"，所以他管这条河叫"Amour"，这个词就是"爱"的意思。

惠特曼对中国人同样抱有好感，他和访美的英国作家爱德华·卡彭特谈到中国人时，曾说："我猜想，他们跟德国人相像，只是更有教养。我心目中的德国人是朴素的、真实的、热情的……中国人也有这些优良品质，此外还有德国人所缺乏的某种机敏文雅的品德。"

当他见到一本关于中国的著作时，他表现出了极大的兴趣，因为"这是关于东方那个奇妙世界的"。为此，他整整一个星期沉浸在那本书中，尤其喜欢关于中国诗歌的部分。他在《草叶集》里写道："（在许多无法清算的债务中，/或许对古代诗歌的欠款是我们新世界的最主要的一笔。）/在此之前好久好久，作为美国的前奏，/那些古老的咏唱，埃及祭司的、还有埃塞俄比亚的，/印度的史诗，希腊的、中国的、波斯的，/所有圣典和先哲。"（《古老的诗歌》）他自豪地说自己尊重并采纳中国的理论、神话和传说。

上面提到了孔子，惠特曼的诗歌在哪里讲了孔子呢？比如在《自我之歌》中就能找到孔子"四海皆兄弟"的意象，诗中写道："于是我知道上帝的灵是我自己的兄弟/于是天下的男人也都是我的兄弟，而女人则是我的姐妹和情人……"

据说在惠特曼的葬礼上，朋友们朗读了孔子的语录为他送行。这至少可以证明，惠特曼生前对中国文化的无比钟爱。

但是，从另一方面思考，我们可以发现惠特曼的诗歌确实和中国古代诗歌不一样。在电影《死亡诗社》中，基廷老师用惠特曼《自我之歌》中的诗句来鼓励懦弱的学生如何写诗、读诗。他说要"站在世界的屋脊上喊出野性的狂叫"，估计这是中国诗人和学者所不习惯的，所以才有钱锺书先生在《谈中国诗》中说："中国诗绝不是贵国惠特曼所谓'野蛮犬吠'，而是文明人话。并且是谈话。不是演讲，像良心的声音又静又细——但有良心的人全听得见，除非耳朵太听惯了麦克风和无线电或者……"

这篇文章是钱锺书根据自己1945年12月6日在上海对美国人的一篇英语演讲翻译而来。估计英文的"野蛮犬吠"应该是惠特曼诗中的"barbaric yawp"。钱锺书先生这样解释道："西洋读者也觉得中国诗笔力轻淡，词气安和。我们也有厚重的诗，给情感、思恋和典故压得腰弯背断。可是中国诗的'比重'确低于西洋诗；好比蛛丝网之于钢丝网。西洋诗的音调像乐队合奏。而中国诗的音调比较单薄，只像吹着芦管。这跟语言的本质有关，例如，法国诗调就比不上英国和德国诗调的雄厚。而英国和德国诗调比拉丁诗调的沉重，又见得轻了。何况中国古诗人对于叫嚣和呐喊素来视为低品的。我们最豪放的狂歌比了你们的还是斯文；中国诗人狂得不过有凌风出尘的仙意。我造过aeromantic一个英文字来指示这种心理。"

我们也许可以说，惠特曼是现代诗歌的奠基人，惠特曼的诗歌是20世纪中国诗歌的源泉。惠特曼笃信万物平等，他不可能觉得东西方有任何隔膜和鸿沟。他对东方世界，尤其对中国人民表现出的思慕和热爱的情感是自然而然的，他从中国的审美文化中吸收艺术滋养的同时，也向中国的作家和诗人展示了自己的魅力,影响着中国的诗歌创作。

《草叶集》为什么能成为名著传世,经久不衰呢?为什么能在20世纪的中国产生巨大的回响与共鸣呢?

这首先要归功于翻译。没有翻译做桥梁,不懂外文的中国读者是无从了解惠特曼诗歌的灵性的。但是,对惠特曼诗歌的翻译并不是直接来自美国,而是来自日本。田汉曾在《少年中国》的创刊号上发表《平民诗人惠特曼的百年祭》一文。田汉当时在日本留学,而日本文学界在1919年正因为纪念惠特曼诞辰100周年而掀起一股"惠特曼热"。这篇文章从中国近代以来的政治形势谈起,联系惠特曼的文学思想和诗歌创作,对惠特曼的民主思想、美国精神,特别是灵魂与肉体和谐统一的观点进行了详细论述,他号召当时的中国文坛学习惠特曼的"美国精神",形成"中国精神"。

当时,惠特曼的诗歌在中国的翻译多是先在期刊杂志上发表,然后结集出版。中国的许多刊物自创刊之日起,就把刊物作为连接中国文学与世界文学的桥梁。惠特曼的许多诗歌成为这些报纸、杂志的首选,这为惠特曼在中国的传播创造了良好的契机。但是,新的问题出现了,惠特曼的诗歌最先都是散篇出版的,《草叶集》选的译本和中文全译本直到20世纪40年代以后才出现。五四时期,除了田汉,另一位深受惠特曼诗歌影响的诗人是郭沫若。他也是在日本留学期间知道并接触了惠特曼的诗歌。

在日本文学界产生惠特曼百年纪念活动之前,就有对惠特曼的介绍。比如《我是猫》的作者夏目漱石在1882年就开始关注这位美国诗歌之父,之后从美国哈佛大学学成归国的日本作家有岛武郎也多次撰文介绍惠特曼。有岛武郎在美国期间，有机会阅读惠特曼的《草叶集》，他被诗歌里表现的爱、自然与宇宙所震撼，并与这位蔑视一切权威和习俗、让生命的火焰自由迸发的体现者，产生了强烈的共鸣。他成了惠特曼的崇拜者，不论在生活中，还是在文学创作中都非常追崇惠特曼的思想。他还亲自着手翻译了惠特曼的诗歌，将其引入日本文学界并做了详细介绍。

1918年，日本还成立了"草叶会社"，目的就是研究惠特曼的诗歌，也是这个学会在1919年发起了纪念惠特曼诞辰100周年的活动。有岛武郎曾经感叹："我写惠特曼小传时，感觉他似乎在俯视着我。但我没有怯惧，心里反倒充实。他是生活于19世纪的美国人，但他兀立在我这个20世纪日本人的书桌前，毫无隔世之感……在人类悠久的生活中，如果不出现一个惠特曼，那我将会多么寂寞。"

所以，日本评论家曾说："倘若有岛武郎不曾邂逅惠特曼，那他决不会成为如此的作家。"我们也可以说，没有有岛武郎做媒介，在日本的郭沫若也不可能深入了解惠特曼，也就不能创作出他文学生涯中的巅峰之作。

郭沫若曾亲自肯定了他是如何通过有岛武郎的书，受到了惠特曼的强烈影响，他说："我无意中买了一本有岛武郎的《叛逆者》。书中介绍了三位艺术家——法国的雕刻家罗丹、法国的画家米勒、美国的诗人惠特曼。因此又使我和惠特曼的《草叶集》接近了。他那豪放的自由诗使我开了闸的作诗欲又受到了一阵暴风般的煽动。我的《凤凰涅槃》《晨安》《地球，我的母亲！》《匪徒颂》等，便是在他的影响下作成的。"

在田汉、宗白华、郭沫若合著的《三叶集》里有一个有趣的记载，关于惠特曼的《大路之歌》。事件发生在1920年3月，郭沫若与远道而来的田汉同游日本太宰府。在路上，他诗兴大起，在火车上作诗，嘴里念着"飞！飞！飞！飞！"一不小心，车票飞了出去，郭沫若下了火车去拾车票,刚捡起车票,火车已经开走了。他只好沿着铁道线步行。徒步行走在春光明媚的田野上,"望着才青的麦苗,涓涓的溪流",他没有任何沮丧,反而觉得自己好像走进了惠特曼的《大路之歌》的意境中,情不自禁地放声朗诵起来:

徒步开怀,我走上这坦坦大道,

健全的世界,自由的世界,在我面前,

棕色的长路在我面前,引导着我,任我要到何方去。

从今后我不希求好运——我自己便是好运底化身;

从今后我再不欷歔,再不踌躇,无所需要,

雄赳地,满足地,我走着这坦坦大道。

在大自然的怀抱里,郭沫若一边朗诵着惠特曼的诗,一边驰骋着丰富的想象,那个时刻,惠特曼已经成了他的精神导师。

惠特曼除了通过日本传入中国,另有一大批学者在美国直接受到了惠特曼的影响。比如,闻一多在留学美国时,就曾对惠特曼的诗歌产生过强烈的兴趣,在他的诗作《园里》《我是中国人》《南海之神》《发现》和《一句话》等里,都可以找寻到惠特曼的风格。

所以,理解惠特曼的诗歌还可以帮助你更好地理解中国的诗歌。

在当代诗坛,也曾经有一段时间出现了人手一本惠特曼诗集的盛况。据诗人蔡其矫描述,20世纪末,他在与北岛、江河、杨炼的旅行中发现,"每人的行囊中竟都有一个惠特曼!都有一本《草叶集》!""只不过,磨损的程度有别"。

惠特曼的创作与中国诗人的创作是相互影响的,而文学的影响是双向的，东西方文化与文学的互通共融在过去、现在，乃至未来始终存在。我们从这个角度谈惠特曼诗歌，希望对研究比较文学和文化的沟通提供一些范例和想法。在未来的日子里，惠特曼还会如何被阅读？他的人性观、宇宙观、自然观对新时代的关照需要我们继续思考。但是请记住一位和惠特曼一样伟大的诗人威廉·布莱克在《经验之歌》序诗中说过的话："听吟游诗人之声吧！因为他能看到现在、未来和过去。"

《小妇人》
——
女性的成长之路与隐秘的情感纠葛

Little Women

清华大学·生安锋

路易莎·梅·奥尔科特

作品介绍

《小妇人》是美国作家路易莎·梅·奥尔科特创作的长篇小说,讲述的是美国南北战争期间新英格兰地区马奇一家四姐妹的故事。四姐妹情同手足,却性格迥异:大女儿美格温柔善良,优雅端庄,也有些爱慕虚荣;二女儿乔独立自主,性格直爽,一心渴望成为作家;三女儿贝丝善良羞涩,痴迷于音乐;四女儿艾美聪慧恬静,爱好艺术,希望成为一名上流社会的淑女。四姐妹在生活中虽时有摩擦和冲突,但依然在互助互勉中渐渐成长、成熟。小说呈现了四位女性由女孩成长为妇人的岁月,讲述了她们不同的爱情经历,以及各自追寻自我实现与理想生活的过程。女孩们对生活都积极乐观,在成长道路上始终以自我完善为目标。这部小说的故事情节简单,没有太多大起大落,却真实感人,整部小说流露出温和与安宁。《小妇人》开创了女性成长小说的先河。

《小妇人》思维导图

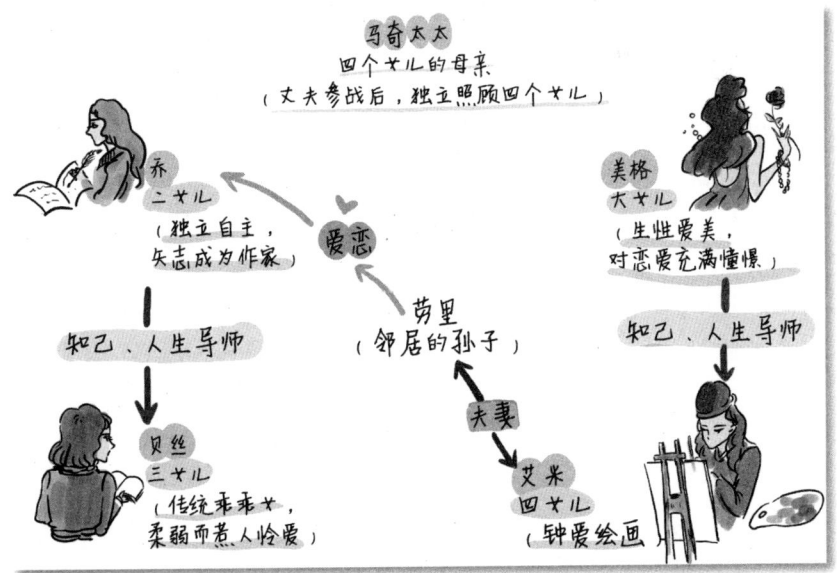

第一节
打破传统淑女形象的叛逆之作

美国女作家路易莎·梅·奥尔科特创作的长篇小说《小妇人》(*Little Women*)是美国文学的代表作之一,这部小说以其独有的魅力,吸引了一代又一代世界各地的读者。

我们将从作者、作品、主要人物、悲剧结尾的必然性等几个方面来展开讨论,窥探这本被誉为"美国最优秀的家庭小说"的真实风貌。

路易莎·梅·奥尔科特(1832—1888)出生于宾夕法尼亚州的一个平民家庭,她的父亲阿莫士·奥尔科特是马萨诸塞州康科德市一位自学成才的哲学家、教育改革家和乌托邦主义者,他是爱默生的朋友,也是超验主义的忠实拥护者。

她的父亲和朋友们创立了果园公社[1](*Fruitlands*),终其一生追求着理想,却疏忽了对家人的照料,以至于有时候家里窘迫到无法解决温饱问题。于是,坚强自立的二女儿路易莎便承担起了养家糊口的重担。

穷人的孩子早当家,奥尔科特担任过临时教师,当过裁缝、护士,做过洗熨活计,做过用人。虽然出身寒门,但是奥尔科特从小便展现出了非凡的文学与艺术才能,她在 10 岁时便积极参加业余戏剧演出,16 岁时,她写了自己的第一本书《花的寓言》(*Flower Fables*,1849),21 岁开始发表诗歌及散文等。

---

[1] 一个基于超验主义原则的乌托邦农业公社,创办于 19 世纪 40 年代。

1867年，奥尔科特接到罗伯特兄弟出版社的编辑托马斯·奈尔斯约稿，让她写一部关于"女孩子"的书。这对家境落魄的她来说十分有吸引力，特别是丰厚的稿费，更是让这个渴望赚钱的孩子动了心，她仅仅用了12个星期就写就了此书。

　　正所谓"艺术来源于生活，更高于生活"，对于作者来说，贫穷的经历反而成了一种生活积累，一种发挥才能的土壤。奥尔科特幼年贫穷的生活经历使她对女性的生存状况和社会地位了然于胸，也为她的写作生涯提供了真实的素材。她以自己家的四姐妹为原型写出了《小妇人》的第一部，她在书中把自己描写成二女儿乔·马奇，她的姐妹们分别成为美格、贝丝、艾美。

　　1868年，《小妇人》一经出版，便广受好评。当时这本书受欢迎到什么程度呢？《著名的美国女人》（*Famous American Women*, Gregory Guiteras, 2001）一书中谈及此书的风靡程度时曾说："每个人都在读这本书，律师们利用办理案件之余的时间在读，上下班的人们利用等待马车的时间在读，家庭主妇利用做家务的空闲时间在读，当然年轻女子都在读，因为没有一个体面的母亲在生日和圣诞节时不是把这本书作为礼物送给女儿。"

　　随后，小说的第二部《好妻子》也很快完成，并于第二年出版，同样也是广受读者欢迎，后来《小妇人》和《好妻子》被出版商合为一册，题名为《小妇人》。我们可以感受到，奥尔科特是一位非常勤奋的作家，并且善于抓住时机，一鼓作气，展示自己的才能。

　　奥尔科特凭借手中的笔杆让全家人过上了安康无忧的幸福生活，但是常年呕心沥血的伏案写作也销蚀着奥尔科特的身体健康，最终导致她在56岁时就去世了，不得不让人扼腕叹息。

　　虽然奥尔科特的许多作品都描述了可歌可泣的爱情故事，但是她本人终生未嫁，一直都是孤身一人。在生命的最后几年里，她一如既往地扶持照顾着家人。在奥尔科特的妹妹于1879年去世之后，她抚养了妹妹当时只有两个月大的女儿，并给她取名路易莎。

为什么这本书能成为世界名著经典传承至今呢？这个看似普通的故事有什么特别之处呢？作者又是如何构思故事情节的呢？

小说的创作总是和作者生活的时代背景分不开，我们在理解一部作品的时候，往往可以先从当时的历史背景入手。《小妇人》创作于美国南北战争（1861.4—1865.4）刚刚结束，女权主义开始发展的时期，此时，美国的社会生活和美国人的思想观念正受到极大的冲击。

在美国南北战争期间，男性纷纷离开家庭奔赴遥远的战场。他们脱离社会生产与家庭生活，无法承担养家糊口的责任，也不再是千千万万传统女性的物质依靠与精神寄托，男权社会的权威性因而也遭到不小的打击。《小妇人》中的马奇先生也是远离家乡，奔赴战场。文中很少提及他的存在，即便是他受伤返家，他在家中的存在感也是微乎其微的。

美国经济从南北战争的创伤中逐渐恢复，在19世纪的第二次工业革命时期，北方的资本主义经济快速发展，这需要大量的自由劳动力，越来越多的女性走出厨房和客厅，参与到社会生产中。女性自身的生产力崛起后，开始逐渐鼓起勇气挑战父权社会，学会肯定自我价值，开始在社会和家庭中扮演不可或缺的重要角色。

除了当时的政治和经济背景，还有一个非常重要的因素影响乃至塑造了《小妇人》的思想维度——爱默生所主张的超验主义。从未受过正规学校教育的奥尔科特又是怎样受到爱默生思想的影响的呢？

这还要从奥尔科特的童年说起。在奥尔科特年幼时，一家人从宾夕法尼亚州搬到波士顿附近的康科德，而后便与爱默生和梭罗等人成了邻居。"路易莎早上到爱默生家去,晚上和梭罗外出散步,三个人成为'忘年交'",奥尔科特甚至还一度成为爱默生女儿的家庭教师,前面提到过的奥尔科特的第一本故事集《花的寓言》,就是为爱默生的女儿写的。

虽然从没有接受过正规的学校教育,但是奥尔科特在与这些文学巨擘和思想家的智慧与灵感的碰撞中逐渐成长,形成了自己独特的文学观念和行事态度。超验主义的思想主张在《小妇人》里体现得淋漓尽致,超验主义强调人的直觉和个性,主张个人自我价值的实现,《小妇人》里的主人公个个自尊、自谦、自爱,通过自己的努力奋斗把握命运。姐妹四人虽然性格迥异、生活轨迹完全不同,但是都表现出一种独立、自强、自信的精神,这种纯真的情感和精神赋予了《小妇人》深刻的思想价值和艺术内涵。

这本小说讲述了一个什么样的故事呢?这本书里又蕴含着什么样的魅力,以至于它吸引着全世界的读者而经久不衰呢?

第二节
其乐融融表象下的互相伤害

《小妇人》讲述的是美国南北战争期间,居住在新英格兰地区的马奇一家四姐妹曲折起伏、温馨甜美的生活和命运。

美国内战时期,马奇先生作为随军牧师奔赴前线,生活的重担自然落在马奇太太身上。令人欣慰的是,家中有女初长成,四姐妹个个都出落得美丽大方、楚楚动人。虽然家境清苦,但是乐观向上的一家人没有怨天尤人、自怨自艾,而是靠着自己勤劳的双手和良好的品行来维持家里的生计。

大女儿玛格丽特,小名美格,她温柔善良,优雅端庄。二女儿约瑟芬,小名叫乔,她是本书的主人公,喜欢写作,性格直爽泼辣。三女儿贝丝是个传统的乖乖女,羞赧安静,对音乐有着非同一般的痴迷和向往。四女儿艾美淑女恬静,钟爱绘画,备受家里人的宠爱。

隔壁劳伦斯先生的孙子劳里跟乔是好朋友,后来成了马奇家的一员,他的家庭教师约翰爱上了美格。贝丝在照顾生病的邻居孩子时感染上了猩红热。在最危险的时候,去华盛顿照顾受伤父亲的妈妈回来了,她把父亲也带了回来,他们一家团聚,其乐融融。

第一部的故事就此告一段落,虽然其中有着惊心动魄的环节,但总算是有惊无险,故事总体以欢乐逗趣为主旋律。其实,青春灿烂的前半部在某种程度上可以算是少年读物,而后半部才是真正的小说,主人公们的爱恨纠葛全都集中在了小说的第二部。

第二部一开始美格嫁给了约翰,随后美格生下了一对龙凤胎,二人尽享婚姻生活的幸福和甜蜜。劳里遂了爷爷的心愿去上了大学，贝丝的身体似乎有了好转，艾美出落得愈发招人喜欢，一切都是那么的美好。

正当我们以为第二部的故事延续了第一部甜蜜梦幻的写作风格的时候，奥尔科特给我们来了一个巨大转折。

在小说的第二部，艾美取代了乔，得到了和姑妈一起去欧洲旅行的机会；贝丝突然病情加重；为了躲避劳里炽热的眼神和追求，乔去了纽约，并在那里遇到了一名颇有见识但却穷困潦倒的德国老教授巴尔，彼此心生爱慕。同是天涯沦落人，相逢何必曾相识。劳里决定和爷爷去欧洲旅游散心，并在那里和艾美相遇。在被乔拒绝三次之后，彻底死心的劳里转而投入了艾美的怀抱。令人悲痛欲绝的是，贝丝的身体每况愈下，最终香消玉殒。

正当乔的内心孤苦万分之时，巴尔教授来到了乔的身边，二人在伞下深情表白，最终结为连理。姑妈去世后将其住所当作遗产留给了乔，在小说的最后一章，众人围坐在梅园中，享受着丰收的美好时光。

四姐妹性格迥异，却其乐融融。虽然你笑我鲁莽不得体，我笑你演技不高，演话剧不传神，但她们的心始终是紧紧连在一起的。在慈母的教育和生活的磨砺下，她们培养了向善、坚忍、乐观的品质，勇敢面对生活中的变故和挫折，向梦想前进。

《小妇人》的故事打动了无数读者，让他们感受到家庭的温暖和成长的幸福。有人说，读《小妇人》是一件惬意的事情，可以在喧嚣中享受宁静，可以在孤独中摆脱寂寞，可以在彷徨中找到目标，可以在疑惑中得到答案，可以在踌躇满志的时候让心态变得平和，也可以在沮丧失落的时候化解心中的愁绪。它带来的是时空的扩展，是人生的充实和生命的绚丽。

小说中的四姐妹是一群什么样的奇女子呢？她们究竟有什么样的魅力能让这本小说多年畅销不衰并成为美国文学的经典之作呢？

第三节
理想与现实挣扎中的平凡家庭图鉴

《小妇人》的四个女主人公性格迥异。都说"性格决定命运",她们的性格如何影响了各自的结局?同一家庭中的四姐妹为什么会有不同的命运呢?

由于故事涉及的人物众多,情节较为复杂,为了帮助大家理解主要的故事脉络,我用一首打油诗总结概括整本书的内容,帮助你理解,这就是:"大女儿温柔端庄奔小康,二女儿率真莽撞哐哐哐,三女儿善良内向上天堂,小女儿娇宠四方撬情郎。"

一、大女儿温柔端庄奔小康

美格优雅迷人,秉性温和虔诚,她是四个姊妹中最"贤妻良母"的一位。虽然她有点虚荣,比妹妹们更难以忍受贫穷,但那是因为她还记得家里富有时的样子。家道中落,原本生活无忧无虑的白富美突然变成了寄人篱下的家庭教师,即便美格安贫乐道,有时也难免心有不平。

她的好友安妮·莫法特邀请美格去她家做客两个星期,美格把家中所有值钱的漂亮衣服和首饰都穿戴在身上,可还是被那些有钱的小姐嘲弄。众人的嘲笑刺痛了美格的自尊心,美格最终意识到自己的愚蠢。

虽然一直向往能拥有奢华的生活,但最终她还是选择与相爱的约翰在一起,共同去承受生活的压力。结婚的那天,她抛弃了虚荣的内心,将自己最真实美丽的一面展现在大家面前。

结婚后，脚踏实地的约翰找到了一份记账员的工作，贫困仿佛使丈夫变成了铮铮铁汉，给了他力量和勇气去外面更加努力地打拼。不久，他们的爱情结晶诞生了，还是对龙凤胎，这让初为人母的美格欣喜万分，把全身心的精力都投入到了两个宝宝身上。

约翰觉得自己受到了冷落，便时常跑到他人家里去做客。在母亲的指引下，美格让丈夫也参与到教育孩子的过程中，发挥父亲在育儿活动中的重要作用。

本来让美格娇惯坏的孩子们由于有了爸爸的威严震慑，一个个都老实规矩了起来。美格也试图更多地了解丈夫的生活圈子，两个人也有了更多的共同语言。我想，如果我们社会中多有几个像马奇太太这样善于调解小夫妻感情的丈母娘，离婚率一定会低很多吧！

小说的最后，美格对自己现在的幸福生活很满足。比起其他三姐妹坎坷的生活和情感经历，美格确实可以算得上是最幸福的一个了。

二、二女儿率真莽撞哐哐哐

说完温柔端庄奔小康的大女儿，现在我们来谈谈率真莽撞哐哐哐的二女儿，这里的"哐"形容了乔人生中的重大转折带给她的震动。

乔从小就和家里的其他姐妹不一样，她大大咧咧、毛手毛脚，不注重自己的外貌和打扮，活脱脱像个男孩子。不过，她的脑子里装满了各种奇思妙想，经常脑洞大开。

最让乔引以为豪的是她的写作天赋，写作不仅是她暂时摆脱家庭禁锢的心灵避难所，更是她终生孜孜以求的事业。这样活泼开朗又有才华的女孩有谁不爱呢？就连邻居家的高冷男孩劳里也对她一见倾心。

但是事情总不会朝着读者希望的方向发展，有一个女孩插入了乔和劳里之间的感情，万万没想到那个插足的女孩竟然是年龄最小的艾美！她们两个原本是亲近的好姐妹，但是乔在人生中的三个"呃"都和她有着直接的关系。这真的是应验了那句话：本以为可以互相取暖一起遮风挡雨，没想到后来所有的风雨都是你给的。

  一个周六的下午，美格和乔受劳里的邀请去看戏剧，艾美撒娇想让姐姐们带她一起去，但是乔只想自己痛痛快快地玩一场，不想费神去照看一个坐立不安的小孩儿。从小被家人娇惯的艾美哪里受过这等气，不知天高地厚的艾美一怒之下烧掉了乔呕心沥血即将写完的书稿，这种感觉无异于马上要交稿的时候，还没有来得及点击保存，电脑突然崩溃，而且文档还不可修复。艾美一把火烧掉了乔几年的心血，也烧掉了全家人都认为前途无量的文学萌芽。这样的"呃"让乔怒火中烧，事后仿佛失了魂一般情绪低落。

  乔一直想去欧洲开阔眼界，无奈家里的经济情况并不能支撑乔完成这个愿望，她出国的唯一希望就寄托在富有的姑妈马奇身上。哪知贝丝生病后艾美去姑妈家待了一段时间，善于察言观色的艾美显然比粗鲁莽撞的乔更能博得老太太的欢心，于是，陪伴姑妈马奇去欧洲的机会就由乔转给了艾美。

  到嘴的鸭子飞了，本来属于自己的机会最后却落在他人头上，乔心如刀绞，却又不能在众人面前表现出来，还要假装替艾美高兴的样子。艾美走了，带着乔对未来的美好希冀走了，"投之以桃，报之以砖头"，这样的"呃"着实让乔有苦难言，郁闷难解。

  青梅竹马的劳里在第一次见到乔穿着有破洞的裙子跳舞时，就爱上了这个率真的女孩，明眼人都能看出劳里对待乔非同一般。只是劳里向乔表白了三次，乔拒绝了三次，劳里至此心灰意冷，跑去欧洲散心之时遇上了艾美，两人互生情愫并订下了婚事。那个发誓要和乔在一起一生一世的男人最终成了别人的丈夫、自己的妹夫。

三、三女儿善良内向上天堂

贝丝生性腼腆文静，很少和外界沟通，甚至不能去正规的学校完成学业，只能在家人的陪伴和保护下在家中自学。贝丝酷爱音乐，可是她却没有一架像样的钢琴，隔壁的劳伦斯先生知晓后便邀请她去家里弹琴。

感恩的贝丝回之以礼，亲手给劳伦斯先生做了一双鞋以表谢意，没想到第二天劳伦斯先生就把一架他已故孙女用过的，但还崭新的钢琴赠送给了贝丝。

谁也没有预料到，就是这样一个纯洁善良的女孩，死神悄悄地来到了她的身边。母亲外出看望在医院的父亲时，叮嘱她们要照顾更加贫苦的邻居一家，可是姐姐们都不愿意去，只有贝丝每天照顾穷邻居家生病的孩子，最后孩子在她怀里咽了气，她也不幸染疾。

即便命不久矣，她还是在尽自己所能帮助他人。她纯真善良得像一位天使，用自己纯洁的心灵净化人世间的污浊。

四、小女儿娇宠四方撬情郎

艾美是家里年龄最小的女儿，生得漂亮优雅，多才多艺，从小备受宠溺。当她还是婴儿时，乔曾失手把她摔落在煤堆里，艾美一直认为是乔的失手一摔让自己永远失去了挺直的鼻子。早熟的艾美可能因此对乔怀恨在心也说不定，她们两个小时候总是拌嘴吵架，长大了也是恩恩怨怨、纠缠不清。

艾美渴望进入上流社会，她把自己精雕细琢成贵妇人的样子，她学习那些所谓的艺术都是为了包装自己，以便日后配得上贵族的名号和贵族的头衔。虽然艾美尚且年幼，但是她清楚地知道自己的目标和方向是什么，并且为之努力。

为了达到自己的目的，过上自己理想中的贵族生活，她可以选择放弃自己的感情，嫁给一个她并不那么喜欢的人。艾美从来没有停止过嫁入豪门成为贵妇的尝试，即便艾美知道劳里内心深处仍然深爱着乔，她仍然可以在劳里伤心欲绝之时乘虚而入，摇身一变，跻身名门望族。

艾美之所以可以这么肆无忌惮地和劳里在一起，是因为她从小便是四姐妹里最骄纵的那一个，不管她做什么决定都会得到支持，她受宠惯了，也霸道惯了，有底气、有自信来选择她想要的人生。艾美已经习惯了呼风唤雨、要什么有什么的生活，习惯了成为人群中耀眼的焦点，这让她在做任何选择时都会首先考虑自己的利益，而不会考虑其他人的感受。

马奇家的四姐妹中，老大美格美丽善良但爱慕虚荣；老二乔像男孩一样活泼勇敢，言行大胆甚至莽撞；老三贝丝是个羞涩的小音乐家，永远在角落里甘当绿叶，为他人带来欢乐与宁静；老四艾美具有画家的修养与气质，是那个时代优雅淑女的典范。

关于人物，每个人心中都有自己的评判。虽然她们的理想和命运都不尽相同，但是她们都具有自强自立的共同特点，她们的成长道路上不断地闪现出女性主义的光环，大胆地揭示了这些女孩子渴望冲破世俗的一面。

这一节介绍了四姐妹各自的性格特点及人物关系。《小妇人》这部小说是悲剧还是喜剧？又是什么为小说的悲剧性埋下了伏笔呢？

第四节
家长里短的故事凭什么成为传世名作

《小妇人》这个看似和谐温馨的故事其实是个悲剧。虽然在小说的结尾,作者试图以一种轻松愉快的笔触来描写马奇一家的幸福生活,但是这种幸福像是折断又重新被接回的骨头一样,是错了节的、变了味的。

三女儿正值花季却缠绵病榻,撒手人寰;一直追求二女儿的青梅竹马,最终成了小女儿的丈夫;二女儿的儿子又以自己妹夫的名字命名;小女儿的丈夫只允许二女儿叫自己的乳名。

匪夷所思的情感纠葛让看似幸福的生活实际上支离破碎,他们之间的亲情、友情和爱情再也回不到小说开始时那么纯洁真诚了。如同张爱玲所说:"生命是一袭华美的袍,爬满了蚤子。"

乔和劳里的结局一直是读者的怨念所在:乔为什么不和劳里在一起?劳里怎么能娶艾美呢?这个转折太巨大而且太突然,没有预兆,没有铺垫,甚至没有详细的描写,仿佛忽然之间劳里和艾美就情投意合了,乔摇身一变,就从劳里青梅竹马、无话不谈、情投意合的好朋友,变成了成熟体贴却又淡然疏离的大姨子。这种反转究竟是偶然还是一直就有预兆,作者在表面的故事情节中又埋藏了哪些伏笔呢?

第一个问题,乔为什么拒绝劳里?

其实,乔的命运早在她出生之前就已经设置好了,从现代心理学研究的角度来看,乔的一系列行为都是"中间儿综合征"(**Middle Child**

Syndrome）的典型表现。"中间儿综合征"是指排行老二或者排在中间的孩子，由于不如最大或最小的孩子"受关注"，因此产生的一些心理问题。它并没有一定的"症状"，受影响者一般只是觉得自己受冷落了，企图利用极端吵闹或孤僻的行为（比如乔和贝丝），来表示抗议或博取成年人的注意。

其实，全世界的家族戏基本上都是这个模型，大家族里的老二注定不讨喜，例如英国电视剧《唐顿庄园》里的二小姐伊迪丝，巴金的小说《家》中的二儿子高觉民，以及美国电影《教父》中的二儿子弗雷德。

据观察，几乎所有家长都会对第一胎比较紧张。一方面，因为初次为人父母，所以无论在物质还是在注意力方面，他们都会尽量确保第一个新生儿得到最完善的照顾。另一方面，由于老幺年纪最小、最需要保护，所以当这个孩子出世时，大家自然又会把注意力聚焦在这个新的家庭成员身上，导致第二个孩子感觉自己"好像被遗忘了"。

在这个家里，排行老二和老三的乔和贝丝就是"中间儿"，而"中间儿综合征"也在她们两个人身上得到了验证。三妹贝丝企图用极度安静孤僻的状态来赢得周围人对她的关注；而乔用来吸引大家注意力的方法有两个：一是像男孩子一样调皮捣蛋，时不时地弄出一些动静，二是不断地为家人付出和奉献，以获得他们的感激和爱护。比如，她写作的最大目的不是为了娱乐，而是为了能够实现经济独立、贴补家用。又比如，为了给母亲筹集去华盛顿的路费，她偷偷地剪掉了自己漂亮的长发，尽管自己心疼得晚上偷偷躲在被窝里哭。

虽然她知道劳里对她心有所属，可是作为"中间儿"，她本能地要将"好东西"奉献给别人，以牺牲自己的爱情来维护家庭的团结与和谐。于乔来说，家是她的铠甲，更是她的软肋。她一直为这个家全身心地奉献着，等所有人都已经找到幸福之后，只留下她一个人孤苦伶仃，此时的她才后知后觉，明白原来家庭不应是自己的全部，她的奉献与忍耐并没有为她带来理想中的幸福生活。

第二个问题，劳里为什么娶艾美为妻？

劳里曾经是那么热烈与顽皮的男孩子，他的爱情大胆又激烈，冲动的表白与失意的远走，无不体现出他内心的自由与火热。这样一个富有生命与活力的人怎么会爱上温顺而又娇柔的艾美呢？

我想，那是因为劳里在内心深处还爱着乔，他娶了乔的妹妹为妻，一是为了报复，报复当年"冷血"的乔狠心地拒绝了自己，让乔看到自己的幸福生活而悔恨（事实证明他的这一目的达到了）；二是为了和乔保持关系，曲线救国：能和乔在一起最好，即使不能在一起，也要想尽办法留在乔身边做她坚实的后盾。所爱隔山海，山海不可平，只要能远远地看着乔就好，而艾美终究不过是乔的替代品。

婚后的劳里再也没有表现过自己的真实情感，说话教条又严谨。可是劳里和艾美从欧洲回来后，他等不及和家里人叙旧，独自一人先来找乔，一脸"满脸淘气、高兴和胜利的神情"。劳里只有在乔面前才展现出孩子气的一面，可是，即便此时乔已幡然悔悟却也无能为力。

奥尔科特的第一位传记作家艾德拉·切尼在评论这本小说时曾说道："21年过去了，又一代人已经成长起来，但是《小妇人》仍然保持着稳定的销量。母亲们读着这些姐妹们的童年，延续着自己当年的欢乐。"

看过此书的很多人都对乔和劳里的结局引以为憾，也许就连乔自己也会后悔当初的选择。说人生无悔，那是赌气的话；人生若无悔，那该多无趣啊！

《小妇人》原著用词相对简单易懂，适合英语初学者。中文版翻译较好的是王之光的版本，2012年由译林出版社出版，2018年再版，推荐给有兴趣的读者。

它也曾被先后搬上剧场和荧幕，先后三次被改编成电影，选用的都是当时好莱坞的著名女星，在导演吉莉安·阿姆斯特朗执导的《小妇人》中，由薇诺娜·瑞德饰演的乔更是提名了1994年奥斯卡最佳女主角。新版的《小妇人》电影已经在北美上映，电影由葛伟格执导，艾玛·沃森饰演美格，西尔莎·罗南饰演乔。大家也可以看看。

《小妇人》尤其受青少年读者喜爱，甚至被称为"妙龄少女的必读书"，因为所有时代的所有少女在成长过程中所要面对和经历的，都可以在这本书中找到：初恋的甜蜜和烦恼，感情与理智的差异，理想和现实的距离，贫穷与富有的矛盾。

生活其实比小说更曲折离奇，开卷有益，希望现在的年轻人能从四姐妹的人生经历中得到些许启发。正应了这样一句话："如果有一天，你不再寻找爱情，只是去爱；你不再渴望成功，只是去做；你不再追求空泛的成长，只是开始修养自己的性情；你的人生一切，才真正开始。"

《汤姆·索亚历险记》
——
"熊孩子"如何演绎奇妙人生

The Adventures of Tom Sawyer

北京师范大学·刘洪涛

马克·吐温

📖 作品介绍

《汤姆·索亚历险记》是马克·吐温的长篇小说代表作之一。故事发生在美国密西西比河畔的一个普通小镇，主人公汤姆幼年丧母，成为孤儿，由姨妈抚养长大。因为受不了姨妈和老师的管束，汤姆常常叛逆逃学，在外面闯下各种祸，是一个十足的"熊孩子"。有一天夜里，他与伙伴哈贝利·芬到墓地玩耍，恰巧目睹了一起凶杀案的发生。因为害怕被凶手发现，他们就带着另一个伙伴逃到一座荒岛上。家里人四处找寻不到，焦急万分，认为他们被淹死了，于是为他们举行了葬礼，这时他们却出现在了自己的"葬礼"上。经过一番思想挣扎，汤姆勇敢地站出来指证了凶手，让凶手绳之以法。在一次野餐活动中，他与自己喜欢的姑娘贝姬在一个岩洞里迷了路，饥寒交迫，面临着死亡的威胁。幸运的是，他们最终成功脱险，他还和好友哈克一起找到了凶手埋藏的宝藏。小说表现了主人公汤姆既善良纯真，又充满叛逆和冒险精神的个性，通过主人公的冒险经历，也对当时美国社会的陈规陋习、虚伪的宗教思想和刻板的教育制度进行了讽刺和批判。

《汤姆·索亚历险记》思维导图

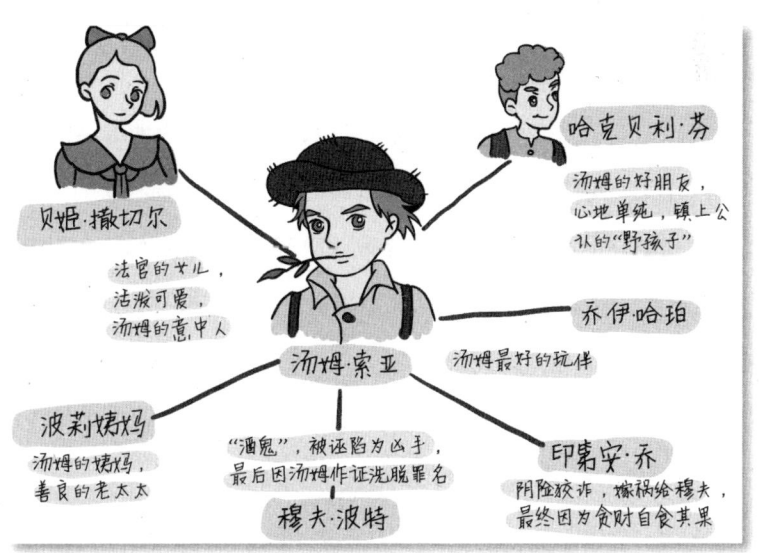

第一节
"熊孩子"如何演绎奇妙人生

《汤姆·索亚历险记》是美国 19 世纪现实主义作家马克·吐温的代表作之一。《汤姆·索亚历险记》是一部儿童小说,但成年人读起来同样兴趣盎然,可以说是一部雅俗共赏、老少咸宜的作品。它在 1876 年出版后的两个月内就销售了 3 万册,这在 19 世纪后半期的美国,是一个令人震惊的销量,足以说明它受读者欢迎的程度。

马克·吐温为什么能写出这样一部作品?原因有很多,但最重要的,我认为有两个。第一个重要原因是马克·吐温童年在家乡的生活为他的作品提供了丰富的素材。马克·吐温 1835 年出生在美国中西部的密苏里州佛罗里达镇。密苏里州在美国南北战争爆发之前属于邦联制的南方州。他父亲是一个地方法官,略有产业。马克·吐温 4 岁时,全家搬到附近的汉尼拔镇,在那里他一直生活到 11 岁。这段时间,是马克·吐温一生中最快乐的时光。他在学校读书的时间很有限,因为这所当地的学校总共才二十多个学生,每周只上一两次课,他有的是时间做自己喜欢的事情。

汉尼拔镇位于美国最长的河流密西西比河河畔,他的姨父在附近有一个 50 英亩大的农场,每年马克·吐温都会到那里住两三个月,那里成了他童年的乐园。他和同伴到森林里抓蛇,跑到河心的沙洲上玩耍,到附近的岩洞探险,还随大人们一起去狩猎。在镇子上,他也见识过像印第安·乔那样的恶汉。

这一切,后来都被写进了他的《汤姆·索亚历险记》。换句话说,汤姆·索亚的经历就是马克·吐温对自己童年时代生活的再现。正像他在《汤姆·索亚历险记》的序言中所说的："这本书里所描绘的冒险故事大多确有其事，其中一两件是我的亲身经历，其余的是我儿时伙伴们的故事。"

第二个重要原因是马克·吐温的婚姻和家庭的影响。马克·吐温1870年与纽约州布法罗市一位富商的女儿奥利维亚·兰登（1845—1904）结婚。兰登家是当地的名门望族。婚后夫妻感情很好，生活幸福。他们于1871年迁居到东部的康涅狄格州哈特福德市，在这里一住就是20年。

孩子们小的时候，每年夏天，全家都会到与康涅狄格州相邻的纽约州埃尔迈拉市附近的夸里农庄度假。夸里农庄是马克·吐温的岳父杰维斯·兰登先生在1869年买来作为家庭度假之地用的。兰登先生去世之后，这处产业由他的大女儿苏珊继承。农场的房舍位于一座小山上，在农庄旁边的林中，苏珊专门为妹夫马克·吐温修建了一座八角形的小屋，供他写作之用。

马克·吐温就在这高大树木掩映下的静谧、舒适的小屋中，写出了包括小说《汤姆·索亚历险记》（1876）、《王子与贫儿》（1881）和《哈克贝利·芬历险记》（1884）在内的许多重要作品。

马克·吐温和妻子奥利维亚育有两个女儿，大女儿苏西生于1872年，二女儿克拉拉生于1874年。请注意《汤姆·索亚历险记》的出版时间和两个女儿的出生时间和年龄。这部作品出版于1876年，这一年，大女儿4岁，小女儿2岁。此前，马克·吐温并没有写过儿童题材的作品。这使我想到催生这部作品的动机和环境：设想一下，在夸里农庄舒适的客厅里，几个孩子围在身边笑闹嬉戏，叽叽喳喳让爸爸讲故事。讲什么故事好呢？给孩子们写一个故事吧。这可能是马克·吐温当时产生过的念头。

当下的家庭生活幸福，孩子的成长环境也很舒适，而孩子的成长需要阅读！于是，与孩子分享自己快乐的童年记忆，让孩子们有故事可读，快乐成长，就成了他创作这部作品的直接动机。正如马克·吐温在《汤姆·索亚历险记》序言中说："我写这本书的主要愿望是想为孩子们带来欢乐，但是我希望业已成年的人们不要因此而拒绝它，我写作的另一部分愿望是想愉快地唤起他们曾经的时光，以及他们当时的所感、所思、所言，还有偶尔做过的一些稀奇事儿来。"

顾名思义，《汤姆·索亚历险记》写的是主人公汤姆的种种冒险经历。但汤姆既不是去人迹罕至的大山孤岛、荒原密林生存，也不是到全世界游历。他只不过是在家里和学校调皮捣蛋，追求女孩子，再到村镇周边转一转，最远也就是到几里路之外的山洞和鬼屋，或者到附近密西西比河的河心岛上玩玩冒险游戏。

所以标题里的"历险"二字强调的重点，不是主人公有多少奇异的经历，而是侧重于主人公如何淘气顽劣、当"熊孩子"，以及在经受了一系列考验之后，在心灵、性格上得到的成长。

说起汤姆"熊孩子"的事迹，那可真是既可气，又可笑，还好玩。作为一个上学阶段的孩子，汤姆唯一不喜欢的事情就是上学读书。他耍小聪明、打架、逃学、调皮捣蛋、恶作剧，用我们今天的话说，是一个地地道道的"熊孩子"。

先来说说他戏弄小伙伴帮他刷墙这件事吧，这可是汤姆耍小聪明的经典案例。夏天的一个星期六，阳光灿烂，万物生机盎然。这本来是孩子们周末玩耍的好时光，汤姆却因为前一天弄脏了衣服，被姨妈惩罚，不得不提着一桶灰浆去花园刷墙。汤姆不愿意干这乏味劳累的活儿，又想到原本这一天可以做很多好玩的事情，于是越想越沮丧，但鬼点子多的他灵机一动，有了个好主意。

他在有孩子经过的时候，假装十分开心投入地刷墙，还装出艺术家的样子，刷几刷子，就停下来端详一会儿，再用刷子轻轻抹一下。就这样，他成功地激起了其他孩子的好奇心，把刷墙变成一桩稀罕好玩、需要用等价物品交换才能做的事情。路过的孩子争先恐后地想试试，结果，不仅墙很快刷完了，汤姆还换了不少玩具和好吃的。

通过这件事，汤姆甚至还总结出一套理论，叫"人类行为的重要法则"，这个法则就是："如果让一个大人或一个孩子很想做一件事儿，只要想法子把这件事儿弄得难以到手便是了。"

除了这种小聪明，汤姆还有一些很"熊"的地方，比如打架和逃学。小说中多次写到汤姆打架，其中有真打，也有玩游戏的假打。

先说真打。汤姆在街上遇到一个男孩，个子比他高，长得比他帅，穿戴考究体面，一副城里人的派头，当然鼻子也是朝天的，看不起当地人！汤姆不认识他，但一见他就来气。他先是和这男孩互相盯着眼睛叫阵，谁也不服气，接着就抱着滚成一团。结果汤姆获胜，那孩子求饶，汤姆才放了他。但这孩子不够君子，趁汤姆转身，抓起一块石头打在汤姆的后背上。汤姆于是反过来又追，一直追到男孩家门口，最后那男孩的妈妈出现了，汤姆这才悻悻地离去，走的时候还不忘说："走着瞧。"这次打架是随机性的，是真打。

再说游戏的假打。汤姆戏弄其他孩子帮自己刷完了花园墙，向告状的表弟希德扔了几块土块报复，然后就来到镇子的中心。男孩子们聚集到这里，开始玩打仗的游戏。他们分成两拨，一拨由乔·哈珀指挥，一拨由汤姆指挥，两拨人在一起"决一死战"。经过"战争"，汤姆的队伍取得了胜利，双方清点"伤亡人数"，交换"战俘"，并约好下次"战斗"，然后就散开了。

逃学也是汤姆的拿手好戏。小说一开始是星期五下午，汤姆就逃了学。到下个星期一，汤姆又不想上学了。一早醒来，他就开始动歪脑筋。他先是把全身排查了一遍，没有发现什么毛病。他不死心，继续寻找，终于发现一颗门牙松动了，就想到装牙疼。可转念一想，波莉姨妈有可能会因此把他这颗牙拔掉，得不偿失，于是作罢。

后来他发现一个脚趾头疼，于是就扩大"事态"，大声哼哼，说自己要死了。被姨妈识破后，他只得又说牙疼，果然姨妈就把他的这颗牙拔掉了。拔掉了一颗牙的汤姆还是被姨妈逼着去上学，但这一次他有了炫耀的资本：因为缺了一颗门牙，吐口水的方式就与众不同了，结果引得一大群"熊孩子"英雄般的崇拜。

本来有一个割破了手指的孩子在那里炫耀自己的破手指，引得其他孩子好生羡慕，恨不得把自己的手指也割破。现在从门牙缺口吐口水的汤姆成了新的崇拜对象，那孩子就被孤零零地撂在那儿了。

汤姆调皮捣蛋恶作剧的事情不分时间和场合。这一类"熊孩子"往往鬼机灵，点子多，他们经常即兴发挥，随机应变，从中享受叛逆带来的快乐。

例如一个星期日，汤姆随玛丽表姐、希德弟弟到教会学校学习《圣经》。他不好好背书，却想得到一本《圣经》作为奖品，于是脑袋一转，开始用自己收藏的各种玩意儿，与其他孩子交换可以兑换《圣经》的票子。按学校的规则，背出两段经文可以得到一张蓝票子；10张蓝票子换1张红票子；10张红票子可以换1张黄票子；如果凑齐了10张黄票子，就可以得到一本价值4角钱的平装本《圣经》。

汤姆的表姐玛丽得到过两本这样的《圣经》；有一个德国裔的小男孩，得到过四五本这样的《圣经》，但那个小男孩因为用脑过度，差不多成了傻孩子。汤姆虽然没有认真背过《圣经》，但渴望得到奖品的荣耀却是有的，他换票子就是为了达到这个目的。换齐了票子坐到位置上之后，汤姆又和邻近的一个男孩吵闹，被一位老人制止后，又去偷偷揪旁边一个男孩的头发，用别针扎第三个男孩。他就是这么爱惹是生非，没有一刻消停过。

汤姆因为集够了换《圣经》的黄票子，走上了领奖台，结果引起全场轰动。校长和同学万万没有想到汤姆能做到这一点。凭什么汤姆可以得到《圣经》？凭票子！游戏规则是这样的，没有办法！换票子给他的孩子们则后悔得不得了。可是汤姆还没有来得及得意，就露了馅儿。原来，受邀颁奖的大法官想听汤姆背一段《圣经》，汤姆当然背不出来，结果戏没有办法再演下去了。

到了教堂礼拜的时间，汤姆不听牧师讲道，玩起自己收藏的一只甲虫。这只甲虫不小心滚到了过道上，引来一只狗的戏弄；可不知怎的，狗被这只甲虫咬了屁股，尖叫一声跑开了；随后狗又围着这只甲虫上蹿下跳；又过了一会儿，狗的注意力被一只苍蝇吸引过去，忘记了甲虫的存在，不小心一屁股坐在甲虫上，被甲虫再次咬到，随即狂叫着在教堂里四处奔跑。

马克·吐温形容这只狗"简直成了一颗毛茸茸的彗星，闪着星光，以光速在它的轨道上运行着"。最后狗被主人扔出窗外，痛苦的叫声逐渐减弱，消失在远处。教堂里的人强忍着不敢笑，差不多快憋出病了，好不容易牧师讲道结束，大家才如释重负。汤姆觉得自己在做礼拜时弄出了点花样，十分得意。这段描写是小说中最令人忍俊不禁的场景之一，如此庄严肃穆的讲道场合，却被汤姆的捣蛋引起的骚乱破坏了。

转眼到了期末考试。汤姆准备了一整套把戏，要和同学尽情地捉弄他们的老师多宾斯先生。多宾斯先生不是本地人，他借宿在油漆匠家里，于是汤姆一伙就拉拢油漆匠的儿子。多宾斯先生是秃头，又爱喝酒，油漆匠的儿子就趁他喝得烂醉的时候，偷偷把他的假发取下来，在他的光头刷上白油漆，又给他戴上假发。

考试这一天，家长和镇上的头面人物都应邀出席，检阅孩子们的成绩。多宾斯先生让学生挨个背诵课文。这时，一根绳子从教室上方阁楼的天窗垂下来，上面拴着一只猫，这只猫的头和嘴被布包着，爪子落到正在监督考试的多宾斯先生头上，把他的假发提上了阁楼，老师涂满白漆的光亮脑袋就这样呈现在众目睽睽之下。汤姆和同伴就以这种恶作剧的方式，发泄了对老师的不满，迎来了假期。哎，真是个不折不扣的"熊孩子"啊！

可即便是"熊"，但汤姆却不让人讨厌。原因之一是马克·吐温带着最真挚、最热烈的感情去描绘这个孩童，他把自己童年所有的美好回忆全部倾注到这个机灵鬼身上。所以我们作为读者，在阅读的过程中，也能体会到小说每时每刻向我们传达的那种温暖和趣味，只要看书，保准你会喜笑颜开。

可是一部世界文学名著，就只写了这些事情吗？当然不是。下一节我们就来讲讲，汤姆是如何在爱情与冒险中成长的。你没看错，小屁孩汤姆，也产生了爱情。

第二节
在爱情与冒险中成长

小学高年级的孩子,已经开始对异性产生好奇心,渴望和异性同学交往,汤姆自然也不例外。

汤姆原先有一个女朋友叫艾美,至于两个人是如何交往的,小说中并没有写,只是说他有这样一位女朋友。但自从汤姆见到一位叫贝姬的女孩子之后,立刻把艾美抛到脑后了。

贝姬的父亲撒切尔是一名法官,刚搬到镇上来住。汤姆从撒切尔家的花园边经过时见到漂亮的贝姬,立即着了迷。他在花园外做出种种怪相,希望能吸引女孩子的注意。女孩终于注意到他,把一朵紫罗兰掷到篱笆墙外。汤姆捡起花朵,揣在怀里,欣喜若狂。

到了晚上,不能忘情的汤姆又来到女孩家的花园,偷偷翻过篱笆,久久伫立在窗外,内心充满柔情。这情形,快赶上偷偷溜进朱丽叶家花园的罗密欧了。结果汤姆没有等到女孩子,等到的却是窗户打开后一个女仆把一大盆水当头倒了下来。淋成落汤鸡的"小罗密欧"赶忙跳出篱笆逃掉了。

贝姬转学来到汤姆的班上。汤姆因为调皮捣蛋被"罚"与贝姬同桌,他自己心中窃喜,因为这正是他渴望的。汤姆趁机大献殷勤,先是送桃子给贝姬,人家不理睬他。他又使出新的着数——假装十分专心地画画,这次终于吸引了女生的注意。汤姆趁机说可以教她学画画,顺理成章地与自己心仪的姑娘搭上了线。

放学之后,汤姆约贝姬跟他去学画画,两人画了一会儿,就失去了兴趣，于是模仿起大人"谈情说爱"，相约要订婚，还要亲吻，发誓只能爱对方。眼看追求成功的汤姆这个时候得意忘形，不小心说漏了嘴，提起他以前的"女朋友"艾美，引起贝姬的嫉妒，贝姬大哭起来。汤姆怎么哄都没有用，只好灰溜溜地走掉了。

贝姬有一段时间因为生病，没来上学，汤姆十分失落。等这位姑娘重新出现在教室的时候，汤姆人来疯似的叫着，笑着，四处奔跑，想引起贝姬的注意。但贝姬冷冷地讽刺了一句："哼，有人总以为自己多高明——老是在卖弄！"汤姆就像泄了气的皮球一样一下子蔫了。

汤姆与小伙伴哈克和哈珀三个人跑到荒岛上玩了几天失踪，镇上的人以为他们死了。而他们回到镇上之后，被班上的同学当成了大英雄。神气的汤姆觉得自己有资格给贝姬一些颜色瞧瞧，于是假装不理她，而去和艾美搭腔。贝姬也有她的招数，她把在场的所有人都邀请到家里举行野餐会，只把汤姆和艾美排除在外。汤姆显出一副不在意的样子，贝姬见没有达到目的，觉得一切都没有意思。

汤姆想继续刺激贝姬时，却发现贝姬和另一个男孩状态亲昵，他嫉妒地发昏，对和艾美谈话也失去了兴趣。两个人不断过招，都想向对方表示"我不在乎你"，可其实又都很在乎对方，结果越发弄巧成拙，产生的误会也更深。直到有一次，贝姬不小心把老师的一本书撕坏了，老师追查时，汤姆勇敢地承担了责任，为此还挨了老师的罚。这种男子汉的气魄和担当，把贝姬感动得一塌糊涂，二人终于和好如初了。

这就是汤姆的恋爱史。这段感情经历究竟对汤姆产生了什么样的作用呢？

我们成人自然不会把它当真，我们认为这不过是孩子们的游戏；而且看到汤姆笨拙、滑稽的表演和碰钉子，还会忍不住发笑。但汤姆与贝姬的青涩爱情，是汤姆成长过程中最重要的事件。一开始，汤姆凭着本能的冲动行事，人来疯，耍激将法，而不是友善的合作，这样与贝姬的关系自然不好。但逐渐地，汤姆学会了承担责任，懂得如何保护和帮助小女友，这才使二人的关系进入顺境。

为什么马克·吐温要给一个小孩安排谈恋爱的情节呢？这样写的目的可不仅仅是为了让汤姆的生活更丰富多彩一点。汤姆的恋爱，还是推动小说情节发展的主要动力。

汤姆在失恋期间，心情郁闷，幻想着离家出走，到远方当海盗，过自由自在的生活，由此拉开了他冒险生活的序幕。汤姆第一次冒险是与本镇一个酒鬼的孩子哈克一起的。汤姆和哈克带着一只死猫，在深更半夜来到村镇附近阴森的墓地，找到一个刚下葬的坏蛋的坟头。据说等魔鬼半夜带坏蛋的灵魂下地狱时，把死猫扔向鬼魂，同时念动咒语，就能治好皮肤上长的疣子，也就是咱们俗称的瘊子，这是哈克告诉汤姆的偏方。结果二人在墓地守候时，意外目睹了一起谋杀案。

第二次冒险是汤姆与哈克、哈珀二人结伴，乘木筏来到密西西比河中心的一座荒岛上，过了几天无忧无虑、自由自在的生活。第一天，他们点起篝火，吃着野餐，谈论着海盗生活，学着海盗的各种派头，非常开心。

第二天，他们欣赏着周围奇异的景色，观察爬树的虫子、搬运食物的蚂蚁、推动粪球的金龟子、各种鸣叫的鸟儿，以及松鼠一类的小动物，还脱光了衣服在水中嬉戏，沉浸在快乐之中，连木筏被水冲走，看到寻找他们的汽船经过时，他们都没有太在意。但到了晚上，他们开始想家，思念亲人。汤姆忍不住，趁同伴熟睡之际，偷偷游泳回到家里，看到波莉姨妈和哈珀太太为找不到儿子抱头痛哭时，于心不忍。但经过激烈的思想斗争，汤姆又硬起心肠，回到了岛上。

第三天，大家已经玩累了，当天晚上，又被暴雨雷电惊吓，情绪开始沮丧。

第四天，汤姆使尽着数调动大家的情绪，还玩起印第安人与英国人打仗的游戏。

到第五天，他们终于熬不住了，回到了镇上。镇上的人都以为他们死了，正在为他们举行葬礼，见到他们平安归来，那份激动和高兴的心情难以言表。

第三次冒险，是汤姆约哈克和哈珀来到想象中的海盗藏宝之地——一个距离镇上3英里的被称为鬼屋的地方探宝，但挖了许久，一无所获。第四次是撒切尔大法官邀请女儿贝姬的同学到河下游一处河湾举行野餐会，汤姆和贝姬在洞穴中迷了路。这是一次真正的历险，而汤姆经受住了考验。

这四次冒险活动既有游戏，也有真正的历险，让汤姆的活动从家庭、校园和街道，走向了荒野和自然，品格和意志也经受了重重考验。

伴随着汤姆的冒险活动，罪恶和危险开始出现在他的身边。

前面说到汤姆和哈克深夜到墓地，准备验证他们用来治瘊子的偏方，结果目睹了一桩杀人案。那是印第安·乔、穆夫·波特两个人随罗宾逊医生去墓地盗尸，但尸体挖出来以后，印第安·乔却把罗宾逊医生杀害了，原因是罗宾逊的父亲当年羞辱过他，现在他要报复。杀死医生之后，印第安·乔又把罪行嫁祸给醉酒的穆夫·波特。汤姆和哈克目睹了这一切，吓得要死。

因为害怕凶恶的印第安·乔报复，汤姆和哈克一开始相约守口如瓶，对谁也不说。但当看到印第安·乔镇定自若地在法庭上作伪证，上天不仅没有降下雷电，惩罚这个卖身魔鬼的恶人，反而让警察相信了他的谎话，把无辜的穆夫·波特关进了监狱,这个时候,汤姆受到了极大的刺激。

随后的一段日子,汤姆被这个秘密和自己的良心折磨,经常做噩梦,满脸忧郁,显得心事重重,对以前特别热衷的验尸游戏也失去了兴趣。他觉得穆夫冤枉,所以经常和哈克去看望关在监狱的穆夫。但无论如何,那桩杀人案的秘密一直在心里折磨着他,内心的不安无法缓解,以至于让他患上了麻疹,在床上躺了三个星期。

一天晚上,狂风暴雨,电闪雷鸣。汤姆受到了惊吓,认为这是上帝对自己的软弱已经忍无可忍,于是他想悔过自新。最后,汤姆终于在法庭上勇敢地指证凶手,救了穆夫·波特。

小说对汤姆从胆怯、逃避,到最后克服恐惧情绪,冒死站出来指认真凶的心理过程,描写得十分细腻,也非常真切。与之前汤姆与伙伴们在荒岛上玩耍了五天后重新回到镇上,被人们当成英雄不同,那一次反映的更多是大家对他们"死而复生"的惊喜和庆幸之情。这一次汤姆是名副其实的英雄,汤姆真正经受住了考验,展现了他的勇敢、富于正义感的品格,得到了小镇居民由衷的赞赏和喜爱。

但随后,汤姆和哈克发现了印第安·乔又一个更大的阴谋。

原来,他正在与一个同伙商量向道格拉斯寡妇复仇。道格拉斯寡妇是镇上的上层人物,她的丈夫是法官,已经过世。印第安·乔之所以要向道格拉斯寡妇复仇,是因为她的法官丈夫曾经鞭打过自己。印第安·乔和他的同伙准备杀死道格拉斯寡妇之后,带着密藏的金银财宝远走高飞。

当时汤姆和哈克正躲在镇子外一个叫鬼屋的房子的二层,偷听到了印第安·乔和同伙的阴谋。这座鬼屋孤零零地坐落在一个山谷,荒凉而破败。两个孩子本来在那里玩探宝游戏,不曾想真的见到了盗贼和他们埋在那里的宝藏。哈克随后发现印第安·乔在道格拉斯寡妇屋外准备实施谋杀,急忙跑到附近搬来救兵，救了道格拉斯寡妇，而印第安·乔带着财宝逃脱了。

撒切尔大法官家的野餐会在河下游不远处的河湾举行，镇上的孩子们都受邀来参加。他们乘船来到那里，在岸边的树林和山石间尽情玩耍，饱餐了美食之后，有人建议去游览一处山洞。在山洞里，大伙又是一阵追逐打闹，然后在这个像迷宫一样的山洞里探险。傍晚时分，大家才尽兴，三三两两走出山洞，乘船离去，谁也没有注意到少了汤姆和贝姬。原来，他俩也随大伙进入山洞，因为一路欣赏山洞里千姿百态的钟乳石，被一群蝙蝠袭击，好不容易躲到安全处，却发现迷了路。

当意识到山洞里只有他们两个人时，他们知道遭遇了真正的危机。贝姬吓得直哭，而此前一直鲁莽捣蛋的汤姆在危险面前表现出惊人的勇气、镇定和智慧。他节省蜡烛，拿出剩下的蛋糕与贝姬分享；又忍着害怕、饥饿和疲惫，在黑暗的洞穴中，用风筝线作引导，努力寻找生机。其间，他还与躲到洞里的印第安·乔擦肩而过，所幸印第安·乔没有发现他。

经过三天三夜在黑暗中坚持不懈的摸索，汤姆带着贝姬找到了通往河边的通道，被一艘路过的木筏搭救，一场危机终于被化解。在此过程中，汤姆乐观、善良、勇敢、机智的性格得到淋漓尽致的展现，成长为一个真正的少年英雄。

汤姆恋爱、冒险与成长的故事，讲到这里就差不多了。但我们关于这部小说的话题还没有结束，我们如何评价汤姆这个孩子？除了表面可以看到的那些特点，这个人物还有什么值得我们深入探讨的地方呢？

第三节
好孩子与坏孩子该如何定义

这一节开篇我想先提出一个问题：如何评价汤姆的行为？我之所以提这个问题，是因为每一位《汤姆·索亚历险记》的读者，都会陷入对汤姆这个人物的两难评价之中。

一方面，汤姆无疑是一个小男子汉，他善良、勇敢，有智慧，有担当，有正义感。但另一方面，他又逃学、打架、搞恶作剧，极端得顽劣，是地地道道的"熊孩子"。如果说，汤姆开始时是一个"熊孩子"，最后他改掉了劣行，变成了好孩子，有了这种变化，我们从情理上或许会原谅他之前的行为。

可是汤姆虽然有变化，但所谓"变好"并非在品德上，作者也没有刻意突出汤姆在品德上有多大变化。因此，我们很难因为汤姆见义勇为、为民除害，成为小英雄，就认可他之前的顽劣、调皮，进而美化他，这会颠覆我们在日常生活中的认知，与社会中对这个年龄段孩子的一般要求相抵触。

但事实上，我们又分明喜欢汤姆这个孩子，欣赏他所做的一切。为什么在现实生活中，我们会批评和约束孩子的调皮捣蛋，可到了作品中，却对这样的孩子赞赏有加呢？或者说，我们该如何理解在汤姆身上表现的这种调皮、顽劣，如何对他做出一个恰当的评价呢？

要解答这个问题，首先需要把这个人物放在他所处的19世纪美国社会和文学背景中理解。小说中的故事发生在南北战争之前一个属于南方州的小镇，以马克·吐温度过童年时代的密苏里州汉尼拔镇为原型。19 世纪上半叶的美国虽然从整体上看飞速发展，但很多内陆地区，尤其是南方州，奴隶制尚未废除，经济发展很落后，社会风气保守、严谨。

《汤姆·索亚历险记》中的圣彼得堡镇，就是南方州众多这类小镇中的一个。它表面上宁静祥和、欢乐温馨，实际上刻板沉闷、虚伪封闭。小说中汤姆的波莉姨妈、表姐玛丽、教堂的斯普拉格牧师、学校的老师多宾斯先生、寡妇道格拉斯等人，就是这个社会的代表。

小说第 22 章写到一个"少年节制团"的童子军组织。它是从美国 19 世纪禁酒运动中兴起的各种禁酒组织中的一个，它宣扬自律、节制的价值观，反对未成年人吸食烟草、酗酒，鼓励互助互爱。少年节制团实行军事化管理，有自己的口号、标语，成员穿制服，佩绶带，还要举办各种集会和仪式。

马克·吐温在自传中提到自己 15 岁时，因为对佩绶带游行着迷，加入了少年节制团。在《汤姆·索亚历险记》中，汤姆也出于同样的理由，加入了当地的少年节制团，但他很快发现一个真理——保证不做一件事正是让你想做它的最好办法。因为禁令的限制，汤姆愈发想去做违禁之事，要不是有机会佩上红色绶带显摆，他早就退团了。

为此，他甚至希望德高望重的老法官弗雷泽早点死，这样，自己就能作为少年节制团成员，佩上绶带，参加他的葬礼。但传闻老法官的病情有所好转，汤姆等得不耐烦，就退了团。结果在退团的当天晚上，老法官去世了。汤姆没有机会佩戴绶带，后悔不已。

同样是在第 22 章，马克·吐温写到一个名为"奋兴会"的教会组织，这个组织也出现在 19 世纪的美国，他们鼓动宗教热情、推动教会复兴。在生病期间，汤姆发现许多小伙伴都加入了这个组织，大家似乎都十分虔诚，变得和以前不一样了。

他发现乔·哈珀居然在读《圣经》，本·罗杰斯正提着一篮子布道的小册子打算去看望穷人。他去找吉姆·赫利斯玩，可是这个小家伙竟然提醒汤姆，让他思考自己为什么会得麻疹，是不是哪里没有做好，受到了神的警告。最后汤姆去找哈克，可是就连这个流浪儿居然也引用《圣经》语录教育他了。

这让汤姆感到十分沮丧和压抑。可是，等到汤姆大病初愈，再到街上走动时，发现几个小伙伴的"宗教热情"已经消失，故态复萌，他这才松了一口气。上述汤姆对待少年节制团和奋兴会的例子，以及小说中汤姆所有在家里、在学校、在教堂的种种出格行为，都被马克·吐温摆在与道德宗教的清规戒律相对立的位置上。

马克·吐温这样做的目的何在？这种对立凸显出小镇日常生活刻板、教条、沉闷、乏味的一面，它们对少年的身心成长限制很大；而汤姆成为一种对成人社会的狭隘封闭、循规蹈矩的生活、虚伪的宗教意识和刻板陈腐的学校教育的反抗力量。汤姆的调皮捣蛋，以及他的天真活泼、富于幻想和冒险精神、渴望无拘无束的生活，都成为这种力量的体现。

与这种保守的社会氛围一样，19世纪上半叶的美国流行一种类型化、道德化的儿童小说。在这类小说中，孩子们按其品德被分为两类：好孩子、坏孩子。好孩子都是"乖宝宝"和道德模范，他们都熟读《圣经》，每星期都去教堂，能帮妈妈分担家务，助人为乐，学习成绩也非常好。这样的好孩子当然都有很好的命运。

这类小说还会写到一类坏孩子，他们是好孩子的反面，总是偷东西、撒谎、逃学、不去教堂，和社会上的混混交朋友，最后终于倒了霉，有的甚至被关进监狱。从小与大自然亲密接触，青年时代走南闯北，并且在美国西部狂野、自由的环境中走上创作道路的马克·吐温，对这种泾渭分明的小说，对其中表现的那种假模假式的好孩子模样自然十分反感。

他在写《汤姆·索亚历险记》时，脑子里无疑想到了那一类小说，他要把这些小说作为自己作品嘲笑的对象。《汤姆·索亚历险记》中有许多这种所谓的"好孩子"形象，像汤姆同母异父的兄弟希德，正经得令人讨厌，汤姆只要有机会就会戏弄他。小说中还提到一个德国裔男孩，他得到了四五本《圣经》奖品，但因为用脑过度变得呆傻。还有那个威利·莫弗逊，他惯于装腔作势，所有男孩都讨厌他。

马克·吐温通过描写这类人物，对那些所谓的"好孩子"表达了轻蔑和厌恶。汤姆和他们不一样，他撒谎、骗人、逃学、打架，在学校弄虚作假出洋相，在教堂捣蛋，捉弄老师，是出了名的"坏孩子"；还有汤姆的伙伴哈珀和哈克，也都是"坏孩子"的典范。

可这些所谓的"坏孩子"却敢于指证罪犯，保护了小镇的安全，成为大家心目中的英雄。这些行为是那些"好孩子"绝对不可能做的。作者马克·吐温明摆着喜欢这些"坏孩子"，为他们叫好，而且读者也很喜欢他们。马克·吐温的厉害之处就在于，他对那种宣扬道德教化的儿童小说进行了颠覆性的改写，重新制定了一个"卓越儿童"的标准。

综上所述，汤姆这个人物的出现有两个重要的背景：一个是19世纪上半叶美国南方小镇刻板沉闷、虚伪封闭的社会生活，一个是当时类型化、道德化儿童小说的流行。汤姆这个人物，是在和美国社会与文学现实的对抗中产生的。他站在这种现实的对立面，成了这种现实的批判者。他的那些行为，也就成了反抗文明束缚、张扬自然天性、追求自由生活的象征，也因此有了正面的价值。

当然，我们也应该认识到，虽然汤姆叛逆，但他是有限度的，并没有超出他所在的这个社会所容忍的界限。

为说明这个问题，我们把《汤姆·索亚历险记》与它的姊妹篇《哈克贝利·芬历险记》做个比较。后者出版于1884年，比《汤姆·索亚历险记》晚了8年，在空间背景上与《汤姆·索亚历险记》有一致性，情节上也有延续性，只不过在《汤姆·索亚历险记》中做配角的哈克，在另一本书里成了主角。

小说写哈克厌烦被道格拉斯寡妇收养后所过的刻板生活，同时为躲避亲生父亲的毒打，离家出走。他与一个在逃的黑奴吉姆结伴，乘一只木筏，在密西西比河上过了一段自由自在的生活。其间，他与吉姆相互关心和帮助，两人建立了深厚的友谊；又与坏人斗智斗勇，表现了侠义与勇敢。

小说中的哈克像一个来自大自然的精灵，与社会处在尖锐的对立之中。他敢于向现实社会挑战，敢于向传统挑战，到陆地之外寻找新的生活空间，寻找友谊和理解。相比之下，《汤姆·索亚历险记》中汤姆的反叛，则有更多游戏的成分。

汤姆并不是一个真正的坏孩子，或一个与社会完全对立的孩子，也不会做可能付出道德代价的坏事。比如他失踪以后，哈珀的母亲向波莉姨妈谈起汤姆时说："他并不坏，可以这么说吧——就是太淘气。不过有点浮，有点冒失，你知道吧。他不过是个毛孩子，不能怪他。他可从没安什么坏心眼。从来没见过这么好心肠的一个孩子呢。"

的确如哈珀的母亲所说，汤姆那些不规矩的行为，不过是孩子犯的小小的错误罢了，是他成长的必要步骤。又有哪个男孩子小时候没有这样调皮过呢？小说写的种种顽劣和成长都是自然的，是合乎天性的，是一个正常的男孩理所当然的样子，他的淘气也是他成长过程中重要的组成部分。

在小说快要结束时，随着汤姆的成长，他的价值观开始逐渐与成人社会趋同。镇上的头面人物撒切尔法官说他打算将来送汤姆进国家军事学院，然后让他到全国最好的法学院念书，成为军人或律师。汤姆对这个安排，并没有表现出反感或反对。在哈克受不了道格拉斯寡妇的管教和文明生活的束缚，离家出走时，汤姆找到他，巧妙地以"当强盗需要有教养的人"为由，诱使哈克乖乖回家。

《汤姆·索亚历险记》这部小说的可贵之处，是它始终没有从道德上拔高汤姆。

他成了小英雄之后，尽管镇上的每个人都夸赞他，但他最关心的还是印第安·乔藏匿的那笔财宝的下落。自从他和哈克在鬼屋窥见印第安·乔的财宝以后就念念不忘，想找到那笔金币。

起初，他们以为强盗口中提到的埋藏地点"二号"是一家酒店的房间号码，找到后发现印第安·乔在里面醉酒睡觉，装金币的箱子却没有看到。从山洞脱险之后，汤姆还惦记着那箱金币。因为印第安·乔饿死在山洞里，汤姆推测那箱金币可能就藏在那里。

他说服哈克，二人带着食物、口袋、线团、火柴等物品重回山洞，在里面细心观察、推断、搜寻，终于找到了强盗印第安·乔藏的一箱金币，他们又设法把这些金币运回镇上。这次的山洞探险，不属于见义勇为，反而是"见利勇为"，但汤姆显示出惊人的勇敢、机智、果断、冷静，说明汤姆更加成熟，早已经不是当初那个虚荣、鲁莽的少年了。

当道格拉斯寡妇出于仁慈和关爱，宣布要收养哈克，并要为他将来可以做点小买卖攒钱时，汤姆适时说出那箱金币的秘密和他们发财的经过，并宣布把那箱金币与哈克平分，每人6000美元。此刻汤姆对朋友的忠诚、守信、无私，显现出他的品格有进一步的提升。这6000美金在19世纪上半叶的美国绝对是一笔巨款，哈克和汤姆拥有的财富，甚至超过了镇上很多有钱人。

这个时候的汤姆并没有想到要把自己得到的巨款捐出去，而是重新设计建立在这笔财富基础上的新生活，这笔钱给他带来了实实在在的拥有财富的快乐。汤姆对金钱合理的关注和追求，并没有降低他的格调和境界，恰恰反映了美国人的理性和实用主义精神。

在19世纪的美国，无数淘金者涌向西部去发财、冒险，都是为了获得财富。马克·吐温自己的青少年时代为金钱所困，也是四处去挣钱，做梦都想发财。汤姆的结局，其实是每个美国人、也是马克·吐温的梦想。

《汤姆·索亚历险记》是一部自传性很强的作品，它以马克·吐温的童年生活为蓝本。小说中的汤姆曾经是一个地地道道的"熊孩子"，调皮捣蛋，搞恶作剧，打架斗殴，凡是"熊孩子"干的事情，他一样也没有落下。但这个"熊孩子"却不让人讨厌，甚至让人觉得很可爱，这主要是因为汤姆天真活泼，富于幻想和冒险精神。

他的那些叛逆行为，针对的是19世纪上半期美国南方闭塞保守的社会现实，以及当时流行的道德化的儿童小说中那些所谓的"好孩子"形象。他成了反抗文明束缚、张扬自然天性、追求自由生活的象征，也因此有了正面的价值；更何况汤姆后来在爱情和冒险中成长为一个小英雄。汤姆最后回归成人社会，以及他对金钱合理的追求，也是他成长的重要组成部分。

如果你想对这部作品有更直观的了解，我建议你再读一读原作。《汤姆·索亚历险记》的中译本有很多，首选当然是张友松先生的译本。张先生是资深的翻译家，算得上是翻译马克·吐温作品的专业户，译本的质量是可以保证的。

《汤姆·索亚历险记》是一部在题材、主题、人物、精神面貌等方面，具有鲜明美国风格的作品。马克·吐温创作的包括《汤姆·索亚历险记》在内的众多作品，为美国民族文学确立了不朽的范式，也使他成为美国文学史上最伟大的作家之一。

《哈克贝利·芬历险记》
追求自由的冒险生活和种种奇遇

The Adventures of Huckleberry Finn

中国人民大学·刁克利

📖 作品介绍

《哈克贝利·芬历险记》是美国作家马克·吐温的长篇小说。主人公哈克贝利是一个聪明、勇敢的白人少年,为了追求自由的生活,他逃亡到了密西西比河上。在逃亡途中,他遇到了同村的一个黑人奴隶吉姆。吉姆为了逃脱被主人再次卖掉的命运,从主人家中出逃。两人成了好朋友,一起漂流在密西西比河上,过着自由自在的生活。小说还写到两人逃亡路上的种种奇遇历险。哈克贝利为了帮吉姆争取自由,历尽了千辛万苦,最后得知吉姆的主人生前已经给了他自由。小说以一个少年的视角来反观当时美国的重大社会问题,尖锐地批判了当时美国社会的蓄奴制和种族歧视,并对受迫害的广大黑人民众寄予了深切的同情。

《哈克贝利·芬历险记》思维导图

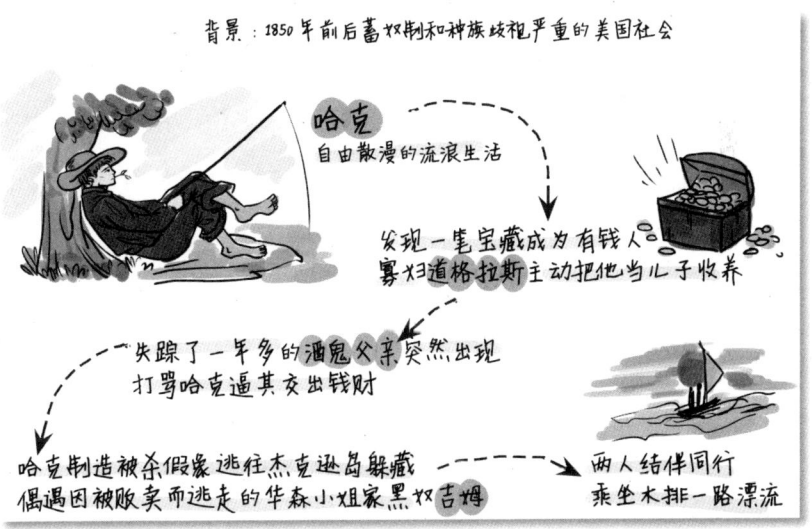

第一节
如果只读一部美国文学作品，这本书是首选

提到《哈克贝利·芬历险记》，人们的印象都是：这是一部畅销的少年儿童读物。但其实，它更是美国文学的经典。少儿读物入选文学史经典的不多，因为少儿读物要写童真、童趣，写少年的天真与无畏。而要成为经典名著，作品必须能够洞察人性，反映重大的社会问题。《哈克贝利·芬历险记》恰恰是二者皆备的。所以，这是一本难得的好书，可以说是"儿童书，大经典"。

如果只是单纯把这部小说当作儿童文学作品看，肯定会对它所获得的崇高评价感到吃惊。这部小说的作者是大名鼎鼎的美国小说家马克·吐温，与马克·吐温同时代的美国作家豪威尔斯把马克·吐温誉为"独一无二，无可比拟，我们文学的林肯"。也就是说，马克·吐温对美国文学的贡献，相当于林肯对于美国历史的贡献。林肯是美国历史上最伟大的总统之一。在当总统期间，他解放了黑人奴隶，领导北方取得了美国内战的胜利，维护了国家统一，再造了美利坚合众国，因此，赢得了人们的世代尊敬。

马克·吐温的贡献又在哪里呢？

美国以前是英国的殖民地，独立之后的很长一段时间里，很多美国作家都在模仿英国作家写作。但是，马克·吐温不一样，他的作品写出了美国本土的问题，美国本土的风格。他用生动简练的口语风格，把美国作家引向了属于自己的道路，不同于英国文学循规蹈矩、讲究语法修辞表达的

道路。

诺贝尔文学奖获得者美国作家威廉·福克纳曾说过:"马克·吐温是第一位真正的美国作家,我们都是他的后继人。"他的意思是,马克·吐温前无古人,后有来者,在他之前没有真正的美国作家,他之后,所有美国作家都受到他的影响。

是不是感觉这些评价把马克·吐温及其作品抬高到了无法再高的高度?不,还可以更高!

著名作家海明威认为:"全部美国现代文学源于《哈克贝利·芬历险记》这本书……这是我们所有的书中最好的一本。一切美国文学都来自这,在它之前不曾有过,在它之后也没有一本书能和它相比。"海明威的意思是,这本书空前绝后,无与伦比。

从上面的评价,我们知道这部小说地位很高,影响很大。可以说,如果只读一部美国文学作品,《哈克贝利·芬历险记》应该是首选。

在介绍这部小说之前,我们需要先了解一下马克·吐温写的另一本书《汤姆·索亚历险记》。马克·吐温在写完《汤姆·索亚历险记》之后不久,就开始创作《哈克贝利·芬历险记》,历时8年才完成。后一本书里的主要人物在《汤姆·索亚历险记》中也出现过,开头也是接着《汤姆·索亚历险记》的结尾往下写的。

在《汤姆·索亚历险记》这部小说中,主人公汤姆聪明调皮,他讨厌单调死板的生活,很不安分,但是他坚定果敢,富有正义感和英雄气概,关键时刻能够挺身而出。这本书主要写汤姆和村里孩子们快乐的童年生活和游戏,还有他充满孩子气的恋爱与勇敢无畏的探险。小说结尾,汤姆和小伙伴哈克跟踪强盗,找到了强盗藏钱的地方。

接着,《哈克贝利·芬历险记》的故事开始了。哈克和汤姆找到宝藏之后发了大财。哈克本来是个没人管的孩子，后来因为救了同村的寡妇道格拉斯一命，寡妇道格拉斯把他当成儿子，想让他成为一个文明的体面人。哈克被收养后，过上了美好家庭里乖孩子的生活，居有定所，衣服整洁，一日三餐有着落，一举一动都规矩体面，与他以前过的日子完全不同。但他自己却觉得死气沉沉，太受拘束，简直是活受罪。

举个例子，寡妇要求家里吃饭必须准时，听到摇铃就要去，就座后还不能马上吃，要先做饭前祷告。每样饭菜都是单独做的，他也不习惯，他喜欢把饭菜倒在一个桶里，各种东西掺在一起，汤汁一搅和，他认为这样好吃得多。吃完饭后，哈克换上旧衣服，躲在空桶里，自在又舒服。这些都说明，哈克对文明教化有一种抗拒心理。

哈克为什么没有人管？他的家庭背景是什么样的？

哈克其实有爸爸，但这个爸爸差不多也是一个流浪汉。他很少出现，平日里对哈克不管不顾。现在他听说哈克有钱了，就来找他要钱。放学路上，哈克看到了他爸爸的脚印，他做的第一件事就是跑到法官家里，把自己名下所有的钱全部给了法官，只留了1美元。钱多了只会让他爸爸买更多的酒，喝醉了更狠地揍他。

果不其然，因为没有要到钱，哈克的爸爸把哈克拖到森林中，锁在小屋里。自己则到镇上喝酒，喝醉了回家便揍哈克，下手越来越重。终于有一天，哈克挣脱禁闭，伪造了自杀现场，逃到了密西西比河上，准备独自流浪。

逃亡过程中，哈克遇见了同村的一个黑人奴隶吉姆。吉姆是镇上华森小姐家的奴隶，他听说主人要把他和妻儿拆开卖到不同的地方，便舍妻离子逃跑了。他的打算是，自己成为自由人之后，再想办法回来解救家人。

就这样，一个为摆脱文明的束缚和酒鬼父亲的纠缠离家出走，一个为摆脱被贩卖的命运出逃在外，两人不期而遇，于是结伴同行，乘坐木排一路漂流。《哈克贝利·芬历险记》主要讲述的是两个人逃亡路上的种种奇遇历险。

其实，《汤姆·索亚历险记》和《哈克贝利·芬历险记》两部小说虽然情节上有先后，但是即便不看前面一本，后者也完全可以独立阅读，不会有任何影响。因为两部小说有很大的不同。

首先，两者最明显的不同是叙述者不同，以及相应的语言风格、人物经历和故事背景不同。在《汤姆·索亚历险记》中，作家采用的是第三人称的上帝视角，无所不知、无所不晓。作者开心地看着孩子们的游戏，分享他们的快乐时光。小说以成人的口吻叙述，用符合规范的流畅英语，把乡村生活和儿童世界描写得妙趣横生。

而《哈克贝利·芬历险记》采用第一人称，用主人公哈克自己的口吻讲述，他的视角是有限的，只讲述自己的见闻经历，读者只能跟着他的眼睛看世界。小说的语言风格是没有受过多少教育的少年的语言，说话直截了当。

其次，故事发生的地点和背景不同。汤姆的故事发生地是村庄、小岛、山洞、大河，是一个乡村儿童活动的范围。哈克的经历则要丰富得多，背景变化也更多，如森林、大河、木排、汽船、村庄、庄园、小镇等，一幕幕场景反映了美国内战前农业社会的全貌。

最后，故事的发展动力也不同。《汤姆·索亚历险记》写的是儿童的游戏和冒险，重在体现童趣。哈克的故事主线则是被动地离开，他不得已地逃走，经历社会矛盾，见证并不美好的甚至是丑陋的人性，表达了一些更为复杂的主题。

《哈克贝利·芬历险记》是马克·吐温的传世佳作，也是世界文学中的经典名著。要创作出这样的作品，必然需要作家经过多方面的磨砺和锤炼。从文风及生活积累来讲，创作出《汤姆·索亚历险记》的作家，应该有过快乐的童年。而创作出《哈克贝利·芬历险记》的作家，一定阅历丰富，历经世事沧桑。

为什么明明是同一个作者，却接连写出两部风格迥异的作品呢？

作品是作者表达情绪的窗口，所以一部作品的风格和内容定位，必然会受到作者本人经历和心态变化的影响，所以接下来我们就来认识一下马克·吐温，看看他都有些什么样的传奇经历。

马克·吐温原名叫塞缪尔·克莱门斯，"马克·吐温"这个名字是笔名。他出生于1835年，那一年，哈雷彗星划过太空。哈雷彗星每76年才拜访地球一次。长大后，马克·吐温预言，他将随着哈雷彗星的再次到来而离开人间，也就是说，他给自己设定的寿命是76年。中国人喜欢说大作家是文曲星下凡，而马克·吐温把自己和彗星联系在一起。

马克·吐温的家乡汉尼拔镇位于美国中部，密西西比河就从小镇旁边流过。这座小镇和密西西比河对马克·吐温的成长和他后来的文学创作有着深远的影响。密西西比河相当于美国的母亲河，就像黄河对于中国的意义。它自北向南，流经美国很多州，是最重要的内河航道。很多美国的文学作品都会写到这条大河，我们现在讲的这本小说就是其中之一。

马克·吐温的童年自由而快活，他父亲在小镇上开了一家杂货店，还兼职法官，应该算是镇上的体面人。每年夏天，他都会送马克·吐温到叔叔的农庄住一段时间。除了美丽迷人的乡村自然风光，马克·吐温每天都能看到密西西比河上来来往往的汽船，在幼年的马克·吐温看来，它们有一种独特的魅力。《汤姆·索亚历险记》便写了他童年愉快的往事。

少年的马克·吐温却没有那么幸运了，12 岁的时候，因父亲去世，他开始经历人生坎坷。他不得不利用课余时间到店铺打工，后来完全辍学，帮助家里维持生计。他做过印刷学徒，学会了排字印刷。靠这门手艺，他周游了美国的许多地区。后来经过自己的努力，在密西西比河上当了 4 年的领航员。这是他一生最为骄傲的职业，也是他童年的梦想。

总体来说，马克·吐温童年幸福，少年坎坷，青年时期娶到了自己钟爱的女子，婚姻美满。他的妻子对他的写作帮助很大。马克·吐温晚年投资失败，妻子病重，两个女儿一病一死。他的一生，经历了很大的起伏。神奇的是，1910 年的 4 月，当哈雷彗星再次出现在地球上空时，马克·吐温也处于弥留之际。他的小女儿克拉拉从伦敦赶来，陪他一起度过了人生最后的时光。在哈雷彗星离开四天之后，马克·吐温也离开了人间。大作家的生与死，都这么与众不同。

马克·吐温善于从自己的生活经历中汲取写作的灵感，而这些灵感大多数来自他的童年生活和他在密西西比河上的经历。"马克·吐温"这个笔名就来自他做领航员的经历。作家的笔名一般都有特殊的含义，体现作家本人的意愿。"马克·吐温"原意是"标记水深两浔"，"两浔"是轮船可安全通行的水域深度。这个笔名可能是他为了纪念自己在密西西比河上的领航员生活，并祝福自己一生平安吧。

大河上的汽船是观察人生百态的窗口，领航生活使他熟悉了各种各样的人物，还听到了不少幽默滑稽的故事，这为他往后的写作积累了很多素材。他后来对密西西比河的描写，总充满心旷神怡的诗意。他成熟时期的主要作品几乎都与密西西比河有关，如《汤姆·索亚历险记》《密西西比河上》与《哈克贝利·芬历险记》等。

能够与你们分享《哈克贝利·芬历险记》，我是非常高兴的。不仅因为这部书的伟大，还因为我和这本书之间的特殊缘分。这是我的第一部译著，1995 年夏天，我翻译了这本书。那时候翻译还是手写的，先把译稿写在稿纸上，不断地拿捏推敲，觉得可以定稿了，再拿出新的稿纸，下面垫好复写纸，重新誊写。翻译完毕，我骑着自行车送到了编辑老师的手里。回家的路上，突然想到小说最后一句话中有一个词还能译得更贴切，就赶忙掉头，顶着中午的大太阳，骑车回出版社修改。

很荣幸我的翻译起步于此，怀着对一部伟大著作的虔敬之心，认真研读、体会其中的每一句话、每一个词。现在，能有机会以这种方式分享这部著作，我依然能够感受到那种虔诚的尊敬与感动，也希望这份感动能够传递给你们。

经典值得尊重，精神可以传承。和伟大的作家、作品相伴，能让我们走得更远。

《哈克贝利·芬历险记》究竟是如何从一部少年儿童文学，进而稳坐美国文学经典的交椅呢？我将在下一节进行分析。

第二节
少年的率真单纯和社会的矛盾复杂

《哈克贝利·芬历险记》是以少年历险记成就的一部传世经典。它的绝妙之处在于以少年的经历写出重大的社会问题。少年率真单纯,而社会问题矛盾复杂,两者貌似很难融合在一部作品里。《哈克贝利·芬历险记》是如何做到这一点的呢?

这都与哈克这个人物密切相关。

《哈克贝利·芬历险记》是主人公哈克用第一人称讲的故事,自始至终都是哈克的见闻经历和内心独白。他是个没受过多少教育的乡村顽童,对长者的教诲无动于衷,对文明教化感到拘谨约束。但他也有优点:喜欢自由自在,说话直截了当,做事讲求实效。他在讲自己经历的时候,总会加上一些对事情的评价和感受。他对任何事情都要发表见解,给人以童言无忌的感觉。他没有一点顾忌,看到什么就说什么,想说什么就说什么,直白自然。这也让我们感到这部小说的真实可靠。

让我们看一下小说的开头:

> 要是你没读过一本叫《汤姆·索亚历险记》的书,你就不知道我是谁。不过,这也没关系。那本书是马克·吐温先生作的,他讲的基本上是真事。也有些吹牛,但大部分是真的。其实,这也无所谓。我根本没见过不撒一两次谎的人。

他判断一本书写得好的标准是要讲真事，书中的内容允许"撒谎吹牛"，但是大部分要是真话。他所说的撒谎吹牛，其实就是我们通常说的文学虚构和人物塑造的艺术手法。哈克的这种说话方式，又留给我们很大的判断与想象空间。他毕竟是个少年，有时候有自己的逻辑，会为自己辩解。我们一边听他讲故事，一边要判断他对事物的判断是否准确，为自己行为的辩解是否有道理，对自己的贬损是否恰当。

比如，在道格拉斯寡妇家的时候，道格拉斯寡妇的妹妹让他守规矩，并告诉他："小孩子不守规矩，以后就不能进天堂。"他就问："汤姆那样的孩子，以后能不能进天堂呢？"寡妇的妹妹告诉他，如果汤姆不听话，也很难讲。哈克一听这话，就不在意是否能去天堂了。因为他觉得，没有汤姆的天堂不好玩。一个孩子，就是这样看待宗教的。

对于道德的问题，他也有自己的准则。当他饿的时候，他就摸到地里找东西吃，他不说"偷东西"，而是说"借个瓜"，"借个玉米"。这些段落让人忍不住为这个少年的率真直言，会心一笑。

我们以一个少年的视角看问题时，通过自己的判断，就可以发现他的局限，于是跟着哈克看到了他视角以外的世界。可以说，哈克带领我们以有限的视角看无限的世界，我们既理解了哈克，又理解了这个世界，这就是哈克这个人物的作用。

哈克都看到些什么？经历了哪些艰险呢？

小说中，哈克随着他的漂流，经历了19世纪中期美国内战之前社会生活的方方面面，这些经历就像一部全景百科全书。

他们一路上见到了形形色色的人物：比如在暴风雨夜，他们和一伙杀人越货的强盗被困在一条沉船上，两人机智逃脱，强盗随着沉船淹死水中；

挑动家族世仇的地方大户人家，家族内部谁都难以说清两家人究竟有几辈子的仇恨，两家人只要见面就拔枪；自称国王与公爵的骗子到处招摇；醉鬼从乡下到镇上过酒瘾，一月一醉，醉后骂街，发泄不满，结果被他骂的人开枪将他打倒；哈克还看到了闹哄哄的乌合之众，以及在村头巷尾嘴里嚼着烟叶、终日无所事事的闲人懒汉等各种人物。

通过描写这么多人物，小说想向读者展示一幅幅广阔而生动的社会现实画面，这样我们就可以通过这些故事，以及故事里的人，阅人间万象，看世态炎凉。所以《哈克贝利·芬历险记》才被称作美国内战前社会生活的百科全书。

小说的书名是"历险记"，历险都表现在什么地方呢？表现在每时每处。

因为吉姆是逃跑的奴隶，时刻提心吊胆，害怕被人发现。所以大多数时候两人白天不能上路，只能夜间顺河漂流。上岸也是哈克一个人上岸，弄些必要的食物和打探情况。每次回来都要确认彼此的安全，是否有被发现的危险，为此，哈克甚至还男扮女装过。

打探情况是为了逃跑，可是，看到别人遇到危险，哈克还是会出手相救，即便可能耽误自己的行程。

所以，他的历险不是最重要的，重要的是经历的这些事对他的改变。

重要的人物推动重要的情节，它们又一起造就重要的作品。世界上那么多作家，那么多人写书，为什么看起来内容差不多的书，有的就能流传百年，有的就普普通通，少人问津呢？

伟大作品与平庸作品的一个根本区别在于，平庸作品只会罗列故事，而经典作品会写人的成长、人的冲突、人的变化，绝不单单写人的经历。经历会让人改变，就像你的每一次求学、每一份工作、每一次恋爱，都会让你改变一点点，只不过变得更好还是变得更差，变得坚韧还是变得脆弱？这些都要看你自己。

一部文学作品的高下，不在于故事的情节多么刺激，重要的是经历故事的人的改变，这就是平庸作品和经典作品的不同。

我们的主人公哈克，他的所见所闻是如何影响他的成长，如何改变他的呢？

哈克在内心深处，一直和人们公认的社会标准和道德观念进行着抗争。比如，他对让他学习文明教化的规矩有抵触情绪，对宗教采取不相信的态度。

对他来说，这种抗争开始是无意识的，他也不知道自己做的究竟对不对，就是觉得那些东西都让自己不太舒服；后来的抗争就变成了自觉的，因为他逐渐知道了那些东西就是不对的。在社会标准与自己的良知发生冲突的过程中，他不断认识自己，同时不断成长，能够按照自己的判断行事。他这样做时，当初要摆脱文明教化和醉鬼爸爸的束缚而产生朦朦胧胧的对自由的向往，才算有了一个明确的注解。

《哈克贝利·芬历险记》其实是一部哈克的心灵成长史。下面我们按照促使哈克成长的节点顺序举例分析。

哈克的心灵第一次受到的真正的触动，为他和黑奴吉姆两个人关系转变和产生友谊奠定了基础。先了解一个背景知识，那个时候的美国，黑奴可随意买卖，北方废奴呼声高涨，南方奴隶制根深蒂固，所以，黑奴逃跑的路线都是由南向北。

小说中的情形是这样的：哈克和吉姆由于乘坐木排，只能向南边的河的下游漂着走。因为吉姆想在下游的一个渡口上岸，卖掉木排，坐轮船往上游走，到没有黑奴买卖的北方去。他打算自己恢复自由后，再回来解救家人。但不巧的是，在他们漂流的过程中，一天夜里两人在河上遇到大雾，当哈克坐着独木舟划到木排前头，想拿缆绳拴木排时，一股急流过来，木排一下子被冲走了。

于是哈克和坐在木排上的吉姆在大雾中被急流冲散了，两人各自奋力与大雾、急流搏斗了一个晚上，哈克好不容易才追上木排。他见吉姆正坐在那里，头垂在两膝当中，人已经睡着了，右手还挎着一只桨，另一只桨已经撞丢了，木排上撒满了树叶、树枝、泥浆。看得出，吉姆也经历了一番凶险。

吉姆醒来，看到哈克后欢天喜地。哈克此时却想来个恶作剧，他骗吉姆说自己一直都在他身边，吉姆只是睡着了做梦梦见了大雾和两人失散。对于哈克恶意的玩笑，吉姆大失所望。他说：

> 当我拼命地划着木排，还大声喊着你，都快累死了，累得只想睡着的时候，我的心都要碎了，因为你不见了，我就再也不想管我自己还有木排会怎么样了。当我醒过来，看见你又回来了，平平安安、活蹦乱跳的时候，我的眼泪都流下来了，我都想跪下来，亲亲你的脚啊，我真是谢天谢地。可是，你就只想着怎么编个瞎话，拿老吉姆开玩笑。

听了吉姆这番话，哈克后悔了。他知道吉姆是真的关心他，于是他鼓足勇气向吉姆低头认错，这成为两个人关系发展的转折点。那个时代因为种族隔阂，白人和黑人之间很少能够平等相处，成为朋友，哈克这样的做法，实在是难能可贵。

小说的高潮，也是哈克这个人物的真正觉醒，出现在下面这个时候。

哈克和吉姆在漂流过程中遇到两个被人追剿的骗子。他们自称是国王和公爵，四处招摇，干尽骗人的勾当。在两人的种种伎俩被人识破、走投无路的困境下，他们想出了最坏的一招：把吉姆当逃跑奴隶卖了40美元。

按照哈克之前受到的那点教育，他此时应该向吉姆原来的主人告发此事，但后果是吉姆可能会被人抓住，送回去，重新成为奴隶；而如果不告发此事，则等于让吉姆原来的主人财产受到损失，死后他的灵魂可能会受到惩罚下地狱。

哈克写好了给吉姆主人华森小姐的信，可是他又陷入沉思，面临抉择，告发与不告发，这是一个问题。他想到了吉姆的各种好，想到两人顺着大河漂流下来的这段历程，两人一起说话、唱歌、患难与共。哈克无论如何都挑不出一点儿地方能让他狠心对待吉姆，想到的反而都是吉姆的好，各种情景历历在目：

> 看见他见到我从那场大雾里回来时是多么高兴；还有我在沼泽地里又重新找到他的时候，就在遇到家族世仇的地方；还有好多这样的时候，他还总是叫我宝贝，对我那么亲热，为我做他能做到的一切，他总是那么好。

哈克经历着剧烈的思想斗争，左右为难，浑身发抖，必须在两者之间做出选择，永不反悔。最后，他对自己说："好吧，那么，下地狱就下地狱吧！"便随手把信撕掉了。

这是哈克的觉醒时刻，是小说情节的最高潮和转折点。

我们读小说的时候肯定经常会听到这种话：高潮时刻终于到了。但所谓的故事高潮是什么呢？

故事高潮，就是矛盾不断地推进，把主人公推向绝境，让他面对最大的矛盾冲突，看他如何解决。之前描写的两个人所处的境遇和面临的问题，一步步发展到了这个转折点，发展到了考验两人关系的时刻。哈克善良的天性，教育对他的影响，都从要不要告发吉姆这个关键点上体现出来。

这一刻的哈克，虽然内心充满自我否定，却成为书中最光辉的形象。在面临复杂的道德、宗教、法律问题时，他听从内心的感受做出抉择，他是个英雄。

小说写出了哈克的心灵成长，在漂流中，他加深了对吉姆的理解，能够逐步抛开世俗偏见，抛开对黑人的歧视，因为开玩笑伤害了吉姆而勇于认错，最终甚至宁愿"下地狱"也要救吉姆，替他争取自由。哈克这些行为其实带了些理想主义色彩，也因此这个人物才显得坦诚可爱。

作为主角，小说中除了展现他的心灵成长，哈克还有别的作用吗？

其实，他还是小说中人物的良心担当。因为他不但能认识到并敢于纠正自己的错误，而且还为别人做的事、为人性的恶感到羞愧。

在漂流的过程中，哈克看够了上面说的那两个骗子的各种丑态，比如表演皇室奇物，行骗遗产等。但是，在他得知被愚弄的民众准备报复两个骗子时，他又想着通知那两个人赶快逃跑。可是，他来晚一步，他看到大街上狂怒的人群尖叫呼喊着，抬着两个骗子游街，骗子浑身涂满柏油、沾满羽毛，看着就像一对大鸡毛掸子。

当看到骗子受到惩罚时，哈克感到难受。他为这两个可怜又可恨的坏蛋而难过："好像我对他们再没有什么记恨了。那情形看着实在可怕，人对人可真是能狠得下心呢。"

虽然与他无关，但他就是觉得难受，人对人可以那么残忍，那么狠心。

实际上他替大人的报复感到不堪，替人性的丑陋感到羞愧。当一个人因为别人的事情感到难受时，这就是他的胸怀。所谓容人之心，无非就是设身处地，推己及人；所谓悲天悯人，仁爱慈悲，也是这个道理。

所以《哈克贝利·芬历险记》描写的不仅仅是对自由的向往，也是对心灵升华的赞扬，这是一部用少年的观察启迪成人心智的典范杰作。

马克·吐温用这一部典范杰作，成为美国文学的领路人，所以《哈克贝利·芬历险记》是一部很"美国"的小说。很"美国"是什么意思，这样的小说又有什么特点呢？

《哈克贝利·芬历险记》写的是典型的美国问题，有宗教问题、种族问题、一个新国家的发展方向问题（推崇什么样的人，什么是地道的美国人等），以及作为一个人、一个民族的成长。这些在小说里都是怎么体现的呢？

宗教问题是贯穿始终的，影响着哈克的思想，如：汤姆不进天堂，自己也不进了；担心救了吉姆要下地狱；等等。而他的大无畏精神，就是应对宗教束缚的策略。

种族问题是小说的主要部分，小说中主要体现在他对吉姆的友谊和援救。

什么是地道的美国人？哈克就是典型的美国人，一个心地善良、不守规矩的孩子，没有背景，靠自己独立自主的判断力和应变能力做选择和行事。

小说还写出了一个人的成长。所谓的成长，就是指从朦胧的抗拒，到逐步主动、明确对自由的向往，不仅为自己，还替别人争取自由。

早期的移民者自从到达新大陆之后，就认为新大陆是上帝赐给他们的伊甸园。从《哈克贝利·芬历险记》中看哈克处理事情的方式，看哈克的成长，看普通的、堕落的人如何成为一个有觉悟的人，其实就看到了美国这个国家的成长。

哈克身上集中了美国人最看重的个人品质：不讲来处、没有背景、独自一人面对现实人生，注重独立精神、探索意识和实际能力，在各种纠错和探索中觉醒与成长。这种类型正是美国人最为推崇的人物类型。

所以，这是一部最具美国特色的小说，因为里面包含了美国的历史问题、美国人物、美国语言，哈克的成长经历还代表了美利坚民族的成长历程。

哈克这个人物形象，也是美国文学中一再出现的类型。美国作家都是怎么写孩子的呢？

哈克调皮捣蛋，不服管教，有时候还干点偷鸡摸狗的坏事，但他却愿意为了救朋友而下地狱，看到骗子被惩罚心里难过。可以说，哈克是一个善良的坏孩子，或者有缺点的好孩子的典型。美国文学中有很多这样的人物，他们的特点是：心眼好，行为出格，好奇，大胆，喜欢冒险，渴望探索未知。

比如塞林格的小说《麦田里的守望者》，写的是一个少年在纽约三天的游历，他以自己的视角批评成年人的虚伪和堕落，少年立志做麦田里的守望者，保护像他妹妹一样的孩子，守望纯真。还有电影《肖申克的救赎》，讲述了一个大人，以一己之力对抗整个官僚机构和监狱制度，按照自己定义的正义行事，肖申克就是大人版的哈克。

《哈克贝利·芬历险记》主人公哈克的历险，其实也写出了我们每个人内心中抗拒、逃离和寻找的冲动。也许，人生就是不断地逃离，不断地寻找，不断地回归，又再一次逃离。在循环往复中，懂得坚守良知，听从内心的召唤。

一个伟大的作家，不但要写出一个故事，塑造生动的人物，写出丰富的主题，而且还要把故事写得好看、耐看，这就需要作家有高超的写作技巧。马克·吐温是如何让他的故事好看又耐看的呢？他的作品还有什么值得品味的地方呢？

第三节
善良的坏孩子

　　判断一部作品成功与否，除了看故事情节，还得看它的艺术手法是否独特。我们欣赏文学作品，不仅要知道它的主题是什么，它反映的问题有多么深刻，还要知道它是如何做到这一点的，作家是如何表达他的想法的。

　　《哈克贝利·芬历险记》是怎么做到独特的呢？

　　这部小说之所以能够反映那么丰富的主题，既得益于它的视角人物哈克，他看世界以及我们看他的方式，还得益于哈克的说话方式，故事一直发生在路上的重复循环的讲述方式和对比。换句话说，哈克的说话方式、故事结构和对比手法，是这部小说既好看又耐看的原因。

　　人的性格主要通过说话反映出来，所以这部小说好看和哈克的说话方式、可爱的性格密不可分。所谓说话方式，其实就是作者写作的语言风格。《哈克贝利·芬历险记》除了富含深层意义，还对美国文学的语言影响极大。

　　马克·吐温将这部小说用口语化的风格、没有受过多少正规教育的少年的语言写出来，还使用了黑人口语，这在当时是一个十分大胆的创新。马克·吐温精心提炼了他所熟悉的多种方言，他写出的其实是与英国书面英语迥然不同的、简洁地道的美国通俗口语，这种风格表达生动，直截了当。

　　我们看这部小说的结尾，会对他的语言风格有明显的体会：

所以，再没有什么可写的了。我是高兴透了，因为我要是早知道写一本书有这么麻烦，我根本就不会动手，也不打算再写了。不过我估计我必须得在其他两位前头赶快跑到印第安人那里去，因为莎丽姨妈打算收养我、教化我，我可受不了这个。我以前受够了。

这一段话的句子非常口语化，简单句多，短句多，用词很日常，没有复杂难懂的词。这里我们重点说一下最后一句。前面我曾说过，在交稿之后回家的路上，我又想到一个词可以翻译得更好，就是最后那句"受够了"。哈克的意思是，他在小说开头被道格拉斯寡妇收养、教化，现在莎丽姨妈又想收养、教化他，他不想再这样了。所以最后一句话翻译成"经历过""忍受过""知道被人收养的滋味"都对。最后定稿为"受够了"，用词简单，意思很到位，这是我翻译经历中永远不会忘记的一句话。

如果你阅读原文，你会立刻喜欢上这本书，感觉到它与英国英语风格的不同，尤其是那个时代，英国英语句子普遍比较长，读到这么清新如画、简洁明快的句子，会感到一股清流入怀，一缕清风拂面。所以我认为这部小说奠定了美国文学口语化风格的基础，是美国民族文学语言风格确立与成熟的分界线。

前面我们介绍了几位大作家对这部小说的评价，这里再加上一位。大诗人T. S. 艾略特说，这部小说开创了新文风，是英语的新发现。

《哈克贝利·芬历险记》之所以耐看，还与它讲故事的方式有关。

小说用的是一切发生在路上的重复结构。"重复"指的是，人物经历的故事不间断，并且都是同样的模式：来到新的地方，看到新的人，遇到新的事，然后离开；又到新的地方，遇到新的人和事，再离开……这样不断重复，主人公一直向前走，类似的经历不断发生。这种模式属于西班牙流浪汉小说的传统，它的特点就是故事主人公不断行进在路上，经历冒险，探索未知，地点、场景和配角不断变换，以改变主人公的内心和对世界的看法。

《哈克贝利·芬历险记》里变化的是遇见的各种人、各种事，大河与陆地之间转换的风景，不变的是两个人乘坐木排，顺流而下，以及挣脱束缚，向往自由的心。

这种结构类型的作品还有很多，如塞万提斯的《堂吉诃德》，还有再熟悉不过的吴承恩的《西游记》。《西游记》里变化的是各种崇山峻岭、妖魔鬼怪，不变的则是我们最熟悉的四个人、一匹马，一路向西一心取经的决心。这种结构的小说一般都非常好看，也很好记忆，所以你大概永远也不会忘记《西游记》里讲的故事。

前面还提到了小说里的对比，这种文学艺术手法也是很令人称道的。

小说中有很多陆地与大河的对比，除此之外，还表现在文本结构的对仗，以及哈克和汤姆的人物对比。

先看陆地与大河的对比。小说里大河两岸沃野千里、林木参天、静谧悠闲，在它宽广的河面上，一老一少、一黑一白两人相互帮助鼓励，和岸上的丑陋、嘈杂的社会生活形成鲜明的对比。下面是一段小说中大河描写的文字：

一到晚上，我们就撑出木排，快到大河中央时，我们便不再管它，让它自己顺着河水随便漂，然后，我们点上烟斗，把腿放进水里摇晃着，聊各种各样的事。

有时候，我俩把整条大河都给占了，好久都没有别人。隔着河水，远处是河岸和小岛。住在木排上，日子可真美妙呀。我们头顶上有天空，布满了星星，我们通常躺在木排上，仰脸看着它们，谈论星星是做出来的，还是原来就是这样。

大河安详、宁静，是心灵安慰和歇息之所。还有一种解释认为，大河是母亲和女性的象征。返回大河，满足了哈克对母亲的渴望，也满足了吉姆对妻子和家庭的向往。

在陆地上，哈克看到的是世族仇杀、小镇醉鬼、乌合之众、皇室奇物、行骗遗产等丑恶行径。与大河相比，陆地上好像四处是欺诈、虚伪、凶险和冲突。但同时，大河也会出现强盗掠杀和分赃，自由快乐和充满情谊的木排上，也曾挤进来两个邪恶的骗子。木排难以把握自己的方向，只能随波逐流；木排上的人向往北方遥远的自由，但木排却朝向南方越来越苦难的现实逼近。

正是所有对比中的这些困惑——良知与教条、现实与理想的对立和矛盾，让主人公的心灵逐渐改变、逐渐成长。

除了陆地与大河的对比，小说本身还是一种对仗结构。

除中间高潮部分外，小说的前七章和后面章节的结构基本对仗。前七章写孩子们在村里的游戏，交代哈克和吉姆逃离的背景和原因。后面写吉姆被骗子卖掉后，哈克和汤姆对他的救援。

汤姆和哈克的对比也很有意思。没错，我说的是汤姆和哈克，《汤姆·索亚历险记》和《哈克贝利·芬历险记》的两个主角。在《汤姆·索亚历险记》里，汤姆聪明、机灵、勇敢，富有探险精神，是一个非常可爱的儿童形象。

因为《哈克贝利·芬历险记》是接着《汤姆·索亚历险记》的结尾写的，那汤姆也还是可能再度出现的。汤姆在《哈克贝利·芬历险记》里是个什么样的人呢？汤姆出现在这部小说的前后两部分，中间的高潮部分没有他。前一部分的故事发生在村里，汤姆是个孩子王，带着小伙伴变着花样玩童年的游戏。后一部分，汤姆从家乡来，告诉哈克，吉姆的主人华森小姐已经去世了，她生前给了吉姆自由。汤姆明知吉姆已经获得自由，却偏要煞有介事地想出种种办法来营救根本不需要被救的吉姆，让吉姆吃尽了不必要的苦头，把全村闹得鸡犬不宁。

我们把汤姆和经过世事历练、不断成长的哈克对比，就会发现，这个人物好像时间静止了一般：一开始是个孩子王，最后还是个孩子王，永远也不再长大了。他沉溺于幻想，迷信书本，成了一个"书虫"和调皮鬼，做各种恶作剧，无事生非，不计后果。

海明威对这部小说的评价很高，但他对小说的结尾说过另一句话：《哈克贝利·芬历险记》就应该终止在吉姆得到自由那一章。他觉得最后汤姆的营救简直就是画蛇添足。

马克·吐温是怎么想的？为什么要不厌其烦地写汤姆没有任何必要的冒险呢？

我们可以换个角度看这个结尾，也许可以这么说，一是作者为了小说形成对仗结构，让前后对称，让故事都发生在村子里；二是为了对比，以汤姆成长的停滞对比哈克性格的发展；还有第三种解释，这种看似多余的描写，代表了作者对童年、对童真、对家乡的留恋。懵懂少年汤姆的回归，也许是马克·吐温对童年的怀念。哈克在经历了人事变迁之后，依然能够和汤姆玩得不亦乐乎,这其中寄托的也许是作者对哈克经历世故之后,归来依然是少年的一种祝愿。马克·吐温害怕哈克长大变得世故,变成一个小大人,一个不会玩耍的大人。

在马克·吐温塑造的众多人物形象中,人们最喜欢的就是哈克和汤姆。他的家乡懂他,所以在这片土地上建造了一座专属于他的文化主题乐园,让这两个小朋友一直陪伴他。

马克·吐温的出生地汉尼拔镇,现在也被称为"美国文学的故乡"。小镇每年都会举办纪念他的民俗文化节。从伊利诺伊州方向一路过来,公路两边,远远就能看到标牌上写着"美国的故乡"。到了汉尼拔镇,除了迎面一栋楼上的各种当代名品招牌外,我还看见了哈克和汤姆的塑像立在加的夫山脚下。

小镇依旧在,很多房屋保留着旧式模样。马克·吐温幼时的邻居还都搬到了一起,围绕在他故居的周围。他把家乡的一草一木写进了作品,他的家乡则还给他一座纪念馆、一座博物馆,还有加的夫山脚下他钟爱的两个伙伴的雕像。

家乡孕育了他,而他命名了家乡。

马克·吐温博物馆是一座三层楼的房子。进入之后,首先看到的是开放式的马克·吐温的书房陈设和三个人的雕像:马克·吐温正读书给汤姆和哈克听。一层右边还有一个木排,掩映在丛林中的大河上,木排是电动的,可以摇晃,周围有巨大的树林和高高的蒲草,可能是模拟《哈克贝利·芬历险记》里面的情景。

与马克·吐温故居相邻的是马克·吐温纪念馆,纪念馆里关于马克·吐温的生平和写作资料丰富细致。小镇当时的奴隶制状况、街道房屋、生活风貌等都有详尽的说明和陈列展示,每一部分的导言大多取自马克·吐温自传中对家乡的描写和回忆，这些都可以看出家乡对他成长的影响。当年，马克·吐温在作品中，尽情描绘了家乡的一切。现在，家乡人又还原和定格了他那个时代的家乡。

马克·吐温的家乡小镇就像一个实景的文化主题公园，兼具观赏、游乐和教育的意义。名人故居的意义，除了保留文化遗产，还可以与作家产生超时空的对话，丈量作家的足迹，体会作家的心理。所以汉尼拔镇才一直被人津津乐道。

从纪念馆后门出去不远处，有一个专门建造的哈克的小屋，屋子很矮，里面只有一个孤零零、空荡荡的壁炉。墙上有对小说《哈克贝利·芬历险记》的内容介绍和评价，以及不少种族歧视依然在世界各地存在的报道和证据。墙上的导言说，马克·吐温当年以一己之力应对美国的奴隶制和不公正——这些问题在当今世界依然存在。由此说明，当年哈克以兄弟情谊对待黑人吉姆的可贵之处。

的确，只要人类还不能宽容相待、平等相处，《哈克贝利·芬历险记》这部作品就常读常新，永不过时。如此切中时弊的演绎，着实令人动容。

《哈克贝利·芬历险记》这部小说以一个少年的历险经历和视角来反观当时美国的重大社会问题。它既是哈克的心灵成长史，又是美国内战前的社会百科全书。它教我们在寻找、建立自己价值判断的过程中遵从内心，在灵活实用的处世态度下保有良知，在天真与世故的较量中依然童真。

哈克是美国文学艺术作品中，诸多善良的"坏孩子"的原型，是敢于质疑成见，勇于打破常规，以一己之力挣脱困境的先锋。他不断地逃离，恰似我们每个人内心的冲动。一次次地逃离、寻找与回归，虽然让哈克历经沧桑，却依然清新、率真如故。

在作家心中，哈克是永远的少年，也祝愿我们每一个人，都有一颗少年的心。

《欧·亨利短篇小说集》
——
"泪中带笑"的黑色幽默故事

The Short Stories of O. Henry

清华大学·生安锋

欧·亨利

📖 作品介绍

欧·亨利被誉为"世界三大短篇小说巨匠"之一。《警察与赞美诗》是欧·亨利的成名作,小说讲述了主人公苏贝试图耍弄美国法律,最终却反被美国法律耍弄的故事,揭露了当时法律制度的虚伪和社会制度的腐朽。《麦琪的礼物》是欧·亨利最广为人知的短篇小说之一,讲述了一对穷困的年轻夫妇忍痛割爱,互赠圣诞礼物的故事,在互不知情的情况下,妻子德拉剪掉头发为丈夫吉姆买了白金表链,而吉姆卖掉金表为德拉买了整套发梳,他们都为对方舍弃了自己最宝贵的东西,却弄巧成拙,小说写出了美国下层小人物的悲喜,也赞美了质朴而纯洁的爱情。欧·亨利的作品多以底层社会的小人物为主人公,描摹人生百态,真实地反映了19世纪末20世纪初美国社会的各种面貌。

《欧·亨利短篇小说集》思维导图

第一节
美国生活的幽默百科全书

欧·亨利的名字你一定不陌生,我们在小学、中学期间都读过他那些结局常常突然反转的精彩故事。他被誉为"美国现代短篇小说之父",是活跃于19世纪末20世纪初美国文坛的著名短篇小说家,他与法国的莫泊桑、俄国的契诃夫被并称为"世界三大短篇小说巨匠"。

从1899年起,欧·亨利共创作了一部长篇小说和近三百篇短篇小说。他以新颖巧妙的构思、幽默诙谐的语言、离奇曲折的情节设置,将20世纪初期的美国社会现实绘声绘色地呈现在读者面前,开辟了美国短篇小说的新纪元。

与很多著名作家不同的是,欧·亨利喜欢以底层社会的小人物为主人公,以描摹人生百态、探讨多面人性为故事的主题,着重突出人性意识,一方面歌颂人性中的真、善、美,另一方面则批判人性中的假、恶、丑。这一特点既受到了他命途多舛的人生境遇的影响,也是当时美国社会现实导致的结果。

欧·亨利原名威廉·西德尼·波特(William Sydney Porter),1862年9月11日出生于美国北卡罗来纳州格林斯伯勒镇的一个医生家庭。3岁时,欧·亨利的母亲去世,于是他和父亲搬到祖母家居住,由祖母和姑姑共同抚养长大。

1876年,欧·亨利进入高中读书,第二年因家道败落被迫辍学,他就去叔叔的药房里当学徒。在此期间,欧·亨利接触到了社会底层各式各样的小人物。他十分注意观察他们的言谈举止、外表神态、形象特征，甚至会为这些人偷偷地画漫画取乐。在那个时候，欧·亨利就已经开始用幽默、夸张的手法来描绘人物的外貌特征，并逐渐形成他后来在小说中所刻画的人物形象的影子。

欧·亨利是如何积累素材的呢？当时药房里常有顾客购药欠账，欧·亨利就根据他们的长相勾勒出欠账人的漫画草图，等到他们还账时再拿出漫画逐个查对，从来没有出过差错，他也因此得到了"漫画家"的称号。

在叔叔药店的生活实践，不仅使他掌握了借以谋生的医药知识和制药技术，也帮他积累了大量关于普通百姓甚至底层民众的生活素材，为这位未来作家的小说创作提供了现实依据。这样的学徒生活也帮助他更深入、更全面地体察了人生百态，从而为其幽默、风趣、诙谐、讽刺等独特艺术风格的形成奠定了基础。

在欧·亨利20岁时，他偶然去得克萨斯州拉萨尔县的一个牧场待了一段时间。在那里，他感受到一种与东部都市完全不同的生活，接触到在美国西部大开发过程中的各种社会矛盾。这段生活经历为他日后以西部生活为背景的作品——如《公主与美洲狮》《索利托牧场的卫生学》等——提供了不少的灵感和素材。

1884年，欧·亨利来到了得克萨斯州的首府奥斯汀，迫于生计，他不断变换工作。在担任银行出纳员期间，欧·亨利被指控盗用公款。于是他不得不逃亡到中美洲和南美洲，卖苦力、当骗子，甚至还做过强盗，参加过当地的一些战斗。正是这种残酷惊险、奇特非凡的生活体验，让欧·亨利深刻地理解了小偷、骗子、强盗等社会底层小人物的复杂人性。他们虽然凶恶残暴，但有的也富有人情味，甚至也不乏人性的善良友爱，不失与生俱来的反抗精神。这些经历和感受让欧·亨利成功写出了诸如《善良的骗子》《提线木偶》《同病相怜》《重新做人》等扣人心弦的所谓"骗子小说"和"强盗小说"。

1897 年，欧·亨利被投入监狱。他在狱中坚持创作短篇小说，出狱后，更是笔耕不辍。1904 年，他的长篇小说《白菜与皇帝》问世。这部小说以拉丁美洲为背景，描写了美国公司对拉丁美洲的经济掠夺。

此后，欧·亨利出版了多部短篇小说集，如《四百万》（1906 年）、《西部之声》（1907 年）、《都市之声》（1908 年）、《命运之路》（1909 年）、《毫不通融》（1910 年）等。然而，就在欧·亨利创作力最旺盛时，穷困潦倒加上长期酗酒使他的健康状况急剧恶化，他于 1910 年逝世，时年 48 岁。他的另外几部短篇小说集《陀螺》（1910 年）、《滚石》（1912 年）和《流浪汉》（1917 年）等都是在他去世之后出版的。

欧·亨利的短篇小说内容丰富、题材多样，从不同的视角生动而真实地反映了 19 世纪末 20 世纪初美国社会的各种面貌。那个时期的美国是什么样的呢？当时，美国不仅经济发展迅猛，社会物质财富极为丰富，政治上也发生着翻天覆地的变革。1861 年至 1865 年的美国内战，也就是南北战争，最终推翻了黑人奴隶制度。这期间的 1863 年 11 月，林肯在著名的《葛底斯堡演说》中阐述了理想政府的三条原则，即"民有、民治、民享"，在当时的人们眼中，美国好像真的成了一个平等、博爱、自由而又充满着希望的理想国度。

然而事实并没有这么理想化，从 19 世纪 80 年代开始，美国的社会矛盾也在日益加剧。总而言之，当时的美国并没有真正成为人们理想中的自由、平等、富裕的国度。

我国有研究者曾经说过这样一句话，说那个时代的社会是"坑蒙拐骗样样齐全，贪婪舞弊泛滥成灾，似乎只要能赚到钱便是成功，并不问钱的来历是否清白合法"。而在这繁荣兴旺又光怪陆离的表象之下则是社会底层千千万万个生活艰辛的小人物。欧·亨利就是在长期颠沛流离、穷困潦倒的生活中，接触了形形色色的小人物，对生活的不易和尖锐的社会矛盾有了深刻的体会。

欧·亨利在短篇小说的创作中，很少描述重大历史事件，也没有描写波澜壮阔的社会生活画面。反之，他将重点放在了小人物普通生活的琐事上，特别是一些滑稽可笑的故事上。然而，这些片段如果连在一起，就能勾勒出美国社会现实的全景，所产生的艺术效果不亚于一部鸿篇巨制的效应。

可见，欧·亨利的短篇小说以及他的写作方式能够以小见大，在有限的场景里极其自然地刻画出生活中最深刻的现实，从平凡的人和事中反映出不平凡的社会意义。

从他的短篇小说的不同题材和不同内容中，我们可以提炼出一条主线，那就是对社会现实和人性的深层关注和洞察，对民众尤其是卑微者，也就是我们现在所说的底层民众人性中的真、善、美的讴歌，对社会上各类假、恶、丑现象的评判和讥刺，以及对罪恶、黑暗的社会现实的鞭挞。

第二节
神转折故事是如何诞生的

前面我们了解了欧·亨利坎坷曲折的命运遭际,他的人生经历对其创作的影响,以及当时美国的社会背景。接下来,我将通过他笔下普通民众的生活来谈谈欧·亨利对人性的挖掘和表现,主要阐述他通过小说创作对人性中的真、善、美的讴歌和赞美。

为什么欧·亨利的短篇小说长期以来备受欢迎、经久不衰呢?讴歌人性的真、善、美和讽刺揭露人性中的假、恶、丑是欧·亨利小说关于人性主题的两个方面。而这样的主题与普通民众的喜怒哀乐有许多相通之处。

欧·亨利创作的诸多短篇小说并非只是为了取悦读者、追求情节上的巧合,抑或是为读者大众提供一些毫无深意的谈资笑料,他更多的是从社会底层的视角出发,让读者在总体上对产生这些现象的社会进行一定的反思。欧·亨利的作品被王永年先生誉为"对社会现实的深层注视、发掘、剖析、批判以至抗议,用以振作民众精神,改变社会病态,赞美健康人性"。意义之大,可见一斑,而且"它是以对庸俗、浅薄、畸形、病态的生活现象的否定,来激起人文精神的升华,歌赞潜润其中的伟大与崇高"。

因此,阅读欧·亨利的短篇小说,读者除了能够体味到一种轻松的幽默感,更多的是加深了对人性的洞察,是一种沉重的苦笑,从中认识到那个时代真实的社会生活,从而重新找回那种和大众情感息息相通的人性。

欧·亨利的一生充满了艰难坎坷,然而接二连三的不幸并没有把他击倒。他以自己周边熟悉的店员、医生、律师、办事员、穷画家、小偷、小贩等社会底层的小人物为描写对象，展现了他们在弱肉强食的社会法则下辗转反侧、备受欺凌、饥贫无告的凄惨境况，同时还发掘了这些小人物于平凡生活中的人性之美。

提到人与人之间的关系，不得不提到爱情。欧·亨利的哪篇短篇小说讲述了爱情呢？你可能首先想到的就是我们在课本中学过的《麦琪的礼物》。欧·亨利善于发掘人与人之间美好的爱情，提醒读者什么才是爱的真谛。这篇短篇小说被视为欧·亨利最经典的爱情故事。

故事的男主人公名叫吉姆，是一名薪金仅够维持基本生活的小职员，女主人公德拉是一位贤惠善良的主妇，他们在纽约的生活十分拮据。这对贫困的夫妻各有一样足以感到自豪的"宝物"：妻子德拉拥有一头美丽的瀑布般的秀发，丈夫吉姆有一块祖传的金表。在圣诞节这个传统节日，夫妻俩都想送给对方一件珍贵的礼物。

为此，吉姆卖掉了他的金表，为德拉买了一套"纯玳瑁做的边上镶着珠宝"的梳子；而德拉则卖掉了自己的长发，为吉姆买了一条白金表链。他们都为对方舍弃了自己最宝贵的东西，然而收到的礼物却因此变得毫无作用。

小说到此戛然而止，这样的结局不只惊呆了故事的主人公，同时也震撼了读者的心灵——美好的礼物瞬间成了无用的废物。

正如小说的最后写道："在所有馈赠礼物的人当中，那两个人是最聪明的。在一切接受礼物的人当中，像他们这样的人也是最聪明的。无论在什么地方，他们都是最聪明的。他们就是麦琪。他们是各自心目中的麦琪。"他们给了对方最美好的礼物，是能让他们记住一生一世的礼物，因此他们的爱是甜蜜的。

欧·亨利在描述底层人物的爱情时,并没有直接探讨"爱情与面包"哪个更重要,也没有让相爱的人因为贫穷而自怨自艾、互相伤害,而是在具体而温情的小事情上展示着爱情淡淡的美感,同时也透露出在穷苦的生活中,底层民众的无奈与酸楚。

我们再分享欧·亨利的另一个经典短篇故事,题为《爱的牺牲》。一对出于对艺术的热爱走到一起的小夫妇——乔和德丽雅因生活拮据而难以继续各自热爱的艺术事业。为了挣钱为对方铺平前进的道路,成就对方的梦想,夫妻俩都在自己所爱的人面前编造了美丽的谎言。

妻子德丽雅称自己教授将军的女儿音乐,而丈夫乔则说自己在中央公园画速写。每到周末,夫妻俩都拿出自己一周挣来的钱,并为对方有一个体面而又热爱的职业感到高兴。可是一次偶然事件让双方得知,原来他们夫妻俩在同一家洗衣店里干苦活,妻子熨烫衣服,丈夫则在洗衣店的锅炉房烧水。

这看似荒谬可笑的故事中实则饱含着对爱情的赞美。乔和德丽雅都将实现心爱之人的梦想作为自己的奋斗目标并编造了善良的谎言,只是为了让爱人放心地继续追寻艺术梦想。

正如文中所说:"只要家庭美满,房间就不嫌窄小……要是四堵墙都往中间挤拢的话,就随它们去,正好把你和你的德丽雅围在当中。反之,如果家庭不幸福的话,无论如何轩敞辽远……也无济于事。"在欧·亨利眼中,爱和真情远比财富、地位和名望更应值得人们去追求和珍惜,它们是世界上最伟大的力量,是所有人共同向往和追求的力量。

除了爱情,还有什么是人们最为珍视的情感呢?当然是友情了。提到友情,《最后一片叶子》可以说是欧·亨利短篇小说中描写真挚友情的最佳篇章了。故事描述了几个身处艰难困苦中的小人物，在生活的重压下，仍能对他人表现出真诚的友爱，为友谊做出难能可贵的牺牲。

作品的主人公女画家琼西得了肺炎，生命危在旦夕。她的朋友老画家贝尔曼是一个在社会底层挣扎了一辈子的贫困潦倒、落魄失意的小人物。

在他得知琼西把生存的希望寄托于窗外一棵常春藤的最后一片叶子之后，为了帮助琼西战胜病魔，打消她因常春藤叶凋落而想终结生命的"胡思乱想"，在一个凄风苦雨的夜晚，爬到砖墙高处画了一片永不凋零的常春藤叶，给了琼西以生的意志和新生的希望。而贝尔曼老人却因此着凉，染上严重的肺炎去世了，他用自己的生命创作了一幅自己生命中最杰出的画作。

与《最后一片叶子》中单纯善良的艺术家们不同，短篇小说《二十年之后》中的两位主人公很难被轻易视作好人或坏人，但不能否认的是他们对彼此友情的珍视。

鲍勃是一名通缉犯，在西部的拼杀中仍然念念不忘自己的好朋友吉米·威尔斯。虽然吉米多年来杳无音信，鲍勃却依旧甘愿冒着被抓的风险回到警察林立的大城市纽约，甚至会在深夜的凄风苦雨中痴痴等候，只为了遵守和朋友20年前的约定。他始终坚信"吉米是我最好的朋友，世上最好的人""他是世界上最忠诚、最靠得住的老朋友"。在遇到假冒的吉米上前相认时，鲍勃按捺不住地流露出把一切与对方分享的迫切心情，全然抛开了平日在人前的伪装。而警察吉米也同样将这一段友谊看得很重，"他准时到了约定的地点"说明他很迫切地想见到这位分别了二十多年的好朋友。而他是一名警察，抓捕逃犯是他的职责所在，于是他就采用了让另一个便衣警察去抓这位逃犯朋友的办法，这样，既维护了朋友之间的情义，又没有犯失职之罪。

在社会底层小人物捉襟见肘的贫困生活中，人与人之间这种纯洁的爱情和真挚的友谊更为弥足珍贵。

作为一名出色的作家，欧·亨利凭借自己敏锐的观察力和对人性的信心，在那个金钱至上的社会捕捉到一些普通公民甚至底层民众身上所体现出的高尚的道德品质，谱写了一曲曲人性的真、善、美的颂歌；同时他也借助文学作品，积极弘扬社会正气，呼吁社会形成良好的道德风尚，而这其中最为明显的就是对乐于助人这一高贵品质的称颂。

这种高尚的助人为乐的行为或者品质，在小说《绿门》中有所体现。小说的主人公鲁道夫是一家钢琴店的推销员，同时，也是一个热衷冒险的年轻人。一天晚上，鲁道夫在散步时，一个正在散发牙医广告的黑人塞给他一张名片，名片的一面是白色，另一面则用墨水写了"绿门"两个字，而鲁道夫却发现其他路人从黑人那里得到的都是纯粹的牙医广告。

于是，鲁道夫怀着探险的心理敲开了他本以为会具有神秘色彩的那扇绿门，结果看到的却是一个因三天没吃东西而饿晕了的失业女孩。尽管他与这个女孩素昧平生，但他还是立即对女孩施予了救助，并买了许多食物给女孩充饥。得知女孩已被老板解雇，而且身边又没有亲友，善良的鲁道夫许诺第二天还会来看望她。

当得知"绿门"字样的卡片是一家剧院请黑人代发的新剧宣传广告时，富有挑战精神的鲁道夫却认为是命运之手为他指路，让他找到了一个需要帮助的无助之人。由此可见，鲁道夫对那位失业女孩的救助并非有所图谋，只是一种纯粹的助人为乐之举。

《感恩节里的两位男士》中的老绅士也是乐于助人的典型代表。具体的故事是这样的，一个常年受饥饿折磨的穷人与一位老绅士之间，有一个奇怪的约定,就是每年感恩节时,那个穷人会坐在联邦广场上,等待着老绅士的到来。老绅士来了之后,会带这位饥肠辘辘的穷人去饱餐一顿。这就是他们之间神圣的约定,这个传统延续了9年之久。

到了第十年的感恩节,穷人照惯例走在去约定地点的路上。可半路上发生了一个小插曲,穷人被一幢住宅的管家请进家门,享受了一顿丰盛的大餐。原来这座住宅的主人——两位老太太,也有一个传统,就是在正午把第一个遇见的饥饿的路人请进门,让他饱餐一顿。

这个饥饿的穷人抵挡不住食物的诱惑,就敞开肚子吃了起来。当他吃饱喝足走出门时,忽然又想起了和老绅士的约定,于是他还是如约与老绅士碰了面。老绅士将他带到了一处餐厅为他买了一顿大餐,穷人为了不扫老绅士的兴,只能装作饥饿难耐的样子狼吞虎咽地吃了老绅士为他购买的食物。

故事的结局是两人在回家的路上都晕了过去并被送进了医院。穷人是因为吃得太撑,几乎撑破了胃;老绅士——这位曾经家财万贯的富翁——因为不久前破产了,已经三天三夜没有吃东西,身体虚脱,而在路上倒了下来。

在现实生活中,许多人对陌生人的遭遇往往采取一种冷漠的态度。欧·亨利正是通过他的这类文学作品唤醒人们的道德意识,呼吁人们建立一个充满温情与人情味的世界。

有时候,欧·亨利笔下的善与恶并不是泾渭分明的,对人物的塑造也突破了非黑即白的简单模式。他在很多小说中描写过这样的小人物:他们本身并不能算是坏人或者歹徒,但由于环境因素或者在底层生活中的一些不良习惯,可能被世人视作"不法之徒"。而欧·亨利最善于捕捉这些失足小人物灵魂上的亮点,并描绘他们弃恶从善、恶中见善的过程。

在他著名的"骗子小说""强盗小说"中，这些一时失足的小人物在某种力量的感召下，常常会良心发现、幡然醒悟、浪子回头，展现出人性美好的一面。

其中典型的代表作可能要数《双料骗子》了，欧·亨利在其中塑造了一个诈骗世界中善良的骗子形象——主人公小利亚诺。小利亚诺脾气暴躁，性格倔强，为人莽撞，甚至有一次在拉雷多赌场玩牌时杀了人。而那个不幸被他杀害的家伙是一个来自外地的有着高贵血统的牧场主的儿子，年龄和小利亚诺差不多。死者有一批支持他的朋友，这些人迅速组织起来准备复仇，而小利亚诺只有孤身一人。

面对仇家的追踪，他坐上一艘名为"逃亡者"号的帆船到达了南美海岸。受美国领事的唆使和诱惑，小利亚诺企图骗取在12年前痛失爱子的一对西班牙老夫妇的钱财。

因为小利亚诺和老夫妇的儿子外貌有几分相似，领事便将他打扮成这对老夫妇的儿子，以骗取他们的信任，从而伺机窃取他们的巨额钱财。然而在接触的过程中，小利亚诺被老夫妇无微不至的爱所感动，不忍心让刚刚重享天伦而精神焕发的老人再次经受失去儿子或者钱财被骗的致命打击。

小利亚诺善良的本性复苏了，而且他发现，老夫妇失去的儿子正是自己之前在赌场上杀死的那个人。良心深受触动的小利亚诺一方面要为自己所犯下的血债赎罪，另一方面也被情深义重的老夫妇感动。为了不让老夫妇再次忍受痛苦，他甘愿一生假扮老夫妇的儿子。

这篇小说以嘲笑讽刺、愤世嫉俗的笔触，讲述了主人公的身份由杀人犯到逃犯，再到骗子，最终回归善良之人的过程，寄托了欧·亨利善战胜恶的人性理想。

另外，欧·亨利在《催眠术家杰甫·彼得斯》《艺术良心》《同病相怜》等作品中也塑造了一系列骗子或是窃贼的形象，但这些骗子或窃贼却并非常见的负面和消极形象。

欧·亨利塑造这些形象的主要目的在于，赞颂那些在人性真、善、美的感召下产生的良心的发现、感情的激发、爱的醒悟。他曾说过："我的目的在于指出每一个人的内心都有过上体面生活的愿望，即使那些沦于社会最底层的人，只要力所能及，都愿意回到比较高尚的生活，人性的内在倾向是弃恶从善的。"

人性具有两面性，甚至多面性。欧·亨利在歌颂真、善、美的同时，又是如何批判人性的假、恶、丑的呢？

第三节
为什么小人物比大人物更难写

在欧洲现实主义文学的影响下，欧·亨利对那个处于变动之中的时代有着深切的感受，也将美国社会这个名利场的种种把戏看得十分透彻。因此，他又将其笔尖投向了那个是非颠倒的社会，把他的短篇小说化作一支支匕首和投枪刺向人性中的假、恶、丑。《带家具出租的房间》和《警察与赞美诗》都是欧·亨利抨击腐朽黑暗社会的代表作。

《带家具出租的房间》虽然也是一篇爱情小说，但它写的却是爱情的噩梦、美的毁灭，控诉了社会的黑暗。该小说的风格严肃而又悲怆，充满阴暗、绝望与死亡的气息。

小说讲述的是一个不知姓名的年轻人，为了寻找离家出走的爱人只身来到纽约，费尽心思都寻不到爱人的下落。他拖着因长期奔波而疲惫不堪的身体落宿于贫民区一个带家具的出租屋里。这个房间肮脏不堪，残缺破烂的家具散发着一股霉味。

然而，这个年轻人似乎闻到了一阵木犀草的芬芳，这种芳香是他爱人身上所特有的。他像个侦探一样细致地搜索整个房间，并十分肯定爱人一定曾在这里居住过。然而，女房东却再三推说房客中从来没有住过这样一位女孩。失望之下，年轻人悄悄关严窗户，躺在爱人曾经躺过的床上，打开煤气自杀了。而故事最后，女房东告诉邻居，年轻人要找的那位女孩，一星期前就是在这个房间里开煤气自杀的！

这篇小说的故事情节十分简单，主人公的性格也被淡化到极致，只描写了一个带家具出租的房间。故事中的这个"房间"其实可以看作当时美国社会的缩影，也是罪恶金钱社会的象征。

在小说一开始，作家就以年轻人的出场勾勒出了纽约下层社会惨淡的现实图景。布满红砖建筑的贫民区公寓是社会底层小人物的"几十、几百个家"，他们进进出出，"像时间那样动荡不安，难以捉摸"，"他们从一个带家具的出租屋搬到另一个带家具的出租屋，永远是短暂的过客——住家方面如此，思想意识方面也是如此。"

成千上万的不幸房客，编织成成千上万的心酸故事，甚至"在许多飘零人的身后"还经常可以见到一两个惨死的幽灵，因为整个纽约城就是如此晦暗无常，"像是一片无底的大流沙，不断地移动着它的沙粒，今天还在上层的沙粒，明天就沉沦到黏土污泥里去了"。小说中还有这样一个比喻："肮脏的地席上有一块杂色斑驳的毯子，仿佛是波涛汹涌的海洋中一个长方形的、鲜花盛开的热带岛屿。"

同样创作于1904年的《警察与赞美诗》是典型的"欧·亨利式"小说，堪称使作家声名鹊起的成名作。主人公苏贝曾是个"生命中有母爱、鲜花、雄心、朋友、纯洁的思想和堂堂仪表"的小人物，后来却不幸沦为衣食无着的流浪汉。寒冷的冬天即将来临，面对饥寒交迫的境况，他有两种选择：第一是抛下尊严，承受巨大的精神屈辱，到政府救济机关领取施舍；第二则是进监狱。

经过一番考虑之后，他决定去监狱待三个月。于是，他开始计划"犯罪"——吃"白食"、砸坏商店玻璃、调戏妇女、扰乱治安、冒领财物。可是无论他怎样胡作非为，警察都不抓他，监狱对于苏贝来说，似乎是"可望而不可即"的梦幻之地。

后来，在路过一个教堂时，苏贝被里面传出来的阵阵赞美诗的琴声深深触动。他想起了少年时的纯真和做人的尊严，不禁感慨良多。苏贝认为自己还年轻，还能够通过不断地进取，实现自己的理想，因而决定重新做人。然而，就在他打定主意想第二天就去把一个赶车的差事接下来时，却被警察莫名其妙地逮捕并判处三个月的监禁。

小说以主人公苏贝试图耍弄美国法律而最终被美国法律耍弄的奇遇，揭露了那个社会法律的虚伪以及社会制度的腐朽不堪。曾经是"逃犯"和"囚犯"的欧·亨利，对美国司法界有着比其他作家更为切身的感受。他在戏而不谑的讽刺和怒而不哀的揭露中，抨击了那个黑白颠倒的悲惨社会。面对美国上层社会五光十色的生活，欧·亨利这样感叹道："在花花绿绿、纸醉金迷的世界中，这里面有多少虚伪、欺诈、凶残、掠夺，揭开来看真是令人触目惊心。"

他也创作了一系列作品，来揭露社会上那些利欲熏心、坑蒙拐骗、巧取豪夺、尔虞我诈的"上层人士"和"得意之徒"的丑恶行径。作家通过呈现他们的种种表演，向我们展示了所谓"文明社会"的丑恶与黑暗。

另一篇名为《我们选择的道路》的短篇小说，看似写的是强盗故事，实质上却揭露了金融资本家的自私与贪婪。故事的前半部分展现了美国西部亚利桑那州一伙匪徒落荒而逃的场景。鲍勃和多德森一同抢劫了一列火车，而在逃跑的途中，鲍勃的马受伤了，只得要求和多德森同骑一匹马逃跑，但是多德森以"一匹马驮不动两个人"为由，不顾鲍勃的苦苦哀求，果断将他枪杀，然后一个人骑马逃跑。

小说的后半部分笔锋一转，上述一切其实只是华尔街的金融家多德森做的一个梦。事实上，金融家多德森的行为堪比强盗。他通过卑鄙的手段操纵股票，毫不留情地逼得老友倾家荡产。在资产阶级的典型代表人物多德森看来，一切权力和金钱都该归自己所有，他人不得染指。

类似这样揭露美国资产者在金融战争中的强盗行径和卑劣手段的作品还有很多。如《新天方夜谭》里的暴发户、《卖官鬻爵》的议院女说客、《虎口拔牙》中的五金业巨商等，都是欧·亨利塑造的巧取豪夺、尔虞我诈的典型人物。我们更熟悉的可能要数《红毛酋长的赎金》了，故事里的绑匪面对当地"很有地位"的大资产者不仅没有捞到赎金，反而倒贴了250美金，这样的讽刺令人啼笑皆非。《婚姻的精密科学》中堪称成人之美的婚姻介绍所也成为投机赚钱、玩弄别人感情的生财门路。在《慈善事业数学讲座》中，所谓的慈善事业却是最赚钱的营生。

在欧·亨利的小说中，资产阶级的本性狡猾奸诈、冷酷无情、残暴毒辣。他们在获取财富的过程中，抢、骗、偷、诈无所不用其极。他们就像拥有作恶的许可证一般，可以肆意"抢劫"贫民阶层和普通百姓，不放过搜刮克扣每一分钱的机会。骗子强盗当道，罪犯凶手发迹，而文明的"上流人物"则是隐身的、合法的真正的骗子和强盗。

在那个金钱至上的社会里，一些政客、官僚、暴发户、投机商人性泯灭，为了攫取更多的金钱，他们可以干出违反人性、丧尽天良的任何事情；而一些下层小人物，由于受到了市侩习气的浸染和金钱主义的腐蚀，灵魂也逐渐扭曲。

而刻画底层小人物时，欧·亨利不只对他们人性中美好的一面进行讴歌，更表现了他们的弱点、缺点乃至弊病，对那些不再纯真善良，变得爱慕虚荣和装腔作势的小人物也进行了有力的嘲讽和批判。在故事《华而不实》中，钱德勒先生在一家建筑事务所工作，收入微薄。他有个生活习惯，这成为他乏味生活中唯一的快乐：他会从每星期的收入中留出1美元，凑满十星期以后，就用这笔累积起来的资金把自己打扮成上流社会人士的模样，到豪华、惹人注目的地方吃一顿阔气的晚餐。

一次,他遇见一位神态娴静、打扮朴素的漂亮女士,他热情地邀请她共进晚餐。用餐时,钱德勒为自己捏造了一个完美的身份,并大谈关于这个自己伪装出来的"身份"的豪华生活,希望能以此赢得那位女士的芳心。谁知这位看起来不怎么富裕的女孩,竟是从一个富裕家庭里逃出来玩的小姐。而她喜欢的是那种即使贫穷也仍旧怀抱梦想、努力向前的人,就像平时的钱德勒,而不是钱德勒所刻意伪装的那个角色。正是因为虚荣心,钱德勒错过了一段美好的姻缘。

欧·亨利在为他惋惜的同时,也深刻地讽刺了社会上流行的拜金主义风气。在这种风气下,即使是底层的小人物,也会在无意之间失去真、善、美,变成功名利禄的崇拜者,从而迷失了自我。

《艾基·舍恩斯坦的爱情灵药》讲述的是药剂师艾基为了破坏自己暗恋的姑娘和他的朋友查克的私奔计划,绞尽脑汁,最终落得个"竹篮打水一场空"的下场。

故事的主人公艾基在生活中是个胆小、怯弱的人。"出了柜台,他便两腿发软,成了呆头呆脑、走路时常遭汽车司机叱骂的人。"而在爱情方面,艾基更是个彻彻底底的懦夫。他暗恋露茜,却始终不敢向露茜表白,更不敢光明正大、坦坦荡荡地和查克竞争。

他的爱情观是自私卑鄙、不择手段的。为了破坏露茜与查克的私奔计划,艾基煞费苦心地给查克配假迷药,还虚伪地声称:"在我的熟人中,你将是唯一我给过那种药粉的人。我可是仅仅为了你才配这服药呀,等着瞧这服药会使露茜如何对待你吧。"

更可恨的是,为了让他的情敌一败涂地,他不动声色地打听出露茜与查克私奔的详细计划,匆匆到生性暴烈的露茜父亲里德尔先生那里告密。更为不堪的是,在确定了里德尔先生当晚会拿着猎枪在楼上守候后,他

"在药店里待了一整夜,专门等待着说不定什么时候就会传来的那场悲剧的消息"。

作家由衷地告诫那些本性美好但正变得工于心计、玩弄手段的"得意之徒"们,只有重新找回丢失的真诚和善良,才能拥有自己真正的幸福和快乐。

值得注意的是,欧·亨利在这些短篇小说中对于人性中的假、恶、丑并没有大声疾呼,也没有愤怒声讨,更没有貌似正气凛然地进行说教。他只是通过一些滑稽可叹的故事,以看似轻松的调侃方式,让读者自己去感受和体悟故事中所涉及的严肃的社会问题以及人物命运的悲剧性。

那么,欧·亨利又是用什么样的方式来表现出这种批判的呢?换言之,欧·亨利是如何取得故事的预设效果的呢?

第四节

泪中带笑的黑色幽默

前面我们较为细致地了解了欧·亨利的创作主题以及其作品对人性之善恶的剖析，接下来我们将一同了解欧·亨利的创作风格。

关于欧·亨利的作品风格，评论家总是用"含泪的微笑"来形容。他的小说多描写下层人民生活的艰辛，虽然笔调生动活泼，乍一看似乎不那么凄惨，甚至有时还给人一种幽默的印象，但读者若是仔细分析故事、耐心品味其中的情节，又会感到心情沉重，这就是所谓的"含泪的微笑"。

欧·亨利的作品总是以喜剧的形式表现悲剧性的内容，用悲剧性的情节来反衬喜剧的效果，将悲剧和喜剧有机地结合在一起。在表现人性主题的篇章中，作家把喜剧的氛围与悲剧的背景，人性中的真、善、美与假、恶、丑，情节的偶然巧合与必然归宿这些因素，巧妙且浑然天成地糅合在一起。他的许多作品既是优美的颂歌，又是尖利的针刺，甚至是锋利的匕首，使读者赞叹人性中美好的一面的同时，也痛恨人性中丑恶的一面，从而引发灵魂深处更加深刻、更加强烈的反思与震撼。

在《财神与爱神》中，肥皂大王安东尼的儿子理查德看中了一位漂亮姑娘，可惜姑娘即将出发，去欧洲居住两年。理查德只能借着用马车送姑娘去剧院的机会和姑娘相伴七八分钟，时间太短根本无法求爱，他因此苦恼万分。可就在理查德送姑娘去剧院的路上，却出现了两个多小时的严重堵车。

"曼哈顿所有的车马好像都到齐了，堵在他们的周围。人行道上排满了成千上万看热闹的纽约人，其中年纪最大的也从来没见过有这样规模的交通堵塞。"理查德终于获得了充足的时间和姑娘深入交谈并乘机向姑娘求爱，而姑娘最终也接受了他的订婚戒指。

一切看起来都十分美好，理查德的爱情也如愿以偿。

然而，这场来得恰逢其时的罕见的堵车事故竟是肥皂大王花了6300美元雇用车辆，人为制造的！一边是理查德不相信金钱万能，努力追求真诚的爱情，很值得赞许；另一边却是肥皂大王笃信金钱万能，为圆儿子的爱情之梦雇车制造堵车事件。这无异于是"财神"亵渎"爱神"，使理查德的纯洁爱情沾上了令人作呕的污点，这难道不是既可喜又可悲吗？

尽管欧·亨利歌颂人性美的短篇小说都偏重于悲剧性的结尾，引人同情和沉思，但同时这些小说也常常给人以希望、光明和向上的力量。

在《麦琪的礼物》和《爱的牺牲》等作品中，美好的东西被撕成了碎片，美丽的谎言最终被揭穿，看似滑稽的结尾使读者无法压抑心中的惋惜与悲凉，可是，他们夫妻之间尽善尽美的爱却深深地触动了读者的心灵；在《最后一片叶子》中，读者也会为贝尔曼老人舍己为人的事迹而深深感动，被琼西对生命的坚持与信念激励……

时至今日，这些小人物身上的美好的人性光辉依然令人震撼，他们真、善、美的品性仍在感染着一众读者。即使到了今天，这个高速发展的社会，物质文明日益发达，欧·亨利笔下那些小人物身上的美好品质，也就是底层民众中的人性之美，依旧是人类一直以来所共同追求与弘扬的。所以此类题材的小说很容易走进读者的内心，引起不同国度、不同时代读者的共鸣。

欧·亨利对于文学创作的另一个不可忽视的贡献应该就是他开创的

"欧·亨利式"笔法了。他十分善于通过对小说整体篇章结构的精妙设计，让读者对其作品的主题产生更加深刻的认识。

欧·亨利的小说故事情节精巧，主要表现在叙述线索的灵活转变上。在欧·亨利的小说中，几乎每一篇都能找到两条或者更多的叙述线索。他主要的创作手法就是灵活巧妙地安排叙述线索和故事情节。而这些线索往往会在文章的结尾处交织到一起，碰撞出出人意料的艺术效果，向读者揭示整个故事的意义和人物性格，以及人物行为背后的真实动机，在升华主题的同时也产生了强烈的戏剧冲突。

其代表作《麦琪的礼物》中就有两条叙述线索，一条线索是妻子德拉剪掉头发为吉姆买白金表链，另一条线索是吉姆卖掉金表为德拉买整套发梳。两条线索齐头并进，最后碰撞在一起，于是真相大白，产生了强烈的戏剧效果。

在《警察与赞美诗》中，情节的灵活设置也表现得十分突出。叙述的主线是无家可归的苏贝一心想被捕入狱，在监狱里度过严寒的冬天。他几次三番地向警察发起挑衅，每一次努力都让我们感到他极有可能入狱，可警察就是不抓他。

在这场荒诞的闹剧即将接近尾声，苏贝在教堂附近接受了心灵的洗礼。当他决心不再沉沦、洗心革面之时，却被警察逮捕入狱。在苏贝想尽办法要入狱时，他没能入狱；而在他放弃入狱、浪子回头时，却被无故抓捕而身陷囹圄。小说情节设计的精巧婉转、结局的荒谬可叹达到了令人叹为观止的效果，着实让人称奇。

故事的结尾设计向来是欧·亨利的拿手好戏，体现了他炉火纯青的艺术技巧，在欧·亨利的写作技巧中占有头等重要的位置。这已经成为一种象征、一种标志，甚至成为世界文学中一种突出的文学现象，一度风靡国际文坛。

一提起欧·亨利的小说,读者首先想到的就是其出人意料的结尾。欧·亨利善于在前文做好充分的铺陈,埋下一个伏笔,然后以一种幽默讽刺的笔法和玩世不恭的语调,漫不经心、娓娓动听地叙述故事,引领读者顺着逻辑线路思索和行进。读者本以为故事的结局就在自然的发展之中,但情节往往峰回路转,一个完全出人意料的结局就这样呈现在读者面前。而当读者被流淌的山泉即将带到小说的目的地时,泉流却朝着一个与读者的期待完全不同的方向急速转弯,流向一个意想不到的归宿。

可是欧·亨利那些"意料之外"的结尾却又是由"情理之中"的情节铺垫而成的。他总是采用迂回曲折的手段达到曲径通幽的目的,在情节的发展中始终隐藏着一些细节,保守着最关键的秘密。

而到了结尾部分,故事才好像突然电光一闪——原来场景画面是如此清晰可见,前面隐藏的一切一下子洞烛无遗。原先不那么引人注目的细节忽然上升为主要的线索,人物形象在这里得到升华,主题思想在这里被点化。在出其不意的惊喜中,读者才恍然大悟——那轻松活泼的笔墨里深藏了人生的哀叹,那谈笑风生的描写中饱含了辛酸的怨诉。

此外,欧·亨利式的结尾其实并不仅仅是为了吸引读者的眼球,更不是故弄玄虚,而是为了通过讲述一个个动人的故事,让我们更加清楚地洞察人性的善恶,更加深刻地认识那个时期社会中普遍存在的、也是十分残酷的人生真相。

欧·亨利把喜剧的氛围和悲剧的背景,符合人性的真、善、美与违反人性的假、恶、丑巧妙地糅合在一起,于娓娓动听的叙述中,道出一个个情节巧妙、结局离奇的故事,时常使读者发出抑制不住的笑声。但是嬉笑之余,又让读者对人性之美发出由衷的感动和赞叹,对人生中因贫穷、疾病而引发的悲剧扼腕叹息、心生悲悯,对那些人性中的假、恶、丑则痛恨不已,从而引起灵魂中更加深刻、更加强烈的触动和震撼。

另外,欧·亨利的短篇小说在语言方面幽默化、平民化、通俗化的特点,使读者更容易理解小说的内容和主题,更能深刻地体味小说的趣味性和深刻性。正因为如此,这些短篇小说至今还能于读者中产生如此巨大的影响,受到大众持久而广泛的欢迎和喜爱,展现出跨时代的不朽的艺术魅力。

《了不起的盖茨比》
富丽奢华背后的孤独与幻灭

The Great Gatsby

北京外国语大学·赵国新

弗朗西斯·司各特·菲茨杰拉德

📖 作品介绍

《了不起的盖茨比》是美国小说家弗朗西斯·司各特·菲茨杰拉德的具有自传色彩的长篇小说代表作。小说以 20 世纪 20 年代生活在纽约及长岛的中上层社会为背景，讲述一个出身普通的军官盖茨比爱上了富家千金黛西，从此一往情深。但当他从战场归来之时，却发现黛西已经嫁入了富贵人家。为了挽回爱情，盖茨比通过自己的努力奋斗，甚至不惜贩卖私酒，终于买下一座豪华公馆，与黛西隔海湾相望。他在自己的府邸不断举办盛宴，只盼着分别 5 年的意中人黛西有一天能到他的公馆来，沉浸于与她重逢的甜美之梦。当他终于如愿以偿与黛西重逢，却慢慢发现她并非那个自己渴慕已久的梦中人，而不过是凡尘俗世的物质女郎。在幻灭之中，盖茨比也迎来了被嫁祸而死的悲剧结局。小说揭示了当时的美国社会金钱至上、人性冷漠的现实，以及中上层社会灯红酒绿、穷奢极欲的众生相。盖茨比的幻灭，也是当时许多以消费和享乐至上、不顾一切攫取财富的美国人灵魂深处的幻灭。

《了不起的盖茨比》思维导图

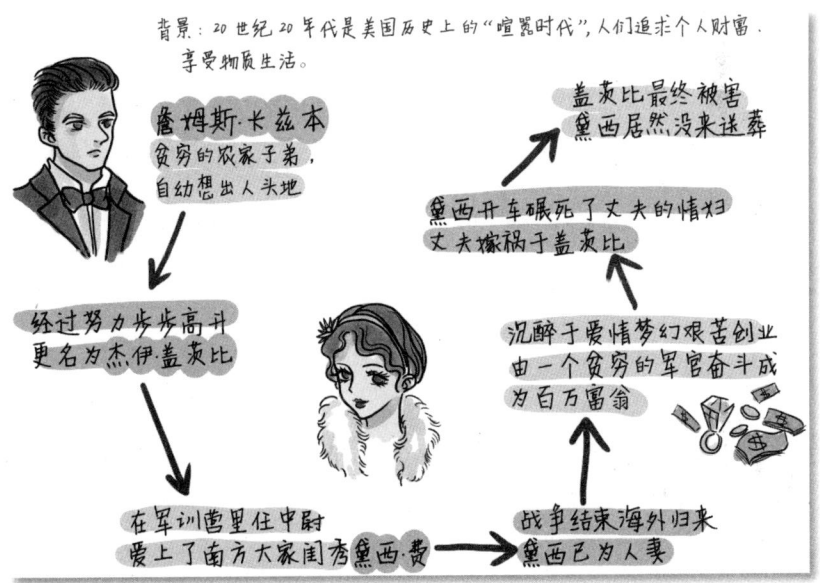

第一节
作者生平和故事梗概

美国作家菲茨杰拉德的《了不起的盖茨比》是美国文学史上一部文笔优美、抒情性强的长篇小说。同样享有盛誉的还有美国作家托马斯·沃尔夫的《天使望故乡》。学术界评选20世纪百年百部英语小说时,《了不起的盖茨比》位居第二。村上春树评价这部小说时说道:"如果《了不起的盖茨比》算不上伟大的作品,还有其他什么作品能称得上伟大?"

《了不起的盖茨比》篇幅不长,故事性也不强,但文字流畅华美,情感细腻诚挚,把一段凄凉的爱情写得如梦如幻。更重要的是,透过这些冷艳的文字,我们还可以清晰地看到20世纪20年代美国经济高度繁荣时期人们浮华、喧嚣和浮躁的社会心理。

这部小说曾被多次拍成电影。我个人认为,1975年版的电影最能体现小说原作的神韵。这部电影的色彩华丽而不浓艳,很有分寸地呈现了那个浮华时代的场面。那个年代的电影没有太多的特技和电脑修图,大部分镜头是实景拍摄,因此,场景非常逼真;尤其值得称道的是扮演女主人公的演员把黛西的神经质演绎得惟妙惟肖,每一个眼神都非常到位。莱昂纳多·迪卡普里奥也曾主演过同名电影。也是因为这次翻拍,让这部小说重新回到了大众的视野。

这部小说让菲茨杰拉德一举成名,迅速跻身于美国最出色的小说家之列,奠定了他在美国文学史上的崇高地位。

艺术来源于生活。《了不起的盖茨比》具有浓厚的自传色彩，书中的很多内容都来自作者本人的经历。

菲茨杰拉德的全名为弗朗西斯·司各特·菲茨杰拉德。他生于1896年，死于1940年，年仅44岁。与小说的主人公盖茨比一样，他也是美国中西部人，出生于明尼苏达州的一个商人家庭。他大学没有毕业，于1917年参军入伍，但没有参战。1919年，第一次世界大战结束后，他回到纽约，在一家商业公司当抄写员，业余从事文学创作。那个时候稿费极高，作家是一个不错的职业。

他与大名鼎鼎的海明威一样，同属于美国文学史上"迷惘的一代"这个作家群。他们的作品很多都是书写第一次世界大战之后，年轻的一代的美国梦的幻灭。所谓"美国梦"，最粗浅的解释就是：如果你付出了相当大的努力，你就会成功。

菲茨杰拉德称1919年第一次世界大战结束到1929年大萧条爆发的这10年为"爵士时代"，菲茨杰拉德也因为创作了这部小说而被称为"爵士时代的乐手"。爵士乐具有狂放热烈、令人精神兴奋的特点，菲茨杰拉德就用"爵士乐"来命名这个纸醉金迷、肉体放纵的喧嚣时代。他的作品是对这个时代的细微感受，当时上层社会繁花似锦、醉生梦死的奢侈生活既让中产阶级青年羡慕，又让他们不满。在这一时期的美国文学史上，大作家不一而足，海明威、德莱塞、帕索斯等，但在同时代的作家中，菲茨杰拉德最擅长描述野心勃勃的中产阶级青年在莺歌燕舞灯红酒绿中的幻灭感。

《了不起的盖茨比》包含很多主题，其中之一就是美国梦的幻灭。小说里的这个梦是什么样的？这个梦又是如何破灭的？带着这些疑问，我们先看一看这部小说到底讲了什么。

整部小说的故事是由尼克·卡拉威讲述的。在20世纪20年代，尼克和许多雄心勃勃的中西部年轻人一道，来到纽约闯世界，从事股票和债券生意。他在纽约西卵区租了一所小房子。房子旁边是一座巍峨耸立的大厦，周围绿树成荫，草坪环绕，它的主人就是小说的主人公杰伊·盖茨比。盖茨比家门前一道浅浅的海湾对岸就是纽约东卵区，那里也有一座豪宅，住着尼克的表妹黛西和她的丈夫汤姆·布坎南。

汤姆出身于中西部的豪门，举止粗鲁，为人傲慢，特别喜欢炫富，经常一掷千金；他喜欢用金钱衡量一切，在他看来，不管是人还是物，都可以用金钱买卖，是可以交换的商品。这种想法，在当时的很多人身上都有所体现，因为那就是一个金钱至上的社会。但这种意识在汤姆身上体现得最为明显。

汤姆的妻子黛西年轻貌美，看似优雅、洒脱，实际上是一个矫揉造作、自私冷漠的女人。夫妻两人表面上卿卿我我，实际上早已貌合神离、同床异梦。原来，汤姆这个人好色成癖，经常在外面偷香窃玉，黛西拿他没办法，只能睁一只眼、闭一只眼，内心十分苦闷。

汤姆包养了一个性感丰满、长相俗气的情人茉特尔，她出身于下层阶级，住在纽约郊外贫民区"灰烬谷"。她的丈夫乔治·威尔逊在那里开了一家小小的汽车修理行，生意很不景气，日子很艰难。威尔逊是那种脑子不太灵光的厚道人，他隐约知道老婆红杏出墙，但始终不知道她和汤姆有染。

汤姆为了方便与茉特尔幽会，在纽约市内租了一间小公寓。茉特尔自居为汤姆的"正房太太"，大剌剌地在这里举办了一个小型宴会，招来一帮俗不可耐的小人物，摆出上流社会人士的样子。茉特尔喝得烂醉，嘴里喊着情敌黛西的名字。汤姆是阶级歧视感很强烈的人，他认为茉特尔没资格喊自己老婆的名字，就一拳打向茉特尔，打得她满脸是血。通过这个细节可以看出，汤姆根本就不是什么怜香惜玉之人，他只不过把茉特尔当作玩物而已。

尼克的邻居盖茨比每逢周末都在豪宅的花园中大摆宴席，对客人来者不拒，不管认不认识，都可以来大吃大喝。酒酣耳热之后，成群结队的男男女女在爵士乐的伴奏下翩翩起舞，尽情享乐。尼克也参加了宴会，但奇怪的是，盖茨比本人却从没有在宴会上露过面。

尼克有一次在宴会上发现同桌的一位青年男子很是面熟，一打听，原来是战友，两人当年在同一个部队。这个年轻英俊、文质彬彬的男子就是盖茨比。

此后，尼克与盖茨比的交往日益频繁，盖茨比向尼克透露了自己过去的一些经历。他说自己出身于中西部一个比较富裕的人家，从父辈那里继承了一大笔遗产，曾在牛津留学，游历过欧洲，参加了第一次世界大战，还得过勋章。总之，他的出身高贵，并不是暴发户，尼克对此深信不疑。

在盖茨比家的宴会上，尼克见到了黛西的好友乔丹·贝克，两人相爱。尼克对乔丹的感觉很复杂。一方面，他觉得这个美丽的女人有迷人之处；另一方面，他又发觉此人说谎成性，不太靠谱。从乔丹那里，尼克了解到，盖茨比与黛西有过一段恋情。盖茨比还在服役的时候，他所在的部队驻扎在黛西家附近，这位英姿飒爽的陆军中尉与一袭白裙的黛西一见倾心，迅速堕入情网。

但好景不长，盖茨比要随部队开赴欧洲战场。黛西想去向盖茨比告别，但被家人拼命拦住。黛西大哭一场，对盖茨比逐渐死了心。第二年秋天，她嫁给了豪门阔少爷汤姆，汤姆送给她一条价值高达35万美元的项链，这在当年可是天价。

第一次世界大战结束后，盖茨比退伍了，他对黛西旧情难忘，时刻想旧梦重圆。发财之后，他在黛西家对岸买了一幢豪宅，夜夜笙歌，大办宴会，目的是吸引黛西重新投入他的怀抱。这种痴情让尼克十分感动，于是他穿针引线，安排黛西与盖茨比见面。两人相见之后，重新堕入了爱河。

奢华的场景、感人肺腑的爱情已经悉数展露。常言道"美好的事物总是短暂的"，小说到这里，所有真、善、美的"额度"已经用完，后来的故事，画风开始转变。

一方面，尼克逐渐清楚了盖茨比的真正身世。原来他根本不像自己说的那样，出身富裕人家，而是出生在中西部的一个普通农家。他退伍之后结识了一位百万富翁，后来又得到了黑帮大哥的鼎力帮助，终于发了大财。

另一方面，汤姆对于黛西与盖茨比的交往十分不满，于是调查了盖茨比的底细。汤姆是世家子弟，很看重门第，他从心底里瞧不起盖茨比，认为他是一个通过非法手段致富的暴发户。但黛西对盖茨比一往情深，盖茨比无暇顾及其他，忙着让尼克劝说黛西与汤姆离婚，与他再续前缘。

在纽约广场的饭店里，盖茨比要求黛西承认自己是她的真爱，汤姆则咄咄逼人地揭露盖茨比出身低微，钱财来路不正。黛西本人只顾哭泣，不肯表态。实际上，她在了解盖茨比的寒微出身后权衡了一下利弊，已经拿定主意准备抛弃盖茨比，重新回到汤姆的怀抱。所以，她没有顺从盖茨比，而是提出先回家再说。

黛西驾驶着盖茨比的汽车，与盖茨比先走一步，汤姆与尼克驾车随行。当黛西驾车经过威尔逊的汽车修理厂门前时，茉特尔误以为车上坐的人是汤姆，于是，疯狂地从屋子里冲了出来，想拦截汽车，准备与情人做最后一别。不料，她被黛西开车撞倒，黛西却开车逃逸。

随后赶到的汤姆故意告诉威尔逊，那辆汽车是盖茨比的。头脑简单的威尔逊怀疑盖茨比就是茉特尔的情人，是盖茨比开车撞死了茉特尔，于是威尔逊决定报仇雪恨。而闯下大祸的黛西与汤姆重归于好，两人密谋，准备栽赃给盖茨比。而盖茨比却想要替黛西承担这次车祸的责任。

尼克预感事情不妙，劝说盖茨比出去避一避风头，但盖茨比对黛西痴心依旧，幻想着黛西会回到他的身旁。几天之后，神志不清的威尔逊找上门来，开枪打死了盖茨比。

盖茨比的葬礼冷冷清清，除了尼克和远道赶来的老父亲，几乎无人为他送葬。他为之付出生命的黛西却和汤姆外出度假了。此情此景让尼克对这些自私自利之徒深恶痛绝。最后，他对东部的生活、事业和爱情都心灰意冷，决定重返质朴的中西部老家。

这部小说在华美的欢歌与纵饮中开篇，最后却在悲凉与孤寂中结束。盖茨比向往着一个美丽的梦，梦碎了，梦醒了，只有他孤零零一个人。《了不起的盖茨比》具体是如何描述美国梦的破灭的？这部伟大的文学作品包含了哪些矛盾之处呢？

第二节
商品化意识的危害

《了不起的盖茨比》表达的核心是美国梦的幻灭，其中有三个不易为人察觉的缺陷。这部小说问世于第一次世界大战之后经济迅速发展时期，以经济大繁荣时期为故事背景，记录了这一历史时期的美国梦。

美国梦的内容是什么呢？那就是：如果你付出了相当大的努力，你就会获得成功。

那时，美国经济形势一片大好，人们信心爆棚，迅速致富的方法繁多，很多人都如愿以偿。当时股票价格很低，投资者购买股票只需支付票面价值的10%，也就是说，如果购买价值1美元的股票，只需花10美分。所以，即使是"小人物"也可以进入股票市场，从中发财致富。这似乎告诉大家，美国梦可以给人带来无限的发财机会。

然而，《了不起的盖茨比》一书并没有赞美它所描述的这种飘飘然的社会。它非常严厉地批评了当时那种金钱至上的社会环境，以及其所宣扬的物质至上思想。美国梦不但没有兑现承诺，反而导致个人思想和行为越来越腐化。

此外，这部小说并没有将这种批判进行到底，而且还在好几个地方表现出了严重的缺陷，甚至走向了自己的反面。它居然在不经意间为自己试图批判的商品化意识进行辩护。

商品化意识是以一个人是否有钱来衡量他的价值。在《了不起的盖茨比》中，商品化意识很普遍，在很多人物身上都有所体现，而在汤姆的身上体现得最明显。

他之所以与黛西结婚，是为了换取黛西的青春和美貌。与此同时，汤姆还利用其金钱和地位"收买"了茉特尔及其他许多下层阶级的女性。例如，他与黛西结婚三个月时就与旅馆里的女服务员偷情，他还在盖茨比的晚宴上随意找了一个"俗气可是漂亮的"年轻女人。

汤姆为何总是选择社会下层阶级女性下手呢？这也和他的商品化意识有关。他总是在对自己最有利的地方"兜售"自己的社会经济地位——专门找那些崇拜他社会地位的下层阶级女性。道理很简单，收买下层女性成本低。他追求个人利益的最大化，花最少的钱，买最多的东西。

为了让茉特尔做他的情人，汤姆哄骗茉特尔早晚会娶她，但现在不是时候，这不是因为自己不愿意，而是因为黛西是天主教徒，不能离婚。天主教的教义规定，天主教徒不能离婚，天主教神职人员甚至不能结婚。今天依然如此。

汤姆这样的人物固然可恨，然而，黛西也不是一个无辜的受害者。她也是一个商品化意识浓厚的人。黛西接受了汤姆的珍珠项链——她心里很清楚，接受就意味着答应与汤姆结婚——这件事本身就是一种商品化行为。

可以肯定，黛西与汤姆都认为这种交换会给自己带来相应的社会地位。甚至当黛西与盖茨比婚外偷情时，就像以前她和汤姆的恋爱一样，都是基于商品化的观念。如果当初她知道盖茨比出身贫穷，她绝不会动情；当她得知盖茨比发家的真相后，马上对盖茨比失去了兴趣。茉特尔被她撞死后，她让盖茨比代她受过，然后与汤姆迅速离开纽约，毫无内疚之情，这一切都说明她与她的丈夫是同一类人，都可以为了自己的利益而冷酷地牺牲他人。

盖茨比这个人物，乍一看，似乎体现了美国梦的实现，短短几年，他就从一贫如洗到腰缠万贯。小时候，他在自己制定的作息表里，把时间安排得井井有条，在所有活动规划中，演讲与研究有用的发明和美国梦中依靠自我奋斗而成功的人士形象几乎一样。甚至他敛财的动机都很单纯：为了赢得他所爱的女人。

然而，如果盖茨比在小说中是美国梦的代表，那么，这场梦就是一场腐败之梦。

原因在于，盖茨比是通过犯罪手段实现了自己的美国梦，这一事实严重损害了美国梦本应推崇的诚实、勤奋之士的形象。

盖茨比当然比汤姆和黛西更容易让人产生好感，通过尼克的描述，他也更容易让人产生同情，然而他与汤姆和黛西一样，也把世界商品化了。事实上，他的商品化行为甚至更严重。

对于汤姆和黛西来说，无论财产有多么重要的符号价值，它们还是有使用价值的。比如这对夫妇静卧的沙发、用餐的餐桌，这些豪华奢侈的用具既体现了符号价值，也体现了使用价值，它们毕竟还有很大的实际用途。而盖茨比在富丽堂皇的豪宅中只使用一间屋子——他的卧室。在小说中，他只在那里出现过一次，还是为了向黛西炫耀。他几乎不用自己家的书房、游泳池；他也不喝酒，奢华晚宴上的大多数宾客他也都不认识。

这些东西对盖茨比来说，似乎只有一种功能，他只是需要这些财产赋予他有钱人的身份，此外并无他用。盖茨比之所以需要这些东西，就是想以它们为手段，得到他想要的符号价值的终极形象——黛西。得到黛西就意味着，他得到了他真正想要的东西：进入黛西所在的顶层社会，进入一个明亮辉煌、一尘不染、无忧无虑的奢华世界，就像他俩初次见面时黛西所象征的那个世界。

所以，盖茨比与小说中描述的其他富人形象没有什么不同。作者把小说里所有人物都写成同一种人，就是在告诉读者：美国梦没有提供一条道德出路使人摆脱商品化的世界，即便是美国梦的代表人物盖茨比，他的思想意识仍是高度商品化的。

无论你同情盖茨比，还是厌恶黛西，归根结底他们都是同样的人，他们都活在谎言之中，只是命运做出了不同的安排。

这部作品中存在的三个不易为人觉察的缺陷。

《了不起的盖茨比》最明显的缺陷在于，它在描写底层人物威尔逊和茉特尔的时候，丝毫没有表现出同情心。

威尔逊和茉特尔用他们知道的唯一的方法以求改变命运。威尔逊苦苦支撑即将垮掉的修车行；就某方面而言，茉特尔也可以说在开辟自己的事业，用她手头拥有的唯一一件商品去做交易——把自己的身体"租"给了汤姆，希望有一天他会用结婚的方式把它"买下"。

他们都是金钱至上社会的牺牲品，因为在这个只看钱的社会里，只有在市场上获得成功才算赢。威尔逊和茉特尔都没有在他们唯一能进入的市场上获得成功，所以他们被贬入贫民窟之中。然而，作者对他们的刻画过于负面，读者很容易忽略控制他们命运的社会现实。

作者赋予威尔逊和茉特尔的形象，就是很多文学作品给底层阶级夫妇设计的固定不变的负面形象：男人傻乎乎，女人吵吵嚷嚷、惹人生厌并且风骚。这种写法弱化了读者对威尔逊的同情，反而让读者痛恨他的软弱无能。

读者如果为他感到难过，可能并不是因为他是社会压迫的牺牲品，而是因为他没能像美国梦告诉所有人的那样，做到自立自强，成为一个更出色的人。这样，我们责怪的是牺牲品，而不是责怪造成牺牲品的制度。同样，茉特尔对威尔逊的残酷抛弃以及她对汤姆的无耻追求，很容易让她成为我们批判的对象。但其实，茉特尔别无选择。

第二个缺陷是尼克对盖茨比进行了浪漫化处理。尼克在叙述的过程中，着重强调了盖茨比的浪漫化形象：反叛的男孩、雄心勃勃的硬汉、理想的追梦人、忠贞的情人、勇敢的军人、慷慨的主人。尼克即使承认盖茨比参与过犯罪活动，但这并没有影响他对盖茨比这个人的看法。

例如，尼克在宴会上无意间听到一场对话，他是这样转述的："'他是个私酒贩子'，那些少妇一边说，一边在他的鸡尾酒和他的好花之间的什么地方走动着。"尼克在这里的措辞很明显在维护盖茨比，打击诋毁者。因为他说这些话是在暗示盖茨比慷慨大方，即便对那些说他闲话的人，他也毫不吝啬，盛情招待。这样一来，尼克就回避了一个事实，即"盖茨比的鸡尾酒和他的好花"根本不是从正道得来的：买这些东西所花的钱，都是他通过犯罪活动赚来的。

小说的第三个缺陷是作者用富丽堂皇的语言去描述这个繁华、悠闲的世界，有力地强化了商品的诱惑力。例如，他在小说中这样写道："一盘鸡尾酒在暮色苍茫中飘到我们面前"，并且"自助餐桌上各色冷盘琳琅满目，一只只五香火腿周围摆满了五花八门的沙拉、烤成魔幻金黄色的乳猪和火鸡"。这些饱含诗意的描写很容易让读者向往小说所谴责的东西，因此有人说，菲茨杰拉德既是金钱至上的批评者，也是奢靡世界的桂冠诗人，这种说法不无道理。

盖茨比此生都为一个女人而活，这个女人是什么样的人呢？

第三节
女性主义解读

我们知道，一世深情却换来悲惨结局的主人公盖茨比，其实与害他惨死的人，从本质上来说是一样的，并且在小说华丽璀璨的景象之下，隐藏着小说的缺陷。

作者安排将盖茨比的爱情错付给了一个肤浅的女人，你可能就会在同情他的同时，对黛西产生厌恶。这部小说对女性是带有偏见和歧视的。接下来，我们就从女性主义的角度进行分析。

《了不起的盖茨比》的故事发生在20世纪20年代，也就是第一次世界大战结束10年之后。20世纪20年代是喧嚣、浮华的"爵士时代"，是美国社会发生重大变革的时期，在妇女权利方面，这种变化尤其明显。第一次世界大战之前，美国妇女还没有普选权。直到战争结束两年之后，她们才终于得到选举权，算起来，那时距离出现大规模的女性维权运动已经有七十余年。

社会学家们有这样一个发现：一个社会的经济繁荣程度，往往和女性着装的开放程度成正比。经济发展越快，女性裙子越短，反之亦然。20世纪20年代的美国就是这个样子的。在20世纪20年代，美国女性的服饰也发生了重大变化。第一次世界大战之前，上层阶级女性的标准服饰是：一袭及地长裙，蕾丝紧身胸衣，高筒纽扣靴，还要留上一头端庄的长发。

然而，就在战争结束数年之后，情况发生了惊天动地的变化。

首先，从外形上，长裙变短（有时候特别短），蕾丝胸衣开始消失。事实上，最勇敢前卫的年轻女子甚至不怎么穿紧身内衣。有趣的是，在20世纪二三十年代的中国，也出现了类似的情况，当时胡适等人正在号召妇女去除束胸，解放胸部，让其自然生长，东西方交相呼应。在当时的美国，摩登的高跟鞋取代了高筒纽扣靴，而"波波"头（剪短的蓬松发式）则成为年轻女子的时尚。

其次，女性的行为也有变化。在20世纪20年代，女性公然吸烟或饮酒（即便在禁酒时期，也照喝不误）；经常有男性相陪，而不再像过去那样，找女性朋友做伴；女性还时不时地公然出没于夜总会和私人派对，享受狂野喧嚣的夜生活。

这个时代出现的新式舞蹈，也是性感豪放的，流露出一种张扬自我和恣意取乐的人生态度。从一些老电影中可以看出，"康康舞"——就是大腿舞——风靡一时。换句话说，20世纪20年代出现了一类"新女性"。

这些新女性一登台亮相，就引起了社会保守人士的非议。在保守派中，既有男性，也有女性。在他们看来，女性就应该充当家庭贤内助的角色，如果女性不再是贤妻良母，这个家庭就会涣散，整个社会将发生道德大滑坡。这是人类普遍的寻找替罪羊的心理，而且，往往把弱者当作替罪羊。

文学作品经常反映当时社会中的思想矛盾，不管这是否出于作者的本意，因为作家与其他人一样，都会受到那个时代社会思想的影响，即便是像菲茨杰拉德这样的思想先锋人物。在20世纪20年代的先锋派艺术圈中，他也绝对属于标新立异的人物，他还娶了一名非常时髦的女性为妻。在他的身上也会出现那个时代所特有的思想冲突：一方面，他热烈拥抱新女性；另一方面，他对新女性的很多时髦举止也持有怀疑和排斥的态度。

虽说如此，但是小说几乎将所有女性人物都进行了丑化描写，确实是比较罕见的。不管是主要的女性人物，还是其他女性人物。

我们先说说作者如何丑化其他的女性人物的。从她们的衣着服饰和言谈举止来看，她们都是典型的新女性，作者把她们一律刻画成同一类负面人物——头脑肤浅、好出风头、令人厌恶和心怀诡计的狐狸精形象。

比如，在盖茨比的晚宴上，我们还看到无数自恋的哗众取宠者，不同程度地耍着酒疯。一名年轻女子"一口干下"一杯鸡尾酒"壮壮胆子"，"然后手舞足蹈，一个人跳到篷布舞池中间去表演"，"一个吵吵闹闹的小女孩，她动不动就忍不住要放声大笑"，一个醉醺醺的女人"不仅在唱，而且还在哭"，她的脸布满了"黑墨水"，这是由于"眼泪……碰到画得浓浓的睫毛之后"造成的；一个喝醉女孩儿的头被"按到游泳池里"，以使她停止喊叫……类似的例子在书中还有很多。

不过也有人提出反对意见，他们认为作者表现出的这些偏见，不是他的性别歧视造成的，而是他的阶级歧视造成的，理由是：文中描述的所有女性都来自社会底层。

我认为，这种质疑是没有道理的。因为，就在同一本书中，作者却以饱含同情的笔调描写了几位来自社会底层的男性人物。例如，乔治·威尔逊被刻画成一名单纯质朴、工作勤勉的男人，尽管他的脑子不太灵光，但对妻子忠心耿耿。他的邻居、开咖啡店的米切里斯先生，在茉特尔死后，还想办法照顾威尔逊。所以，我认为这种质疑是没有道理的。

再来看看作者是怎么丑化主要女性人物的。

在刻画黛西、乔丹以及茉特尔等主要人物时，小说对新女性的歧视态度更是一目了然。尽管这三个人在阶级、职业、婚姻状况、个人相貌以及个性特征等方面千差万别，但她们都是新一代女性。黛西被刻画成一个极其势利的女人、冷酷无情的杀人凶手。从小说中可以看出，这个人总是以自我为中心，除了自己的需要，她根本不考虑任何人。

例如，当她得知盖茨比出身不好时，她便退避三舍，重新回到汤姆的怀抱，拥抱财富和权势，直接抛弃了钟爱她的盖茨比。她开车撞死了茉特尔，这固然是意外的交通事故，但她却并未停车救助。相反，她疾驰而去，将车祸栽赃给盖茨比，让他承担罪责。事实上，读了这部小说，很多人之所以不能原谅黛西，就是因为她辜负了盖茨比对她的一片痴情。

另一个人物，黛西的好朋友乔丹被刻画成撒谎精和骗子。此人做事不负责任，她把一辆借来的车径直停在雨里，连车篷都不拉上；在一场高尔夫球锦标赛上，她作弊被抓了现行，虽说事情最终被摆平，但是按照当时的情况推断，估计是她出钱行贿或向人施加了压力。作者是这样写的："事情几乎要成为一桩丑闻——后来平息了下去。一个球童收回了他的话，唯一的另一个见证人也承认他可能搞错了"。

与黛西一样，乔丹表现得也不够体贴他人，这明显体现在她总是推卸责任。尼克描述，她驾车"从几个工人身旁开过去，挨得太近，结果挡泥板擦着一个工人上衣的纽扣"。尼克告诫她，开车要小心或干脆别开车，乔丹回答得很轻巧："他们会躲开我的……要两方面才能造成一次车祸嘛。"

当然，在这三位女性中，被丑化得最严重的人物是茉特尔。这个女人举止招摇、惹人讨厌、装腔作势。她对自己的丈夫威尔逊三心二意，可威尔逊对她却全心全意——在这方面，她还比不上黛西，她连对丈夫不忠的借口都没有。除此之外她还威吓、羞辱丈夫。

她既不像黛西和乔丹那么年轻漂亮，原文写："她年纪三十五六，身子胖胖的……她的脸庞没有一丝一毫的美。"而且，与这两位女性不同，她长得过于性感："她有一种显而易见的活力，仿佛她浑身的神经都在不停地燃烧。"

值得注意的是，除了被丑化之外，随着情节的推进，这几位品行不端的女性都遭到了惩罚。黛西不得不委身于汤姆，品尝没有爱情的婚姻苦果。在广大读者看来，这种情节编排是最恰当不过的，她只能落得如此下场。由于汤姆时常偷腥，我们基本可以断定，这种惩罚与她的罪过正好匹配。未来的日子里，汤姆会继续对她不忠。乔丹也受到了惩罚，就在盖茨比被杀之前，尼克在电话里和她提出分手。

但是，受到最严重惩罚的人是谁？

就是对父权制威胁最大的女人：茉特尔。之所以说她对父权制威胁最大，一方面是因为，她如此厚颜无耻地违抗老公、违抗男性；另一方面，虽说这个女人出身于社会底层，无权无势，但她却被写得前卫大胆，这种个人力量远在黛西或乔丹之上。

就因为嘴里说出了黛西的名字，茉特尔就被汤姆一巴掌打破了鼻子。当然，汤姆给的这顿毒打，比起小说给她的最后惩罚，只能算小巫见大巫。小说最后，当茉特尔从家中逃走，试图拦下情人，结果被撞身亡。

还有个特别值得注意的地方，小说在描写茉特尔死亡的同时，还暗示她的性别特征也遭到了损毁——"等他们把她汗湿的衬衣撕开时，他们看见她左边的乳房已经松松地耷拉着"——作者这么写就是想强调，茉特尔的前卫大胆才是她真正的罪行。

作者在暗示，大胆放纵是女性最令人厌恶和最不可饶恕的品质。黛西和乔丹或许时不时地扮演着"坏女人"的角色，但是茉特尔一直都是"坏女人"。

以上就是我对《了不起的盖茨比》从女性主义视角进行的一些分析，它让我们清楚地看到，任何一位伟大的作家，都会有他思想的局限性，即便是像菲茨杰拉德这样的先锋人物，也会不经意地流露出对女性的歧视态度，而这种歧视还被认为是天经地义的，或被人忽略不察。就好像我们在日常生活中动不动就脱口而出"女司机"开车如何如何这样的话。

　　有些读者会有疑问，一部知名的小说只写了"金钱与美女"这类主题，内容未免有点俗套和单调。那《了不起的盖茨比》究竟是如何成为经典的呢？

第四节
自我矛盾的怀旧主题

这一节，我们来聊聊人们常常提到这部小说的另一个主题：怀旧主题。不过，我可不是来附和、解释这个主题的，我是来向你证明，由于作品中出现的众多矛盾，这个主题根本是无法成立的。

在分析之前，我们先看看作者在小说中如何无限怀念理想化的西部的过去。

《了不起的盖茨比》开头说尼克去了东部闯荡，想去挣大钱。但小说快结束时，因为在东部地区经历的种种不幸让尼克很失望、很幻灭，于是，他开始回忆自己在美国的中西部威斯康星州度过的青年时代：

>　　火车在寒冬的黑夜里奔驰，真正的白雪、我们的雪，开始在两边向远方伸展……我们……深深地呼吸着这寒气……难以言喻地意识到自己与这片乡土之间血肉相连的关系……
>　　这就是我的中西部……是我青年时代那些激动人心的还乡的火车，是严寒的黑夜里的街灯和雪车的铃声，是圣诞冬青花环被窗内的灯火映在雪地的影子。

除了这个地方，这种今天不如过去、东部不如西部的情绪在小说中屡屡出现。作者通过怀念过去来谴责20世纪20年代美国堕落的大环境，认为它没有了以前的健康纯真。小说里两个满怀希望的年轻人——尼克和盖茨比——在经历了这个世界残酷的现实生活之后，萌生了痛苦的幻灭之感。这足以说明，在"一战"结束后的10年间，美国人过去的那种纯真心灵已经消逝殆尽了。

但是为什么我说怀旧的主题其实是不成立的呢？

作者想表达的怀旧主题——过去西部的纯真受到当代东部堕落思想的腐蚀——不成立，是因为它被小说自身的矛盾给破坏了。有以下三个原因：

第一个原因，过去和现在，并不是完全对立的。不是每个西部人的过去都像作者所说的那么美好。

第二个原因，纯真和堕落，也不是完全对立的。纯真本身暗含着头脑简单、涉世不深的意味，而头脑简单、涉世不深在一定程度上很难抵挡堕落的诱惑，越纯真越容易堕落，这么说不无道理。因此，纯真与堕落并不是截然对立的。

第三个原因，美国的西部也不总是质朴的，也有大量堕落的行为，有的甚至更严重。因此，西部与东部的对立也是不成立的。

这样一来，作者原先想表达的那个怀旧主题就轰然倒塌了。下面我们详细分析一下这三个原因。

首先说一说，过去与现在之间的对立为什么是不成立的。

小说中的一些段落，令人想起田园牧歌式的过去，过去的这些情景与美国20世纪20年代浅薄、堕落的世风形成了强烈的对比。例如，黛西与乔丹在中西部度过了"美丽纯洁的少女时期"。按照尼克的想象，乔丹"当初就是在空气清新的早晨在高尔夫球场上学走路的"。那是一个洋溢着浪漫气息的过去，乔丹回忆道，那时她"穿了一条新的能随风微微扬起的方格呢裙子"，走在"软绵绵的地面"上。

很显然，作者把美国现在已经消失的纯真心灵，与过去的青春活力联系在一起，尤其是文本在描写当年西部的时候让人想起的那种青春活力。相对地，美国的堕落则与小说的社会背景——20世纪20年代的现代世界和东部地区——联系在一起。

在东部，尼克第一次体会到了自私和浅薄。小说之所以费力去表现田园牧歌式的过去，为的就是制造过去和现在之间的对比，以此来凸显当时美国社会的精神空虚。但是，如果仔细考察文本就会发现，过去和现在之间的对立有很大的问题。因为，并非每个人都有一个田园牧歌式的美好过去。

其实主人公盖茨比的过去恰恰就是这样。"他的父母是碌碌无为的庄稼人"，他父亲告诉尼克，有一次盖茨比说他吃东西像猪一样，他就把盖茨比揍了一通。盖茨比发现自己的过去让人无法接受，于是他编造了过去的经历：离开家，改了名字，当年他是一个不名一文的年轻中尉，"却让黛西相信他的出身跟自己不相上下"，他告诉尼克，"我家里人都死光了，因此我继承了很多钱。……后来我就像一个年轻的东方王公那样到欧洲各国首都去当寓公……收藏珠宝……打打狮子老虎，画点儿画"。

这些因素可以说明，盖茨比这种一心一意想去"重温旧梦"的坚决态度，实际上是想逃避过去的坚决态度，他想重温的那个过去是他与黛西的初恋。然而问题是，他们初恋的基础，却是盖茨比刻意编造的过去，浪漫的过去不过是一连串谎言罢了。所以，过去与现在之间的对比是不成立的。

接下来，我们看一看纯真与堕落之间的这种对立是否成立。

尽管尼克在小说中是反对堕落的，然而，他本人也受到了那种堕落行为的强烈吸引。尼克说道：

> 我喜欢在五号路上溜达，从人群中挑出风流的女人，幻想几

分钟之内我就要进入她们的生活，而永远也不会有人知道这件事。有时，在我脑海里，我跟着她们走到神秘的街道拐角上她们所住的公寓，到了门口她们回眸一笑，然后走进一扇门消失在温暖的黑暗之中。

尽管尼克没有真的去做，但是，这一段话清楚地表明，对尼克而言，这座城市有奔放冒险的情调，因为它可以提供数不清的艳遇机会。

在书中描写的场合中，有一些是堕落的场合，是尼克所谴责的浅薄价值观的化身，但是在离开这些场合的时候，尼克似乎非常不情愿，这一点很值得我们玩味。例如，他两次参加盖茨比家中举办的宴会，每一次他都坚持到最后才离开。

更让人感到困惑的是，众人在汤姆和茉特尔的寓所里酗酒狂欢的时候，尼克似乎连腿都挪不动了，他实在舍不得离开：

我想到外面去，在柔和的暮色中向东朝公园走过去，但每次我起身告辞，都被卷入一阵吵闹刺耳的争执中，结果就仿佛有绳子把我拉回到椅子上。

从这段话中可以看出，虽说他表面上厌恶现代世界的种种庸俗行径，但是，在他的内心深处，这种庸俗的东西让他十分着迷。

尼克之所以受到他所谴责的堕落行为的迷惑——至少他一度如此——正是因为他纯真、懵懂无知，因而认识不到自己正面临着道德危险。

关于纯真和堕落之间的对立，还有一个问题尤其发人深省，那就是小说对乔治·威尔逊这个人物的塑造。威尔逊是小说中唯一真正纯真的人物。他不伤害任何人，也信任每个人，头脑简单得像一个孩子。然而，威尔逊的纯真没有被描绘成一种正面的品性，而是被描述成了浑浑噩噩的样子。他几乎毫无个性可言。

正如他的邻居米切里斯说的："不干活的时候，他就坐在门口一把椅子上，呆呆地望着路上过往的人和车辆。不管谁跟他说话，他总是和和气气、无精打采地笑笑。"在这里，纯真反倒被刻画成懵懂无知、缺乏个性、一无是处。

尽管小说表面上在谴责堕落，毫不留情地丑化堕落人物。但是，小说作者还是不经意间流露出这样一种情绪：与纯真相比，堕落给人带来的乐趣，何止多出千万倍；纯真令人乏味，堕落让人愉悦。

最后说一说，为什么作者将西部与东部对立起来是成问题的。

小说中把过去的纯真与尼克中西部的老家联系在一起，也与黛西和乔丹度过少女时代的中西部城市联系在一起，作者还把西部和 17 岁盖茨比纯真的梦想联系起来。相比之下，当下的堕落社会则与东部（20 世纪 20 年代的纽约）联系在一起。在小说中，作者是想把"西部"这个词与原生态的自然景象联系在一起，让"东部"这个词与腐败的社会联系在一起。

但是，这里又出现了问题。盖茨比发财是仰仗了一个叫丹·科迪的黑帮人物，在这个人物身上我们可以看出，西部与东部这组对立是不成立的。小说中是这样描写他的："他是（西部）内华达州的银矿、育空地区、1875 年以来每一次淘金热的产物。"

这个人物的形象是相当不堪的，按照作者的交代，这是一个"头发花白、服饰花哨的老头子，一张冷酷无情、内心空虚的脸——典型的沉湎酒色的拓荒者，这帮人在美国生活的某一阶段把（西部）边疆妓院酒馆的粗野狂暴带回到了东部滨海地区"。从黑帮老大的身上，从他所代表的历史时期可以看出，与堕落联系在一起的不是现在，而是过去。我们甚至可以说，是西部腐蚀了东部。

《了不起的盖茨比》这部小说谴责了美国现代社会的堕落，它暗示现代堕落的美国取代了过去纯真的美国——那个与原始、质朴的西部联系在一起的美国。然而，这个主题却被文本内部的矛盾给否定了。因为，过去与现在、纯真与堕落、西部与东部并不是完全对立的。

尽管如此，小说表现出的怀旧情绪——怀念一去不复返的过去时光，怀念纯真幸福的过去，是我们每个时代的人都有的共性。有的时候，尤其是当我们对目前的生活感到不满的时候，我们也会产生浓厚的怀旧情绪，极力美化自己并不美好的过去。

《了不起的盖茨比》有许多中文译本，我认为质量最高的是巫宁坤的译本和乔志高的译本，二者各有千秋。这次讲解选用的是巫宁坤的译本。但我个人更喜欢乔志高的译本。在这个译本中，语言西方化现象更少，行文更加中国化，或者说更加本土化。

关于这部小说的解读，有学术界研究者的看法，也有我自己的一点心得。如果想要更深入地了解这部小说，欢迎大家通过阅读原著，进一步感受这部小说的魅力。

《飘》
——
乱世佳人的爱恨情仇与命运沉浮

Gone with the wind

清华大学·王敬慧

玛格丽特·米切尔

📖 作品介绍

《飘》是美国作家玛格丽特·米切尔创作的长篇小说。小说以19世纪60年代美国南北战争和战后重建时期为背景，故事发生在亚特兰大以及附近的一个种植园，女主角郝思嘉本来是个娇生惯养的庄园小姐，但在经历了战争的种种磨难之后，蜕变为一个坚强的、自食其力的女商人。小说叙述了郝思嘉在战争与乱世中的坎坷命运，她与卫希礼、白瑞德等男性的情感纠葛与经历，也写了她坚强不屈、重建家园的艰辛历程。这部小说描绘了内战前后美国南方人的生活面貌，作者没有把着眼点放在战场上，而着重描写了留在后方的妇女饱受战乱之苦的体验；在描绘人物日常生活与情感经历的同时，也勾勒出了当时南北双方在政治、经济、文化各个层面的异同，展现了一幅广阔而复杂的社会画面。《飘》曾获得普利策奖与美国国家图书奖，还被改编成影片《乱世佳人》，成为一部经久不衰的爱情电影。

《飘》思维导图

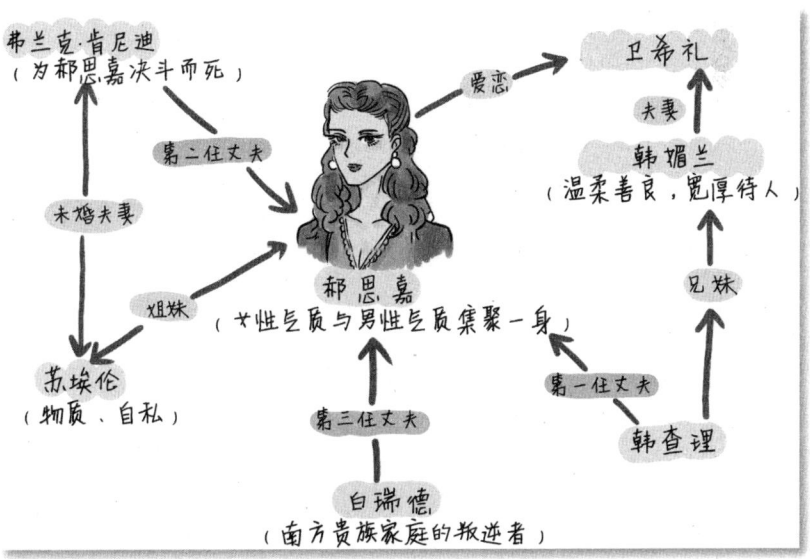

第一节
究竟是什么随风飘走了？

"*Gone with the Wind*"的英文字面含义是"随风而去"，这本书在中国一般有两种译名：一个是《乱世佳人》，一个是《飘》。

不论是过去，还是现在，《飘》都在我的生活中有着重要的意义。它曾影响了我作为翻译的职业态度。小时候，我觉得很刺激的事情是偷偷打开父亲的书柜，翻看里面的世界名著。那时我已经到了可以读这些书的年龄，但是在父亲还没有正式允许我读这些书之前，偷偷地看还是有一点点越界的刺激的。书柜中的《飘》是我比较喜欢的一本书。

当时正念中学，还读不懂英语原版，只能凑合着读完中文版，即使这样我还是被这本书打动，觉得女主角的爱情经历艰难曲折，对破坏了他们原本安逸生活美景的美国北方佬很是反感。再后来，能读英文版了，又有了一个大发现。小说中的人物的英文名字和汉语名字有很大的区别！比如郝思嘉是 Scarlet O'Hara、她的妈妈郝爱兰是 Allen O'Hara、她的爸爸郝嘉乐是 Gerald O'Hara；追求她的两个孪生兄弟汤伯伦是 Brent Tarleton，汤司徒是 Stuart Tarleton；她爱的男人卫希礼是 Ashely Wilkes，爱她的男人白瑞德是 Rhett Butler，我最喜欢的小说人物韩媚兰英文名其实是 Melanie Hamilton。译者完全翻译"错"了，根本就不应该这样翻译！

而当我兴奋地把这个大发现告诉父亲时，他的反应却很令我愕然。他说，他觉得这位译者的翻译很好，因为这样读起来令读者感觉更加熟悉和亲切。作为不懂英文的读者，其实他并不在乎人物英文原文的名字是什么，因为这些只是名字而已；相反，如果不这样翻译，而是翻译成斯卡利特或斯嘉丽·奥哈拉这样的名字，读着要比郝思嘉更生硬、拗口。他觉得，要感谢译者这样的翻译，让他能够更容易地读完这一千多页的长篇。

在他看来，这就是发生在一个很远的地方的郝家、汤家和卫家的故事。如果真的要他记住并说出那么多繁杂而不熟悉的英文名字，实在是太让人为难了。这个学生时代的经历对我有很深远的影响。后来我有机会系统学习英汉翻译原则，知道了这是一种典型的归化翻译方法。"归化"和"异化"这对翻译术语是由翻译理论学家劳伦斯·韦努蒂（Lawrence Venuti）提出来的。归化法是把原文本土化，以目标语或译文读者为归属，采取读者所习惯的表达方式来传达原文的内容。而异化法则是迁就外来文化的语言特点，为读者保留语言的异国情调。而我成为一名译者之后，也会尽量使用归化而非异化的翻译方法，因为那个学生时代的经历告诉我，作为译者，我的首要任务是帮助汉语读者了解一个陌生的文本，所以我应该尽量使用读者熟悉的语言转述，帮助读者更好地理解原文，尽量让读者觉得容易和舒服，进而愿意阅读，这样读者才可能接受和喜欢这个文本。

这本书也成了我和女儿进行交流的一个渠道。观察17岁的女儿读《飘》，听她给我讲她的感想。我不禁感慨时代在变、社会在进步，人的见识也在变。我在她这个年龄，读的是汉语版的《飘》，而她则直接奔向英语版，以一分钟1200个英文词汇的阅读速度，很快就读完了这厚厚的一本书；我那个时候读《飘》的感觉，放在现在就好像是在看电影《五十度灰》，那时爱情绝对是个不敢提的禁忌语，而她评价书中人物的爱情与致命弱点，就跟心理分析师一样。

最感慨的是她评价整本书的原话："小说的结尾，人们的价值判断发生了巨大改变，这些改变说对也不对，说错也不错。但所有发生的事情又都由不得任何人，都是不可以逆转的、历史上不得不发生的事情，它改变了许多人，也毁掉了许多人，让那么多过去的认知随风飘走了。"真的是后生可畏。

接下来，我想和大家聊聊：这本书到底在谈什么？作者在细节描写处，有什么特别值得称道的地方？她描述得怎么样，主人公特别说了什么，怎么说的？他们说得有道理吗？是全部有道理，还是部分有道理？这书和我们当下的读者又有什么关系？

《飘》首次出版的时间为 1936 年。该书上市后，销量打破了当时许多图书的出版纪录，日销售量最高达到 5 万册。当时这本书标价 3 美元，在市场上却被炒到了每本 60 美元。在当时的物价水平下，如果想在美国租住一处不错的旅馆，月租金也不过 30 美元。该书为作者赢得了很多奖项，比如 1937 年的普利策奖和美国出版商协会颁发的美国国家图书奖。此书自 1936 年首次出版后，已在世界上被翻译成四十多种文字在全世界出版发行。根据此书拍成的电影《乱世佳人》于 1939 年 12 月 15 日在亚特兰大举行首映，引起轰动，并迅速风靡全球，中央电视台也曾经播出过该电影。而扮演男女主角的演员克拉克·盖博和费雯·丽更是因此吸引了许多中国影迷。

《飘》的问世及被好莱坞搬上银幕后所引起的轰动，让作者玛格丽特·米切尔名扬四海。面对荣誉，米切尔谦虚地表示，《飘》的文字欠美丽，思想欠伟大，她自己只不过是位业余写作爱好者。她婉拒了各种邀请，一直与丈夫过着深居简出的生活，终生再未发表任何其他长篇小说。

有人说，仅因一部作品就名扬天下并在文坛上占有一席之地的作家是绝无仅有的。玛格丽特·米切尔便是这样一位独一无二的作家，这样的说法有待商榷。细细想来，也有一些作家一生只出版了一部书，但也能够名垂青史。他们只写一本书的原因与玛格丽特·米切尔的不同，有的是因为自小羸弱多病，著作完成后不久便与世长辞，比如创作了《黑骏马》的安娜·塞维尔和《呼啸山庄》的作者艾米莉·勃朗特；也有一些人，发表一部作品后引起轰动，尽管被人们一直期待着新作，但是他们却见好就收，从此收笔，比如写了《杀死一只知更鸟》的哈珀·李，以及《飘》的作者玛格丽特·米切尔。

玛格丽特·米切尔生于1900年，去世于1949年。在她出版《飘》13年之后，她死于一场车祸。她的出生地是美国南部城市亚特兰大，也就是《飘》的故事发生的地方。玛格丽特·米切尔很小的时候，就喜欢听长辈讲发生在亚特兰大的那些历史故事。她的外祖母常会坐在房前的门廊上，给坐在自己膝上的小玛格丽特指点着远处讲述，哪个地方曾经是南部同盟的战壕，南部的士兵如何浴血奋战，试图捍卫南方的生活。

战争给无数人带来心灵创伤，他们因此妻离子散，家破人亡。我记得曾经有一篇文章讲述发生在南北战争期间的故事：一个北方军队的士兵正在负责警戒，他发现一个南方军队的军官前来侦查，而那个人正好是这位士兵的父亲。北方军队的士兵经过一系列思想斗争之后开枪打死了自己的亲生父亲。这种"大义灭亲"的故事一直让我倍感痛惜，也越发反感让亲人被迫反目的战争。也许角色对换，如果是父亲需要杀死儿子，他一定下不了手，他只会杀掉那些胆敢杀了他儿子的人。美国电影《爱国者》由梅尔·吉布森主演。电影的主人公是七个儿女的父亲，曾经参加过战争并对其深恶痛绝。返乡后他过着平静的生活，但是独立战争爆发，大儿子不听劝阻参军，二儿子为了保护大哥而死，于是这位父亲带着对英军的仇恨再次参军，重新拿起了武器。其实，所有人都厌恶战争，而避免战争的有效方法就是自己一定要强大，让对手不敢与你发生冲突。上述两个故事其实表达了一个特别重要的信息，就是父母对孩子的爱有多么无私和深厚。

古时盗墓有一个不成文的行规"父上子下"。过去盗墓一般要两个人，先打一个地洞，其中一人拴着绳子下去取珠宝玉器，另一人在上面拉绳子。但一开始，经常发生拉绳人见财起意抛弃下面同伙的事。于是盗墓团伙演变为以父子居多，但也发生了儿子扔下墓里亲爹的事。最后形成行规：儿子下去取货，父亲在上面拉绳子，就很少再出现把人落在墓坑的事。虽说是为了牵制贪婪和绝情想出的下策，但是也从侧面说明父母对孩子的爱是经得住考验的。而谈到爱情，考验可真是复杂得多。

《飘》不是一部战争小说，而是一部讲被战争裹挟的个体的爱情小说。它讲述了爱情的不可捉摸和多种多样的考验，是美国亚特兰大南方种植园主的女儿郝思嘉以及其他人物在内战中的爱恨情仇。但是要理解小说中这些人物的行为，需要先了解一下故事发生的背景：美国南北战争。与美国独立战争相比较，南北战争给美国人民带来的心理创伤是更加巨大的。独立战争对美国人民而言是一场民族解放战争，大多数民众反对宗主国英国的殖民压迫，他们可以一致对外；而南北战争是内战，是由北方新兴资本主义工商业经济和南方奴隶制种植园经济这两种不同的经济形式之间的矛盾引起的，就如同一个大家族里两兄弟之间的手足相残。

尽管现在看来，北方要做的是废除奴隶制，给黑人奴隶以自由，这些听起来确实很具有道义性，但是如果仔细阅读小说《飘》就会发现，南北战争也确实打乱了南方种植园主们原本安逸富庶的生活状态。出于自身的身份和义务，或者出于盲目的自信，这些南方白人走上了战场，很多人失去了生命，大多数人失去了昔日生活的辉煌。奴隶所得到的自由只是不用为南方农场主劳作，如果要活下去，他们还需要为新兴的工厂主卖命。

《飘》讲述的故事表面是亚特兰大以及附近的一个种植园发生的故事，但是它所刻画的人物郝思嘉、白瑞德、卫希礼和韩媚兰代表的是内战前后美国南方民众的生活状态与形象。他们的习俗礼仪、言行举止、精神观念、政治态度，是南北战争前后美国南方地区社会生活的典型体现。

第二节
从女性的角度看待郝思嘉的命运

这一节我们聊聊《飘》的主人公——郝思嘉。小说《飘》出版后,美国评论界对郝思嘉的评价众说不一。有些人把郝思嘉贬低得一无是处,比如美国诗人约翰·毕晓普评价郝思嘉:"她吝啬迷信,还无比地自私自利……除了她那珍贵的皮肤、土地和钱财,她什么也不看重。而这些正是使她的狡诈伎俩可以永远延续下去的东西。她手里抓着这个,眼里又觊觎另一个,为此,她杀了一个前来偷盗的北方士兵,洗劫了他的尸体、结了好几次婚、购买锯木厂、剥削囚犯的劳动、行使欺骗术、无情地把好几个人送上了西天。"这评价可是绝对够负面的。

其实郝思嘉并不像上述评价的这样坏。每个人的行为都有其自身的原因和初衷。许多年轻的女性读者都很佩服和欣赏郝思嘉在那个年代的勇气、能力和作为,而对其没有气节式的"随便"结婚了事却持宽容态度,认为那些是她不得已而为之的权宜之计,都是为了生存。不过静静想想也确实如此,在郝思嘉所处的那个动荡变革的时代,没有她那"强悍"的性格,一个弱女子根本无法养活家庭、朋友,也保不住父亲留下的农场。郝思嘉对婚姻和爱情有着不同的态度,她说:"爱情是为了快乐,而婚姻是为了生存。"

她不完美,但是她有独特的魅力,这也是读者很喜欢这部小说的原因。她我行我素,不在乎别人怎么看、怎么想,不在乎道德的束缚。你能想象一个美国南方种植园主出身的女子公开在亚特兰大和摧毁他们家园的北方佬做生意吗？你能想象一个妻子，不在家里绣花打扮，而是出面到监狱里挑选廉价犯人做工厂劳力，丝毫不听丈夫的任何建议吗？这些，郝思嘉都能做到。她特立独行，敢说敢做，除了自身性格使然，还为了能让家人活下来。

正是郝思嘉用尽各种"残酷"手段和斤斤计较的伎俩赚来了钱，才保住了父母留下的庄园，换得了自己的新生、家人的新生，还有朋友、家族的新生。而这样一个"残酷"的郝思嘉对待韩媚兰却是很好的、极尽关爱的。开始可能是出于对卫希礼的爱屋及乌，但后来则完全不是。她们两个人的性格截然不同，郝思嘉经常生韩媚兰的气，有时甚至还想弃她于不顾，好在关键时刻，郝思嘉没有以个人的私利干扰自己的情感选择，以至于最后，这两个性格完全不同的女人却获得了一生一世的友谊，不得不说实在是一种奇迹。

郝思嘉为什么对韩媚兰好？为什么不把她看作情敌呢？

其中一个原因，大多数人可能没有想到，那就是郝思嘉可能从来就不认为韩媚兰是她的情敌，因为她一直非常自信卫希礼爱的是她。正如她宣称的："爱情是为了快乐，而婚姻是为了生存。"她认为卫希礼是因为道义不得不和韩媚兰在一起，她要的只是卫希礼的爱，不是婚姻。她一直坚信卫希礼是爱她的，所以她可以为他做一切事情，包括照顾他的妻儿。郝思嘉可以把婚姻当儿戏，但是爱情对她来说绝对是天大的事。

郝思嘉和白瑞德的爱情与婚姻发展过程也很值得我们仔细思考。她的父亲郝嘉乐一开始就对她说："只有同一类型的人两相匹配，才有幸福可言。"可惜，当她最终明白这一道理时，一切为时已晚。

她和白瑞德是非常相似的。从某个角度来讲，他们都是距离自由最近的人。自由很抽象，如果尽量具体地说，自由就是独立，是不依附，是没有恐惧。而现实生活中大多数人命中注定都是不自由的。而在《飘》这本书中，大多数的人物也像我们一样不自由，或者说所有人物都不是自由的，而相比较而言，似乎只有白瑞德和郝思嘉离自由的状态更近些。那么他们是怎么做到的呢？

勇气是最重要的。书中有一个情节，郝思嘉的第一任丈夫韩查理在战争中阵亡，郝思嘉刚刚守寡，按理说守丧期间，她不应该参加任何庆祝活动，但是因为想热闹一下，她大胆地参加了一个战后募捐舞会。她非常想在舞会上跳舞，这简直是不可能的事情，也没有人敢与她共舞。但是就在她在心里发痒地看着别人翩翩起舞的时候，看出她想法的白瑞德用150美元竞标与郝思嘉共舞。大家都以为郝思嘉不会答应和白瑞德共舞，而郝思嘉根本不在乎他人的目光，尽兴地和白瑞德跳起舞来。白瑞德问她是否在乎别人对她的看法。她说的是："今晚，我不管了。"白瑞德恭喜她："你终于开始有点智慧了。"这里的"智慧"指的是什么呢？我们来读一下他们在共舞时的对话。

白瑞德说："只要你还没有丢掉自己的名誉，你就永远也不会明白名誉这个东西是个多大的负担，也不会明白自由究竟意味着什么。"

郝思嘉回应说："你这话说得太难听了！"

白瑞德回应："难听但真实，只要你经常有足够的勇气——或者金钱——你就用不着什么名誉了。"

这段对话里包含着他们追求自由的方式和可能。或者说，这部小说中最有可能获得自由的人物，一个是郝思嘉，另一个是白瑞德。郝思嘉有勇气，白瑞德有金钱。他们靠着这两样成为最有可能独立、不依附、不恐惧的人。

郝思嘉在作品中表现出的智慧和勇气丝毫不亚于男人，甚至超过男人。尽管郝思嘉有漂亮的外貌，但是她并没有发扬和利用自己的女人味，所以她的奶妈不停地提醒她："你有时候太性急了，思嘉小姐。俺几次对你说，你见了蛇和耗子也不晕，那样子并不体面。"

综观郝思嘉的一生，她遭受的打击一个连着一个。年仅16岁，情窦初开时，郝思嘉就经历了失恋的痛苦，打了自己所爱的人一个巴掌之后，她马上把自己嫁了出去，这个决定里面有着一丝报复。因为她嫁的人是卫希礼妹妹爱恋的对象，这个人还是韩媚兰的哥哥。总之，她嫁不了卫希礼，但是仍然让自己生活在卫希礼周围，紧接着，她遭受了丧夫的打击，年仅17岁就已经成了有一个儿子的寡妇。如果没有勇气支撑着她，她早就被挫折、困难打倒了。

如果说这一切都还只是个人生活上的不幸，那席卷整个南方的战乱则给她的家族带来了更多的磨难。亚特兰大失陷前夕，在白瑞德的帮助之下，她拖着刚刚生过孩子奄奄一息的韩媚兰和自己被炮火及北方军吓坏的孩子逃离亚特兰大，历经千辛万苦回到塔拉。本以为在那里可以依靠妈妈，可她回到家才愕然发现，妈妈在前一天刚刚去世，爸爸因为妈妈的辞世已经神志不清了。家里十多张嘴要吃饭，而塔拉农场几乎一无所有。这些对一个弱女子而言是多么难以克服的困难。

但是对于郝思嘉，没有过不去的坎儿。她下决心要让塔拉的亲人活下去。她亲自下地摘棉花；拎着篮子在烈日下到邻居废弃的园子里挖剩下的菜蔬；骑着唯一的一匹孱弱的小马到邻居家借种子、了解外界的情况；甚至和韩媚兰配合，杀了一个前来偷盗的北方士兵！

在塔拉农场要被收回拍卖、大家面临无家可归的威胁时，她带着嬷嬷来到亚特兰大，想利用自己的魅力从白瑞德手中借钱挽救塔拉。可惜，当时被当局关押的白瑞德不能挪动现金来帮助她。无望的归途中，她偶遇已经小有资财的弗兰克——她妹妹的未婚夫。当得知弗兰克计划娶了她妹妹，两人会来亚特兰大生活时，郝思嘉直接把妹妹的男朋友夺了过来。当然这也招致了许多人的指责和非难，但是，她不畏困难、想尽办法克服困难的勇气着实令人钦佩。

甚至到了小说的结尾，当郝思嘉意识到自己真正爱的人其实不是卫希礼，而是白瑞德时，她决定全身心地投入白瑞德的怀抱。但是白瑞德看到了郝思嘉拥抱安慰失去妻子的卫希礼的一幕，误以为她仍然心系卫希礼，因此拂袖而去。这时的郝思嘉虽然也感到伤心、难过，但她仍坚强地接受了这一令人难以接受的事实，她告诉自己："我明天再想这事好了，我要回到塔拉去想。明天，我要想个办法重新得到他。毕竟，明天又是新的一天了。"电影版对这里的表现更简洁、更感人：层层白雾遮掩着白瑞德离去的身影，饰演郝思嘉的美丽迷人的费雯·丽哀伤地说："家，我要回家。我要想办法让他回来。不管怎样，明天又是全新的一天。"

"明天又是全新的一天。"这是郝思嘉的座右铭，也是她的勇气的无尽源泉，因为她相信，所有的痛苦和挫折都将成为过去，明天将会是另一个新的开始。只要自己付出努力，一切都会好起来。有资料记载，小说作者玛格丽特·米切尔本来计划用"明天又是新的一天"来作为小说的书名。这样的书名确实会表现出郝思嘉不屈不挠、敢想敢作敢当的勇气。同样也正是因为郝思嘉对爱情的执着和顽强的生命力让这本书经久不衰。

可以说，郝思嘉颠覆了传统的女性形象。一方面，她漂亮的容颜可能激发了男性对女性的保护意识；另一方面，她坚强、反叛，在遇到困难时，她肩负起为家人和朋友排忧解难的重任。玛格丽特·米切尔创造了这样一个勇敢、无畏的女性形象，从她反抗主流价值观、争取自己作为女性应该有的权利和地位来看，郝思嘉已具有了早期的女性主义意识。难怪有文学评论者将女性主义思想代入《飘》中探索她在男权制社会下的性别身份和女性权利，以及思考当代女性从小说塑造的形象中得到的启示，从而指导现实生活。女人不是一定要温柔、顺从、谦逊、隐忍，女人既不是一个被物化的、附属的他者，也不是家里花瓶一样的装饰或免费女佣，而是像郝思嘉一样，敢爱敢恨，撑得起一片天地，有自己经济的独立、精神的独立和身体的独立，即便是发生了战争，也不能压垮她们的斗志。

战争是很可怕的事情，美国南北战争以无法抵挡的力量摧毁了一切，包括那么多鲜活的生命，南方人世代延续的美好文明，当然也有郝思嘉所熟悉的富足生活。但是不幸中的万幸是，厄运和苦难迫使人成长。从在家庭中被家人宠爱到能够自己拯救整个庄园，郝思嘉的成长仿佛就在一夜之间。也许她因过于前卫的想法及对金钱的渴望，让她被一些过去的评论者，比如前文提到的约翰·毕晓普等人所不齿，但郝思嘉始终保有顽强的生命力以及对爱情的执着。她能够利用她所拥有的一切并不断累积财富给自己安全感。她很天真，一直苦苦等待着卫希礼给她的真爱；她很坚强，当女儿死去，腹中的胎儿流产，丈夫白瑞德离去，她依旧相信能把白瑞德追回来。这样勇敢的女人让人敬佩。所以，我一直认为《飘》如此有吸引力的原因，归根结底是因为作者塑造的郝思嘉、白瑞德、韩媚兰和卫希礼等一系列人物，性格特点鲜明，有巨大的人格魅力。

郝思嘉爱的是白瑞德，还是卫希礼？郝思嘉一直以为自己爱的是卫希礼，但是当韩媚兰死去，白瑞德离开的时候，她猛然发现自己的真爱是白瑞德，只可惜白瑞德选择了离开。那么，白瑞德对郝思嘉又有怎样的想法呢？

第三节
情商高不等于安于世故

这一节我们来聊聊白瑞德这个谜一般的人物,以及另一个我们通常会忽略的重要人物韩媚兰。

白瑞德睿智、幽默和成熟,估计是很多读过《飘》的女孩子心目中的白马王子。他对爱情是那么执着,穷一生之力爱着一个并不完美的女人——郝思嘉;他尊重女性,与红尘女子相知相识,可以非常平等地交往;明明讨厌政治与战争,但是在南方将要失败的关键时刻,他却义无反顾地走向战场。在电影里,克拉克·盖博饰演的白瑞德总是带着有点坏坏的笑容和满不在乎的表情,尤其是他还不惧世俗的眼光,经常不按常理出牌。对待郝思嘉,他偶尔嘲弄但又心怀体贴,他精明能干而又豪爽大方,总之他是一个复杂的人物。

白瑞德与郝思嘉在灵魂层面非常相似,这帮助他们省却了很多交流的无奈,多了很多默契,但是这种默契多数会被转化成斗嘴争执,甚至互相嘲讽和互相伤害。这时候,即便他们之间有感情和激情,但是还是没有办法好好沟通。白瑞德其实也是一位好丈夫和好情人,尽管他对郝思嘉一直言语苛刻。

白瑞德究竟有没有爱过郝思嘉呢?从故事情节看,白瑞德一定是爱郝思嘉的。他总是在郝思嘉最需要的时候出现,也只有他真正深切地理解和欣赏郝思嘉的勇气。也许在白瑞德第一次见到郝思嘉时就已经深深地爱上了这个与自己同类的女子。当郝思嘉向卫希礼表白未果,爽脆地甩了卫希礼一个耳光的时候,她那种坦率、美艳、自私和骄傲,让白瑞德看到了自己的影子。和郝思嘉一样,他也会不择手段达到自己的目的,按意志和期望主宰自己的生活。他们都有非凡的勇气敢于嘲弄世俗、挑战传统,他们都是那样的独立不羁,偏离世俗与常规;他们肆意挥洒如火的激情,带着自由的气息。

白瑞德和郝思嘉性格冲突导致他们两个的感情充满了曲折,两个人最终没有在一起。白瑞德玩世不恭,又深谙世故人情,精明干练。他有着敏锐的洞察力,看透了世间的邪恶和虚伪,明白战争的实质和走向,而郝思嘉只是出于自身的经历痛恨这场改变了她生活质量的战争而已。白瑞德比郝思嘉更有原则,郝思嘉为了塔拉农场,为了金钱带来的安全感,不惜拆散一对对情人,连自己妹妹的未婚夫都不放过,而且她为了利润不惜压榨囚徒,这些直白的求利行为是资本积累初期常见的行径。他曾经声称自己是不婚者,只希望寻找爱情,因为真心爱上了郝思嘉而与她结婚。但是最后,他还是选择离开郝思嘉,因为他误以为郝思嘉还爱着卫希礼。

白瑞德在离开之前对郝思嘉说了这样一段话:"那时候邦妮还在,我觉得事情毕竟还有希望。我喜欢把邦妮当作你,好像你又成了一个没有被战争和贫困折磨的小姑娘。她真像你,那么任性,那么勇敢快乐,兴致勃勃,我可以宠爱她,娇惯她——就像我要宠爱你一样。可是她有一点跟你不一样——她爱我。"其实白瑞德非常伤心,因为他能感受到女儿对自己的爱,但是感受不到郝思嘉对他的爱。

他感受到女儿的爱,也会积极地回应,女儿邦妮觉得他身上有太大的酒味,他就会戒酒,约束自己最多只能喝一杯红酒。他本来计划带着女儿远离郝思嘉,但是因为女儿想念妈妈,他最后还是把她带了回来。所以,我们必须承认,当白瑞德伤心地感觉到郝思嘉不爱他时,他之所以还维系着和郝思嘉的婚姻,就是为了女儿。他不仅对自己和郝思嘉的孩子——邦妮好,对郝思嘉与第一任丈夫的孩子也同样充满着慈爱。其实这些更能体现他宽厚的胸怀和海一样深沉的感情。陪伴孩子成长的慈父最是难得,因为能做好一个父亲,这个男人需要风趣、幽默和绅士。这些优秀的性格和品质,在白瑞德那里全能够找到。

而郝思嘉与白瑞德的爱情很多时候不在一个层次上。经历了太多贫穷和恐惧的郝思嘉把生存当成了她的首要目的,因为自认为拥有卫希礼的爱,所以她根本没有感受到白瑞德的好。她任性、固执,女儿去世后,她责骂白瑞德是杀死女儿的凶手,这当然会刺痛白瑞德的心。她的倔强正是白瑞德所爱,而如果这倔强用在白瑞德身上,这倔强有多强硬,对白瑞德的伤害就有多深。等她幡然醒悟,却发现为时已晚。小说的最后,白瑞德愤怒地发出了一句:"亲爱的,我再也不在乎啦!"我们知道,他说的这是气话,因为他是爱郝思嘉的,而郝思嘉也一定有办法和白瑞德重归于好。否则怎么能说他们两个是同类呢?

接下来再说说韩媚兰的魅力。韩媚兰是女主人公郝思嘉的情敌——卫希礼的妻子,郝思嘉第一任丈夫的姐姐。她是一个有神奇力量的女子,虽然她总是弱不禁风的样子,但是不论是白瑞德,还是郝思嘉都会顺服于她。

起初是因为郝思嘉的请求,在战乱之中,白瑞德将韩媚兰和刚出生的孩子从危险的战区转移到安全之处。按常理,对于韩媚兰这样处于弱势的受惠者,白瑞德大可摆出高高在上的派头;但是他却弯下高大的身躯,对一个矮小羞涩的女人流露出发自心底的谦卑之情。与韩媚兰相处时,他自身嘲弄、讥讽、玩世不恭、桀骜不驯的神情一扫而光,取而代之的是一个绅士才拥有的谦逊与敬佩。韩媚兰去世的时候,白瑞德心痛无比地说:"她是我所认识的唯一完美的好人。"

连郝思嘉自己都不得不承认,韩媚兰好像是天使,而她自己想做却做不到。比如她们都帮忙救助受伤的战士,韩媚兰对着那些散发着臭气的伤口和赤身露体的情形似乎都不在乎,她会端着盘子和手术器械站在那里,静静地辅助米德大夫给伤兵处理伤口。在那个时候,她的善良和爱让她忘记恐惧,专注地帮助别人。

这就是郝思嘉与韩媚兰的区别。韩媚兰爱周围的每一个人,关心他们,维护他们,即使是曾经让她痛恨的北方佬逃难到她的门前乞讨,她还是不忍心把他们赶走,而是把为数不多的粮食拿给他们。这个外柔内刚的女人,几乎拥有了女性所能拥有的一切美德。她就像基督教中的圣母一样,再邪恶的人在她的面前也会忏悔,连自私、虚荣、贪财的郝思嘉,在战争爆发后,也对危难中的韩媚兰悉心照顾,不舍不弃,这不仅是因为郝思嘉要履行她对卫希礼的承诺,也是因为韩媚兰本人有一种魅力,让郝思嘉根本无法在她的面前做恶人。同样,面对善良的韩媚兰,白瑞德善良的本性也展现得一览无余。人的情感分为许多种,因而其所投射的对象便可以分为许多类。在韩媚兰的面前,他是一个渴望温暖与安全的小男孩,他和韩媚兰谈自己的心里话,寻求她在精神上的理解;在贝尔身边,他是那个需要激情与释放的男人,他们二人之间的关系表现了白瑞德作为一个纯粹男性的需求;而在郝思嘉面前,他是一个成熟的中年男性,需要爱与性的统一。

对于郝思嘉和韩媚兰这两个人物,大多数人对二人的态度都有着鲜明的反差,几乎可以说喜爱郝思嘉就等于讨厌韩媚兰。有人认为韩媚兰性格善良,有人却认为这是虚伪,是在耍心机、耍手段,这取决于不同读者所站的不同角度。我认为,韩媚兰其实是爱的化身。大多数人认为在这部小说中,郝思嘉是绝对的女主角,但是在我看来,韩媚兰才是小说中的灵魂人物，也比郝思嘉更完美。首先，韩媚兰比郝思嘉更加成熟，更具有洞察力。郝思嘉是一个单纯、坦白而又极为自信的女子。她有极强的虚荣心，时时想成为大家关注的焦点，她决不能容忍卫希礼爱别的女人而不爱她，仅仅因为卫希礼拒绝了她的爱意，她竟然赌气与韩查理闪婚。这些足见郝思嘉的幼稚、任性和不成熟。而韩媚兰，不仅能把握自己的婚姻与爱情，与卫希礼恩爱终生，也能敏锐地察觉白瑞德对郝思嘉的爱，还清楚郝思嘉对卫希礼的喜欢只是小孩子对没有得到的某种东西的渴望。所以面对种种关于郝思嘉与卫希礼的传闻，她都能坦然对待。

韩媚兰最终能成为郝思嘉的精神的依靠，是因为北方士兵去塔拉农场抢劫的事件。那一次，郝思嘉枪杀了入室抢劫的人，而韩媚兰就站在她的身后，手里拿着一把利剑，随时准备为她厮杀。以至于后来韩媚兰去世，郝思嘉悲痛地回顾过去时，发现原来韩媚兰经常手持利剑站在她身边，不声不响，像她的影子似的爱护着她，助力她抗击北方士兵、战火、饥饿、贫困与世俗的舆论。郝思嘉感慨："韩媚兰是我一生中唯一的女友"。她绝望地想："除了母亲，她是唯一真正爱我的女人。她也像母亲那样。凡是认识她的人都跟她亲近。"柔弱的韩媚兰用她的仁慈与博爱使自己成为郝思嘉最贴心的姐妹，也成为小说中其他人物都愿意依赖的对象。韩媚兰似乎仅仅看得到单纯、和蔼、平静、舒适、文雅、诚恳和爱，所有的粗暴、丑陋和邪恶都不在她的视野范围之内。我们也能看到她化腐朽为神奇的力量。比如即使她的仆人曾经那么愚蠢而且是一个犯过重罪的犯人，她都能发现其忠心和诚实，竟然能把一个杀人犯改变为忠实能干的仆人。

在小说中的很多重大事件中，韩媚兰的冷静与敏锐要远远超过郝思嘉。例如，一天夜晚，当她们的丈夫去参加地下组织所谓的"叛乱"时，警察来搜捕。韩媚兰努力压制内心的惊慌，装作仿佛什么事情也没有一样带领着大家编织毛活。她睿智地选择了相信及时出现的白瑞德，从而把握住了解救丈夫最有利的时机。面对警察的盘问，韩媚兰沉着冷静，就连一向很胆大的郝思嘉此时也吓得不知所措、坐立难安，而韩媚兰却选择阅读小说来安抚大家惊慌、焦躁的情绪。能沉着冷静地应对一切，正是韩媚兰的成熟所在。

韩媚兰的优势在于她总是看到人们最好的一面。每个人都渴望走出堕落的深渊，都希望拥有高尚、美好的生活。而每个人的生命中都有一根细细的弦，它联结着肉体和灵魂。有的人耽于肉体的生活而忽视了灵魂的提升，找不到那根细弦；有的人专注于灵魂的超度而不需要那根细弦；而世人大多既不愿委屈肉体，又希望灵魂有所归依，那根细弦就成了一个人的生命热情所在，且每一个人的生命热情又有所不同。韩媚兰就是能触动每个人生命中那根弦的人，她的秘诀就是信任每一个人天性中善良的一面。其实每个人都希望拥有爱别人的能力，但是，爱是需要学习的，韩媚兰就是那个耐心的启发者。

白瑞德和韩媚兰，一个是郝思嘉的丈夫，一个是郝思嘉所爱男人——卫希礼的妻子。从他们身上，我们能够看到爱的力量。当白瑞德发自内心地爱着郝思嘉时，他会全力以赴地帮助她；而韩媚兰四两拨千斤的力量正来源于她心中的爱。当然，爱是一个非常复杂、永远也讲不完的话题。在现实世界中，有没有韩媚兰所表现出来的这种爱呢？

第四节
爱情不是全部，生活才是

  这一节我们要聊聊小说中的爱情问题和小说在当前时代的意义。

  一部经典文学作品的特点，就是不同的人在不同的人生阶段，读来会有不同的收获和不同的理解，常读常新。我在 30 年前读这本书和现在重新读，感受完全不一样。现在，中年的我特别想和大家分享阅读这部小说得到的三个关于婚姻与爱情的感悟。

  第一，我想对所有的青年男女说，在寻找自己的另一半时，对方的家庭也是需要考虑的重要因素之一。常言道，有其父必有其子，《飘》告诉我们，有其母必有其女。

  郝思嘉的婚姻恋爱态度和她的母亲郝爱伦一模一样。她的妈妈爱伦之所以嫁给了大她 25 岁的爱尔兰人郝嘉乐，是因为家人不同意她与心爱的人——她的表哥菲利普在一起。这位表哥在一次酒吧斗殴中被打死，爱伦的爱情也随之死去了。恰在这时，郝嘉乐向爱伦求婚。因为爱情死去了，所以在爱伦看来嫁给任何人都是一样的。于是她在大家的一片惊讶声中嫁给了郝嘉乐——这位来自爱尔兰的暴发户，搬到塔拉农场。

  这样一来，她就可以离开那个文雅的海滨城市萨凡纳，把它和它所留下的记忆都抛到脑后。然后自己经营出一个完美的家庭——一个能干的丈夫和三个漂亮的女儿。郝思嘉和她的妈妈一样，将爱情与婚姻看作分开的两种事物。她在爱情中受到挫折后立刻结婚，根本不在意自己是否爱未来的丈夫。就如同郝思嘉的爸爸受宠若惊地娶到了郝爱伦一般，韩查理也是晕乎乎地在大家的一片诧异声中娶了郝思嘉。如果不是战争让韩查理战死，郝思嘉不会一次次地再嫁，她也会像她的妈妈一样，把家庭生活打理得井井有条，但是，她只是过日子而已，她并不爱自己的丈夫。

第二，美不是千篇一律的，书中的女子形象各异，要知道自己心仪什么样的女性，不容置疑的是人人都喜欢漂亮的女人，但是光有漂亮的外表好像还不够。比如郝思嘉就有漂亮的外貌，但是还不够有女人味，她的个性太张扬。她的嬷嬷告诉她："你有时候太性急了，郝思嘉小姐。俺几次对你说，你见了蛇和耗子也不晕，那样子并不体面。"其实，书中的大多数男人还是喜欢比较温柔的女性的，比如卫希礼，尽管他口口声声欣赏郝思嘉的勇气，但是他迎娶的却是韩媚兰。韩媚兰没有郝思嘉漂亮，身材也没有郝思嘉好，电影里面看，衣着也没有郝思嘉华丽，但是她有大家闺秀的样子，娇滴滴的声音，百依百顺的姿态，尽管事实上她和郝思嘉一样是特别有主见的女子。当然，我们也希望生活中多一些像白瑞德这样欣赏郝思嘉这种有勇气而且经济、精神独立女人的男人。

第三，爱情是可贵的，不要等到失去时，才知道珍惜，但是"飞蛾扑火、失去自我"的爱情同样要不得。对于卫希礼，郝思嘉就是飞蛾扑火。明知卫希礼不会离开韩媚兰娶她，可郝思嘉依然对他一往情深，不改初心，无限忠贞，期望获得卫希礼纯粹的爱情。这让她变得盲目，而不能感受到白瑞德对她的爱意。在小说的结尾处，郝思嘉终于认识到自己对于卫希礼是无足轻重的，她对卫希礼的爱其实并不存在，她爱的是脑海中幻想的那个爱她的卫希礼，她真正需要的是白瑞德。所以在电影中，当白瑞德迈出大门要永远离开她的时候，郝思嘉开始示弱地问："瑞德，如果你走了，我将去哪里？我该做什么？"（"Rhett, if you go, where shall I go? What shall I do?"）瑞德说："坦白讲，亲爱的，我一点也不在乎。"（"Frankly, my dear, I don't give a damn."）这就是一个不珍惜爱情，到了失去时所要面临的可能困境。

爱是什么？爱是付出，但不是盲目的付出。理想的爱情是你付出，对方也欣赏你的付出，否则就如飞蛾扑火，万劫不复。虽然三毛曾在《撒哈拉的故事》中说："飞蛾扑火时，一定是极快乐幸福的。"但是这种"飞蛾扑火"般的爱情要不得。总而言之，郝思嘉关于"爱情是为了快乐，而婚姻是为了生存"的态度值得商榷，爱情和婚姻兼得才应该是理想的生活状态。

《飘》在过去与现在都有着深远的时代意义。从1936年问世至今，《飘》已经成为世界上最受欢迎的小说之一。它已随风"飘"到了世界的各个角落。出版八十多年来，《飘》的价值历久弥坚。

《飘》的魅力究竟何在？首先，《飘》是一部给人以鼓舞，让人明白风雨过后总会有彩虹的小说。郝思嘉本来拥有一个固若金汤、安逸富足的家庭，面对天翻地覆的世界，面对繁华不再的生活，郝思嘉坚强地扛起了家族的重担，历经战争磨难，并通过一番努力与挣扎终于得到了财富与安全。当然，郝思嘉这个人物是多面的。尽管有时我们不赞成她的所作所为，我们却仍然会理解她，原谅她，就像对待一个可爱的孩子那样。她自私、独立、现实、功利，绝不会为逝去的美好日子而唉声叹气，流连徘徊。也许，她的这些品质并不值得我们提倡，但在当时的情况下这些品质都是必需的。

小说出版的时候，美国正处在大萧条结束之际，经历了惨淡生活的美国人可以毫不费力地感到郝思嘉的不易，而郝思嘉努力后所取得的成功也正是他们所梦想的。在当下，这部小说仍然有着它的价值。世界仍然处于各种战争的威胁之中，既有无形的"战争"，也有真刀真枪的战争，其实根源还是经济发展的不均衡。但是我们应该明白，任何时候，战争中被裹挟和失去生命的都是普通人，它只会留下悲伤的寡妇和哭泣的母亲。书中南方人那种永不屈服的精神，也正是世界上所有处于危难中的民族所需要的。所以不论一个国家，还是一个个体，努力创造富足的生活是首要任务。

《飘》在世界范围内都如此受欢迎，它是一部零差评的作品吗？答案是否定的，有评论家指责这本小说没有艺术性，没有精湛的写作手法和深刻的洞察力。其实，这正是这部小说的魅力所在。《飘》就是讲述了一个家族的故事，讲述这个家族的人物遇到的事情，从而反映一个时代的变迁。米切尔并没有像现代许多文学大师那样，先设计好主题，再将事件安排在主人公身上来反映主题。大多数读者都是普通人，他们很少关心作者的手法与遣词造句，他们关心的就是故事本身。在故事中，他们感同身受，找到了自我，找到了希望，而《飘》带给了他们这些，所以赢得了大量的读者。

这部小说的英文书名是 Gone with the Wind，如果不考虑《乱世佳人》这个译名，只考虑"飘"的意象，究竟是什么随风飘走了呢？其实全书的文本中，除了书名，其他地方并没有出现这个词组，这也给读者留下很大的空间来想象那随风飘走之物。

对南方而言，飘散的是过去的生活方式与文明；对被局限在南北战争中的所有个体而言，很难想象一个时代就这样风波骤起，然后惊涛拍浪，最后亦随风而逝。战争总有结束的时候，然后举目四望，曾经数代人打造的生活方式、人生趣味，一点一滴积累的精致也随之消逝，其中包含了多少泪和笑，多少悲和喜，多少未竟的野心和长存的怨念。对于郝思嘉而言，是过去对卫希礼盲目的爱情飘走了，原来那个养尊处优、不懂得珍惜爱情的南方大小姐飘走了；对喜欢韩媚兰的读者而言，韩媚兰的去世也是一种令人哀伤的随风而去，善良、博爱和坚韧的人也要面临死亡。

在历史的大潮中，个体往往如蝼蚁一样生死转瞬，无足轻重。那些在旧时代生活优渥如鱼得水，成为时代佼佼者的人，在经历巨变之时，往往无法重建人生，而选择在朽坏的旧时代的宫殿里耗尽韶华。《飘》中的人物给我们示范了在人类的不平阶段如何百折不挠，迎着一切艰难险阻，随势向前，飘走的是无限的回忆，留下的是继续生活的勇气，正如郝思嘉所说："明天将是新的一天。"人必须向前看，对未来充满希望。

如果你想更多地了解书中的人物以及他们所处的时代，阅读原著无疑是最好的选择，在阅读时你需要注意以下三点：

第一，这部小说的很多人物不适合做好坏判断，特别是郝思嘉、卫希礼和白瑞德，他们不是绝对的好人，每个人都有言不由衷、自欺欺人的时候。从现代人的角度，他们对爱的诠释可能令很多人无法理解，但是，爱本身就是一个非常复杂、需要研究一生的问题。还有其他很多地方也很难做是非判断，比如从历史角度判断，北方战胜南方，是一种历史的进步，是社会发展的必然，这些我们都在历史书上学过。但是通过阅读《飘》，我们从道德判断来看，南方奴隶制中也有温情和情谊，北方对南方进行的战争从某种程度上也是一种"侵略"，摧毁了南方的秩序和关系，在某些方面反而激化了白人和黑人的种族冲突，导致了三K党的出现。

第二，小说中令人绝望的爱恨情仇，黑人和白人之间、白人和白人之间、男人和女人之间，说不清、理还乱的错综复杂的关系，可能会令许多读者觉得纠缠不清。

第三，小说的阅读感受是，生活是十分艰难的。主人公承受的一个接一个的打击，一波又一波的灾难性事件，让期望美好的大团圆结局的读者感觉这是一本无望的书。国外有报道称，一位读者非常喜欢阅读这本书，但是读完这本书后，她想让人把书烧掉，因为伤心的她不希望其他读者经历那种让人难以承受的感伤。

关于阅读的译文版本，浙江人民出版社1979年出版的傅东华老师的译本是我在第一节提到的、我读过的汉语版本，以归化法翻译为主的一个版本。另外比较值得选择的版本是上海译文出版社1990年出版的陈廷良老师翻译的版本，里面的人名和地名翻译比较符合外文特点，比如郝思嘉的中译名是斯佳丽·奥哈拉。还有译林出版社在2000年出版的李美华老师翻译的版本也很值得阅读。

让我用该书电影版中的一句话来结束这次分享：

Here was the last ever to be seen of Knights and their Ladies Fair, of Master and of Slaves. Look for it only in books because it is no more than a dream remembered, a Civilization Gone With The Wind.

在这里最后一次能觅得奴隶主骑士与他们贵夫人的踪迹。如今它只能在书中被寻觅，因为它不过是一个被忆起的梦。一段文明随风而逝。

《永别了，武器》
—
战火纷飞中的爱情与悲剧

A Farewell to Arms

中国社会科学院·陆建德

欧内斯特·海明威

📖 作品介绍

《永别了，武器》是美国作家欧内斯特·海明威的一部带有自传色彩的小说。故事以第一次世界大战为背景，讲述美国青年弗瑞德里克·亨利在大战后期志愿报名参加了红十字会，到意大利北部战线去抢救伤员。在一次执行任务时，亨利被炮弹击中受伤，被迫从前线撤了下来。在米兰医院养伤期间，他和悉心护理自己的英国籍护士凯瑟琳互生情愫，两人陷入了热恋。康复之后，亨利重返前线，在随部队撤退的过程中目睹了战争的残酷和人性的泯灭，于是毅然脱离了部队，和凯瑟琳会合后逃往瑞士。然而，他们却没有得到心中所愿的幸福生活，凯瑟琳在难产中死去，遭受沉重打击的亨利痛不欲生……小说以战争与爱情为主线，叙述了一对普通青年在战争中的遭遇，批判了战争的荒谬、虚无和非理性，体现了海明威的反战思想和对人性的深刻思考。

《永别了，武器》思维导图

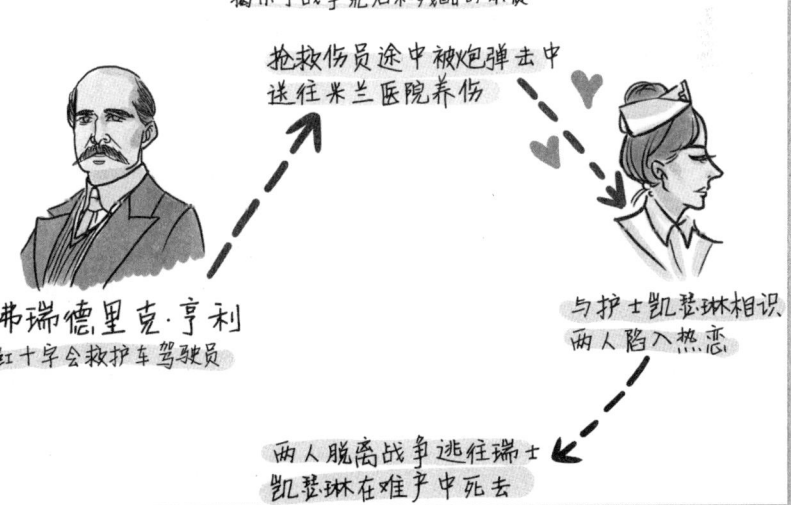

第一节
作家的任务是表现真理

《永别了,武器》是美国作家欧内斯特·海明威早期的代表作。这部小说讲述的故事发生在第一次世界大战期间,所以,在阅读这部小说之前,了解第一次世界大战的背景是非常有必要的。

第一次世界大战中,参战的国家分成了同盟国和协约国两个阵营。同盟国主要是中欧和东欧地区的势力,包括德意志帝国、奥匈帝国、奥斯曼帝国和保加利亚;协约国方面则是以英国、法国为代表的一些国家。中国于1917年8月参战,在这之前,美国也宣布加入协约国,对同盟国开战。这个事件非常重要,它基本上决定了战争双方的强弱对比,战势开始往对协约国有利的方向倾斜。

当战争双方实力相差不多,僵持不下时,双方就开始互相比拼国家实力与各种各样的后勤资源,还有人力资源。为了赢得战争,双方还投入大量的新式武器。

20世纪初期,人类科学技术已经开始突飞猛进。有些发明如果当时应用于科学研究可能会有不一样的结果,但是这些发明却首先在战争中得到了应用,比如飞机、坦克。现在,毒气战对于我们而言已经难以想象了,而在海明威的小说《永别了,武器》中,就出现了毒气战的描写。士兵们身上穿着非常笨重的防毒衣物,脸上戴着防毒面具。这些新的发明在被应用到战争以后,战争的残酷程度大大增加了,导致第一次世界大战造成的人员伤亡特别多。

在英国、法国等国家的一些教堂的墙壁上刻着大量的名字，这些名字就是在第一次世界大战和第二次世界大战中死去的人。第一次世界大战的死亡人数巨大得让人惊讶。例如，第一次世界大战后，三一学院统计发现，三一学院的毕业生在战争中死去的人数超过 600 人。这只是剑桥大学一个学院的死亡人数，而当时剑桥大学一共有二十多个学院。大量有学问有抱负的青年都参加了战争，这些人都是当时的社会精英。

如果我们看过英国、法国或者德国的文学史，就会发现，许多非常有创作潜力的文学天才在二三十岁时就死于战争。所以第一次世界大战对整个欧洲的伤害极其巨大，所造成的损失是难以估量的。

两次世界大战中间有二十几年的间歇期，间歇期发生的许多历史事件促使一些有为的文学青年进行了深刻的反思。海明威就是这样一个文学青年。他对第一次世界大战的感受非常深刻。

海明威出生于 1899 年，1914 年第一次世界大战爆发时海明威才 15 岁。美国于 1917 年正式加入协约国，对德国和奥匈帝国宣战。此时的海明威将要成年，他非常想参加战争。他不顾父亲的反对，于 1918 年报名参军。

海明威体形高大，身体强壮，但是他在体检时被查出有视力缺陷，无法当兵。第一次世界大战期间，士兵的主要武器是步枪，如果视力不好就只能从事其他的工作。因而，海明威担任了红十字会救伤队的救护车司机。

虽然海明威没有成为正式的美军士兵，但是他依然在前线目睹了战争的种种残酷。海明威非常勇敢，并且具有冒险精神，与同时代的许多人一样，都能够毫无畏惧地出生入死。在面对巨大的挑战时，在自己遇到生命危险时，他们都能展现出从容不迫的风度。

那个时候的欧洲国家和美国已经有了非常成熟的伤员救护体系。欧洲战场上的临时医院使用的设备已经非常齐全，比如拍 X 光片的车辆和做外科手术的器具等，这些虽然无法和目前的医疗条件相比，但是已经相当发达。而海明威的工作就是驾驶救护车到前线，然后把伤员拉回战地医院进行救治。

救助伤员一方面是人道主义的救助，另一方面也是战争在人力资源上的需求。伤员得到良好的救治就能有效避免军队力量的损伤率过高，也能给国家部队提供源源不断的人员补充。

《永别了，武器》中的不少描述都提到了战地医生在前线的救治经历。战争太残忍了，有时一颗炮弹飞来，一个士兵的下肢就被炸断了。这时把下肢保存下来接上是最理想的情况，如果不行就只能进行截肢手术；做截肢手术还要考虑止血的问题，如果没有止血的办法这名士兵就会因失血过多而死亡。这些都是当时人们不得不面对的情况。

战地医院与和平时期的医院完全不同，人们看到的都是这种血淋淋的场景。海明威做医疗队救护车的驾驶员时在战地和后方的医院间来回奔波，他看到了很多这样的场景，这些场景对他来说印象特别深刻。20世纪20年代后期，海明威将自己的这段经历以小说的形式展现出来。小说中有大量描写战地医院的场景，虽然有些是虚构的，但都与海明威本人在战争中的亲身经历和见闻紧密关联。

《永别了，武器》是一部反战小说。第一次世界大战让海明威深刻地感受到，这就是一场没有意义的大屠杀，是几个充满野心的国家之间的争霸之战，没有什么道义可言。所以海明威在这部小说里有很多反对战争的言论，而且有些言论还特别有名。比如，书中的主人公亨利在战场上听到有人打败仗了还在夸夸其谈，海明威借亨利之口写道：

> 我一声不响。我每逢听到神圣、光荣、牺牲等字眼和徒劳这一说法，总觉得局促不安。我观察了好久，可没看到什么神圣的事，而那些所谓光荣的事，并没有什么光荣，而所谓牺牲，那就像芝加哥的屠场，只不过这里屠宰好的肉不是装进罐头，而是掩埋掉罢了。

美国是生产牛肉的大国，芝加哥的屠宰场特别有名，还有美国小说家以"屠宰场"作为小说的名字来进行创作。海明威在这里也把战争比作屠宰场，因为他认为这些战争其实就是一场没有意义的屠杀，一些人出于自己的野心和利益需要而鼓吹战争。作为战争中普通的一员，海明威笔下的亨利对这些战争的叫嚣或者鼓动，心里是十分厌烦的。这种厌烦的态度也体现在海明威对第一次世界大战的看法中。

此外，小说还揭示了战争中的许多荒谬的因素，例如"敌人"不仅来自对方而且也来自自己的军队。这种情况在很多美国小说里都有反映。比如，小说《第二十二条军规》中也讲述了自己的部队里有一些非常不近人情的、荒谬的规定，这种规定和战争一样是反人性的。

很多美国文学作品中都写到战争。有的文学作品讲述在一个真实或虚构的战场上，主人公奋勇杀敌，或者战况十分激烈。而有的文学作品把战争作为一个大背景，用战争来呈现人与人之间的关系，以及人自身的复杂性。《永别了，武器》就是这样一部作品。

以上是第一次世界大战的背景，以及《永别了，武器》和第一次世界大战的联系，这部分知识对于充分理解和欣赏《永别了，武器》这部小说是非常有用的。

第二节
海明威的"参战"回忆录

　　海明威在战场上出生入死，经历极其丰富，他把这些经历运用到了小说《永别了，武器》的创作中。我们说这部小说是半部回忆录并不为过，也可以说这部小说是他的回忆和虚构的奇妙重叠。

　　海明威许多作品的主人公都是硬汉。在他早期的作品里，这些硬汉总是在跟战争打交道，随时面对着伤亡，面对着炮弹，面对着同伴的离世，他们也在不断寻找解决的办法。《永别了，武器》是海明威早期的战争小说里最有代表性的一部。通过这部小说，我们可以深切地感受到战争对日常生活的负面影响。

　　海明威在这部作品里讲述了许多受伤、休养和恢复的事情。小说的主人公弗瑞德里克·亨利在战争中膝盖受伤，腿不能弯曲。经过治疗他开始慢慢恢复，并以强大的毅力迫使自己弯曲膝盖、练习走路，从不习惯走路到可以慢慢走路，最终完全恢复正常。亨利在克服这些伤病时展现出令人敬佩的勇气，这也是海明威的自我写照。在一次运送补给的途中，海明威自己被炮弹炸伤，据说医生从他身上取出的弹片一共有二百多片，而且有一些可能没有取出来，始终留在他身上。但他以过人的毅力勇敢地战胜了疼痛。

　　战争对海明威这条硬汉也留下了难以磨灭的创伤，不仅是身体上的创伤，也有精神上的创伤。这种创伤在《永别了，武器》这部小说里得到了某种程度的再现，这种"再现"是一种创造性的再现，也是回忆和虚构的重叠交错。

海明威对战争有大量的跟个人经历相关的回忆。所以，我们读他的战争小说时，会感到他是一个擅长写战争的行家里手，各种各样的武器写得头头是道，特别具体细致。比如他描写步枪，他会提到步枪的口径大小，对各种型号也都十分熟悉。

如果要深入了解这部小说，不妨去读一读海明威的传记与第一次世界大战史。海明威的创作甚至在一定程度上使得以第一次世界大战为题材的小说创作达到了高峰。

这部小说的故事主要发生在意大利北部。意大利是文艺复兴的发源地，历史悠久，古罗马帝国的首都就在现在的罗马城内。当时，罗马帝国的势力渗透到欧洲的各个地区，甚至亚洲的部分地区，尤其是米兰以北地区。米兰位于意大利北部，从米兰再往北即可到达瑞士。而瑞士是全世界最美丽的国家之一，日内瓦湖边的一些城市，如日内瓦、洛桑都曾出现在这部小说里。

在日内瓦湖东边几十公里的地方，有一个南北向的湖，叫马焦雷湖。马焦雷湖由南往北跨越了意大利和瑞士的国界线，这个湖是两国共有的，这一带山区的风景非常美丽。《永别了，武器》这部小说的部分场景就发生在这一带，即米兰以北的意大利山区，还有瑞士一些著名的景点。

米兰也经常出现在这部小说里。米兰大教堂是世界上最有名的教堂之一。主人公亨利和他的女朋友经常活动的一些场景，就被设置在米兰大教堂附近。大教堂广场北侧是埃马努埃莱二世拱廊，这是意大利，甚至是欧洲最漂亮的拱廊之一，这个拱廊也经常出现在小说中。因此，对这一带的地理特点与人文风景有一定了解对于进一步欣赏这部小说是非常重要的。

前面说到,海明威参加第一次世界大战时受过伤,他在第二次世界大战时依旧没有退缩,要求加入海战。1941年初,海明威还曾经到访过中国南部,他到某一个战区,然后跟中国的将军、士兵会面。他既作为一个特使,也作为一个记者,来报道中国的战争状况。海明威来中国时,美国还没有参战。美国是在珍珠港事件以后,也就是1941年12月以后,才宣布参战。

20世纪20年代,很多美国青年都喜欢去欧洲,尤其是巴黎,海明威也是。海明威是当时巴黎美国的文学青年中特别有名的一员。那时在巴黎有一位犹太裔美国人斯坦因女士,她很有财力,买了很多当时有名画家的画,这使得这些画家后来的地位越来越高,这样她自己收藏的画价值也越来越高。她在巴黎的住处是一个特别有名的沙龙,她曾经对那些在她家聚会的美国文学青年说:"你们是迷惘的一代。"因而,很多人将海明威纳入"迷惘的一代"这个作家群。

但是这种大的范畴性的名词是不可靠的,我们还是要去读他们的作品。"迷惘的一代"中不同作家的作品也是不一样的,即使作品中有迷茫的感觉,迷茫的性质和表现的方式也是不同的。

迷茫可能也是人类生存的一种永久的状态,其实我们每个人都有一定程度的迷茫。如果一个人永远说话中气十足,特别乐观,也许跟他相处的时间久了也会觉得乏味,而迷茫的时候人的真性情才会体现得更彻底、更丰富,所以,在一定情况下迷茫其实没有什么不好。

1961年,海明威用猎枪结束了自己的生命,终年62岁。

海明威自杀的原因十分复杂。比如,这种压抑和他在战争中受过的创伤分不开;此外,他有着一种内在的骄傲,他说话不多,可是他希望自己能够源源不断地进行创作。但是在《老人与海》之后,他觉得自己的创作力在走向枯竭。而对于一位有着伟大抱负的作家，如果他以后再也写不出什么作品，对他来说无疑是一个致命的打击。

对于热爱他作品的人来说，我们多希望他能够再多活 10 年、20 年，再给世界、给读者留下更多好的作品。虽然他六十几岁就去世了，但是他还是给我们留下了极其丰厚的文学遗产。

前面讲了战争与这部小说的关系，以及海明威的生平经历，可以说他的人生、创作都和战争有着密不可分的联系。

接下来我们将介绍在战争的大背景下产生的爱情，它像一棵植物一样，有了根须，长出枝丫，再慢慢绽放出花朵，开得十分美丽。

第三节

开放在炮火中的爱情之花

《永别了，武器》这部小说之所以在世界文学史上占有崇高的地位，是因为海明威以战争为背景讲述了一个非常动人的爱情故事。海明威作为第一次世界大战的亲历者，他通过这部小说谴责了战争。但是这部小说不仅仅是一部反战小说，它还是一部伟大的爱情小说。

爱情发生在小说主人公亨利和医院护士凯瑟琳之间。凯瑟琳是英国人，她祖上是苏格兰人。小说讲述的是一个伤员跟医院护士之间产生了一种情愫，后来发展为伟大的爱情。

世界文学史上最有名的爱情故事也许是莎士比亚笔下的《罗密欧和朱丽叶》。这个爱情故事发生的时候，两位主人公年纪都很轻，而且他们关于异性的知识非常粗浅。但是《永别了，武器》里的两位主人公却不一样，他们都有过丰富的人生阅历。

我们先说说这两位主人公。美国士兵亨利的爱情经历特别丰富，他身上带着海明威本人的影子。纵然有很多经历，他还是可以深深地爱上某一个人，而且爱的方式是让人极其感动的。英国护士凯瑟琳是一位非常成熟的女性，她已经订婚了，但不幸的是，还没正式结婚男方就去世了。

他们是在战地医院相识的。当时亨利是个伤员，走路不便。人受伤的时候会比较容易动感情，我们经常会看到发生在护士和病人之间的爱情故事，不过多数情况是火花一闪就过去了。但在《永别了，武器》里面不是这样的，火花闪现后，爱情的火焰一直在燃烧，亨利深深地爱着凯瑟琳。

但是在战争期间，他们大多时候都处于一种流动和分离的状态。比如，亨利去养伤，在医院遇到了凯瑟琳；伤养好了，他就要离开医院，重新回到部队打仗。而凯瑟琳作为战地医院的护士，也是根据战争的需要，处于随时准备转移的状态。在这种情况下，两个人见面很不容易，所以这部小说里好几个场景都是这样，他们暂别，再重逢。

其实严格说来，护士跟伤员之间的爱情，医院方面是不鼓励的，但是在战争炮火下诞生的爱情太过耀眼，也只能让规则靠边站了。凯瑟琳的顶头上司是护士长，这个护士长在小说中出现了几次。护士长的做法还是带有人情味的，有时候她看到亨利来找凯瑟琳，就找借口走开，让他们单独在一起，这是战争时期人们对爱情的宽容和理解。

这是一个动人的爱情故事，是两个成熟的人之间的爱情故事。亨利与凯瑟琳一见面就互有好感。亨利请凯瑟琳去喝酒、喝咖啡，他们初次见面时谈话就比较亲切，好像已经有一种默契，这种默契就是一段爱情的开端。两个人在非常时期相爱了，而且这两个人又有着各自的过往，但是亨利没有说他以往的经历，凯瑟琳也没有询问。他们并不是特别多愁善感的人，而且凯瑟琳也知道，亨利原来有很多爱情经历，她可能不是亨利的第一个女朋友，但是她绝对不会因此而远离亨利，她完全没有这种狭隘的想法。凯瑟琳很包容，她知道每个人其实都在成长、发展，然后相遇，最后相爱。至于亨利之前的经历，那些都是他人生的一部分，她都能接受。

小说一开始，一群意大利士兵在开玩笑，放肆地谈姑娘。因为他们觉得这个话题能给大家解闷。当然，也可能是谈自己的未婚妻或女朋友。这部小说涉及很多两性关系的内容。但是当凯瑟琳作为护士一出现，我们会觉得爱情被提升到了一个新的高度，不再是那种比较低层次的两性欲望。

海明威在描写爱情方面技巧娴熟。他经常写对话，相爱中的两个人说的话出奇的简单。海明威在小说中使用了很多对话，没有描写成分，就只是两个人的对话。这样的对话可能持续一夜，而且对话非常简单，每句话都很简短，可能十个字都不到，甚至两个人说的内容好像根本没有涉及感情，但是却显示出了人动物性的一面。

这种默契有时候是生命的一种极致。我们千万不要认为生命的极致表现出来的形式是特别复杂的，认为两个人要滔滔不绝地谈爱情。绝对不是这样的，两个人没什么话，或只说一些特别简单的话，但是背后反映出一种动物性的爱情，而且这种爱情还会持续非常长久。

18、19世纪的爱情故事，开始都有一个非常漫长的求爱过程。求爱的过程其实是不容易写的，两个人的爱情怎么产生，男性如何让女性留下印象等。他们从说话到交往，还要有一些试探性的言辞和举动，感情才能一步一步走向深入，然后他们肯定要在结婚之后才有肉体上的关系。但是在20世纪的小说就完全不是这样了。

比如亨利和凯瑟琳之间各自经历了很多，但是这些经历一直不能把他们分开，每一次他们都走开了又重逢。其实他们没有登记结婚，也没有举办过正式的婚礼，凯瑟琳还是把自己的名字改了。她把自己的名字写成凯瑟琳·亨利，用了丈夫的姓，表示他们已经结婚了，而且两个人完全和夫妻一样。后来，凯瑟琳怀孕了，怀孕时，凯瑟琳经历了太多的苦难。刚发现怀孕的时候她很不好意思，对亨利说："我给你添麻烦了。"战争时期，两个人如果没有登记结婚就有了孩子是非常麻烦的。但是出于对凯瑟琳深深的爱，亨利希望她把孩子生下来。

在小说中，亨利开始属于意大利的军队，跟德国方面交战，但是他不是意大利人。战争后期，意大利的军队中出现一些特殊人物——宪兵，他们专门负责检查军纪。如果军队打了败仗，宪兵有权力惩罚一些军官，对这些军官执行枪决。形势很严峻,亨利也觉得自己很危险,因为他是美国人,说意大利语的时候有口音。如果这些宪兵发现他不是意大利人,首先就会怀疑他是间谍,然后可能不由分说就把他枪毙了。他不想不明不白地被宪兵害死,他要去见凯瑟琳和他的孩子。所以后来在大撤退的时候,亨利在宪兵维持军纪时偷偷逃跑了,把自己的武器和军装统统抛掉。

亨利跟部队彻底断绝了关系,几经波折才找到了凯瑟琳。他们从马焦雷湖的南端,一直沿着岸走,到达了瑞士。瑞士当时是中立国,到达瑞士他们就相对安全了。亨利是美国人,他还有一张支票可以到银行兑换现金,于是他们就生活在美丽的日内瓦湖边,过了一段时间的安稳日子,这段安稳的日子成了《永别了,武器》里最美好的日子。

小说中对爱情的描写充满美丽的言辞,比如两个人在两个地方写情书互诉衷情,而且还有行动,比如在住处的恩爱描写。有一些文学作品会写性爱的场景,而海明威的《永别了,武器》里面没有这类内容。但是他着笔墨写了许多亨利与凯瑟琳由亲密的身体接触产生的温情与爱情,这是海明威了不起的地方。海明威的笔法非常干净,他非常克制。这在很大程度上也是受20世纪20年代文学的影响,那个时候的文学作品中几乎没有性爱场景的描写。此外,凯瑟琳的长相在书中也没有过多描述。《红楼梦》中描写一个女子会用非常繁复的笔法,比如用一些充满诗意的比喻,描述一个女子长得很美。但是我觉得这种诗意的比喻更多的属于少年人,或者属于有些喜欢描写的作家,而海明威并不属于这两类人。

海明威虽然没有说凯瑟琳的长相如何,但书中也会有一些外貌描写,比如,凯瑟琳有一头金色的长发,亨利非常爱她的头发,亨利在凯瑟琳背后看她时觉得她白白的脖子和肩膀很美。还有,凯瑟琳怀孕之后羞于给亨利看自己的身体,因为她觉得她怀孕了,肚子大了,身体不漂亮了,可能还有一些其他变化。这些细节海明威拿捏得非常准确，他的观察非常细腻，这背后其实都体现了两个主人公之间美好的爱情。

然而因为凯瑟琳难产而死，这个爱情故事最终变成一个悲剧。

凯瑟琳年纪比较大，大概30岁，已经属于高龄产妇，而且胎儿也已经长得比较大了。

第一次世界大战期间，医院的条件比较有限，凯瑟琳很长时间也没有把孩子生下来，最终她决定剖宫产。可能是由于脐带缠住脖子，胎儿在宫里就窒息了。后来医生还是把这个孩子抱出来给在产房外面等候的亨利看，可惜那时孩子就已经去世了。但是亨利这个时候完全不考虑孩子，他最担心他的爱人凯瑟琳的身体状况，这一点让人很感动。他根本不在乎是不是有一个孩子以后还叫亨利。他心里只有爱情，所以他始终都在关心着凯瑟琳的身体状况。亨利进入产房看到凯瑟琳，她脸色特别苍白，说话都没有力气了，身体特别虚弱。凯瑟琳因为经历了长时间的生产，此时筋疲力尽。

故事还没有结束，凯瑟琳碰到一个难题——产后大出血，由于她身体太虚弱，医生没有办法止血，凯瑟琳最终去世了。至此，一个动人的爱情故事随着凯瑟琳的死亡而结束。亨利将怎样继续生活我们不知道，也许海明威也不鼓励我们产生这方面的兴趣，小说就此结束。

海明威的笔法很简练，他没有描写亨利后来的痛苦，但是作为读者仍然能感受到亨利的生不如死，感受到这种难以想象的打击，而且这种打击远非言语所能表达。所以这个时候没有描写，胜过描写。

《永别了，武器》揭示了在战争背景下，这些军事组织表现荒唐、完全失去了控制。所以在一个特定的大环境下，亨利决定做一个独立自主的人，跟他爱的妻子在一起，逃离大的战争环境，说他是战争的逃兵绝不为过；但两个人之间爱情的价值，绝不是战争的空头宣传所能比拟的。

关于亨利和凯瑟琳的爱情其实还可以找出很多值得玩味的细节，希望你可以仔细阅读这部小说，品味他们的对话，以及书中非常极致的情节描写，最终从描写里体会一个悲剧性的爱情故事带来的美好憧憬。我想这种憧憬将会变成我们的永久记忆，成为我们阅读记忆的一部分。

《老人与海》
—
人可以被毁灭，但永远不能被打败

The Old Man and the Sea

中国社会科学院·陆建德

📖 作品介绍

《老人与海》是欧内斯特·海明威最广为人知的中篇小说。讲述古巴的一位老渔夫圣地亚哥连续84天没捕到鱼，随后在一次独自出海时，终于钓上了一条硕大的马林鱼。这条马林鱼实在是太大了，把他的小船在海上拖了三天才筋疲力尽，最后被杀死了绑在小船的一边。但在返回途中，马林鱼一再遭到鲨鱼的袭击，老渔夫又不得不和鲨鱼展开一场艰苦的殊死搏斗，最后回港时，马林鱼只剩下鱼头、鱼尾和一条脊骨。人们把海明威作品中的主人公称为"硬汉形象"，他们都具有一种百折不挠、坚强不屈的性格，面对暴力和死亡，面对不可改变的命运，他们都表现出一种从容、镇定的意志力。圣地亚哥是海明威作品里众多硬汉形象中最突出的代表，虽然最后他失败了，但仍不愧是个英雄。《老人与海》篇幅虽短，却蕴含了诸如生命的意志、人与自然的关系、抗争与徒劳等多重主题。

✒ 《老人与海》思维导图

第一节

跑出美国的冒险家海明威

欧内斯特·海明威是美国 20 世纪最杰出的作家之一,《老人与海》是他的代表作。海明威在中国的知名度非常高,《老人与海》早在 1962 年就由吴劳先生翻译成中文。所以很多中国的读者,甚至一些年长的读者,都非常熟悉这部作品。

海明威出生于 1899 年,于 1961 年去世,亲手结束了自己 62 岁的生命。海明威有自己的生活理想,晚年时,他总是觉得自己的写作不太顺畅,认为自己的创作精力在慢慢地走向衰竭,这给他造成了极大的痛苦,所以他最终像他的父亲一样开枪自杀,结束了紧张而艰苦的写作生活。当时,整个世界都为此震惊,美国总统约翰·肯尼迪吊唁他说:"几乎没有哪个美国人比欧内斯特·海明威对美国人民的感情和态度产生过更大的影响。"

这么有影响力的一位硬汉作家,到底过着怎样的生活呢?

在欧美国家,很多人年轻的时候喜欢周游世界,接受人生的种种挑战。他们并不一定要读大学,等毕业后再找一个好工作。"冒险"在英语文化里是一个非常重要的概念。海明威在年轻的时候就喜欢冒险。他非常钟爱西班牙斗牛,认为它是一种艺术,按他自己的话来说,"斗牛是唯一一种使艺术家处于死亡威胁之中的艺术。"

在《死在午后》这部作品中,海明威对斗牛做了极为详尽而深入的描写。海明威曾经说过西班牙是他最喜欢的国家,而对西班牙的这种感情极有可能就来源于他对西班牙斗牛的热衷。《死在午后》和《危险的夏天》

这两本小说是了解西班牙斗牛和海明威个性的绝佳资料。

一个人生活的时代背景对他的影响往往是深层次的，同时也是不易被察觉的。在第一次世界大战末期，海明威作为一个义务兵参战，他的工作是驾驶救护车。在参战的过程中，他看到了大量的战争场景，而且开救护车必定要与伤者、死者打交道，所以战争对他的影响非常深刻。他在20世纪20年代发表的几部作品——比如《太阳照常升起》《永别了，武器》——都把第一次世界大战作为小说的背景。1929年出版的《永别了，武器》曾两度被改编成电影《战地春梦》：1932年由派拉蒙公司拍摄了第一版的电影，该版电影于1934年获得了奥斯卡最佳影片奖提名；1957年上映了第二版的改编电影，这部电影很早就被引入中国，受到了很多人的喜爱。

说到海明威与中国的关系，还不仅仅是引进过一部电影这么简单的事情，海明威与中国还有着不浅的缘分呢！

海明威从20世纪20年代开始声名渐起，喜欢冒险的他不仅参加了第一次世界大战，到了20世纪三四十年代，他甚至在抗日战争爆发后来到中国。当时他和他的第三任妻子记者玛莎·盖尔霍恩应《柯里尔》杂志周刊的请求，一起去了重庆。据说这趟远东之行也算是他们的蜜月旅行。那个时候的海明威刚刚因为售出《丧钟为谁而鸣》的电影版权得到10万美元的支票，虽然这位冒险家对古老、神秘的中国非常向往，但一夜暴富的他对当时中国恶劣的生活环境有着强烈的不满。他们这对拥有巨大名誉的夫妇作为访问中国的美国记者，受到了蒋介石的破格欢迎，在共进午餐时，甚至是宋美龄亲自给他们当了翻译。

海明威在中国的时候，接触过当时抗战军队的一些将军。当时这些将军招待他，拿出很多酒请他喝。海明威个子很高大，我估计他的体重大概是 200 斤或者 200 斤以上。他喝酒的本事也很大，他后来说道，那些将军本来是想把他灌醉的，结果他们自己先醉了，反而他岿然不动。

这个故事是真是假，我们不知道，但是我们可以从中窥出海明威的英雄气概。另外，除了到中国采访，他还去过非洲打狮子，他一直喜欢各种各样的冒险活动，喜欢接受人生的挑战。

海明威对战争抱有什么样的态度呢？在海明威早期的作品里包含了大量的战争场景描写，但是他跟一些左翼作家和左翼艺术家一样，对战争持反对的态度。比如长期生活在巴黎的西班牙画家毕加索，他最有名的画作之一《格尔尼卡》现藏于马德里索菲娅王后国家艺术中心博物馆，这幅画即讲述了西班牙内战。当时西班牙独裁者弗朗哥率领的右翼国民军与左翼共和政府军正在激战，在弗朗哥的请求下，1937 年 4 月，纳粹德国的飞机密集轰炸了格尔尼卡。格尔尼卡是军事重镇，大规模的空袭使得一千多名无辜的平民丧生，而纳粹德国的目的仅仅是为了震慑共和政府军，打击他们的心理防线。当时身在法国的毕加索得知这一惨剧，决定用画笔控诉法西斯的残酷暴行，他仅用了四五天时间便完成了这幅画第一版的草稿。

海明威曾经对西班牙内战予以极大的关注。在西班牙内战期间，整个欧洲有大量的左翼作家，专门从自己的国家赶到西班牙和共和派一起参加内战，和共和派站在一边。海明威也是这些进步作家中的一员，所以海明威有着反对战争的基本立场。

第二次世界大战后，在苏联、东欧和中国，海明威都被认为是一位有着进步思想的作家。这是因为在他早期的作品里，经常做出谴责战争的姿态，他认为很多人在战争中无缘无故地死去，接下来可能就轮到自己了。所以海明威反战的立场在第二次世界大战后受到很多进步人士的欢迎，他本人在中国也有很高的知名度。

但是第二次世界大战以后，海明威有点焦虑。他总是担心再也写不出能够吸引读者的作品。熬了几个年头后，他终于写出一部非常了不起的作品——《老人与海》。《老人与海》实际上是一部中篇小说，它最初于1953年发表在《生活》(*Life*)杂志上。这个杂志在美国非常有影响力，小说刊登后马上风靡全美国，杂志的销量也一下子猛增，卖出了几百万份。很快，《老人与海》又出版了一个单行本，立即又征服了全世界的读者。海明威在1954年获得诺贝尔文学奖，而获得诺贝尔文学奖的作品就是这本在《生活》杂志上发表的中篇小说《老人与海》。从此之后，海明威进入了世界文学大师的殿堂，而《老人与海》也变成了一本享誉全世界的名著。

在介绍这部作品前，我们还需要介绍一点历史背景。现在的古巴是一个独立的国家，但是，曾经在很长一段时间里，古巴是美国的殖民地，成立了政权后也基本听命于美国。直到1960年前后，古巴出现了革命运动，古巴人民在菲德尔·卡斯特罗的带领下取得了独立。独立以后，古巴跟苏联等社会主义国家关系特别紧密，这其中也包括中国。

古巴独立之前，跟美国关系特别紧密，从美国佛罗里达州南端的小岛基韦斯特（Key West）往南，很快就能到古巴了。所以当时很多美国人喜欢生活在古巴，因为古巴的生活成本相对较低，不必花很多钱就可以买到非常好的别墅。海明威在古巴的别墅瞭望山庄（维西亚小庄园）是他同上文提到的第三任妻子玛莎结婚时买下的庄园。这栋在古巴哈瓦那的海明威故居已经于1962年——就是海明威去世的那年——被古巴政府改建为海明威博物馆了。

海明威在这里生活了22年，他对当地渔民的生活有着非常具体细致的了解。他了解渔民的生活，了解他们如何捕鱼，了解他们如何出海，了解他们大大小小的捕鱼船，这对海明威创作《老人与海》来说是一个先决条件。我们现在经常说作家要深入生活，海明威就是一个绝对深入生活的作家。在阅读小说的时候，我们会发现书中提到了各种各样的鱼，这些都是有根据的。

中国自古以来是一个以农业为主的国家，我们生活里较为熟悉的是老百姓怎样种地，我们对于海洋、航海是非常陌生的。在我们的文学传统里，航海的著作不是很多，除非是像《镜花缘》这样的幻想性的作品。但是在世界文学范围内，海洋是一个重大的主题。从古希腊开始，海洋文化对整个世界来说就是特别重要的一部分。

既然海洋文化如此重要，那么西方文学中都有哪些作品是关于航海的呢？

英美文学中关于冒险、海洋的和航海生活的作品多极了。在英国文学中，在小说刚刚兴起的时候就有海洋故事，比如《鲁滨孙漂流记》和《格列佛游记》。而美国文学跟英国文学又有千丝万缕的联系，在19世纪的美国文学里有一部特别经典的著作，它的地位绝对不在《老人与海》之下，这就是梅尔维尔的《白鲸》。小说讲述了美国的一条捕鲸船追捕一头叫莫比·迪克的白鲸的故事，整个过程包含了大量惊心动魄的细节描写。

除了英美文学，法国文学作品中也有很多我们耳熟能详的关于海洋和航海的作品。比如，凡尔纳的三部曲《格兰特船长的儿女》《海底两万里》《神秘岛》。

在欧美文化里，航海是特别重要的主题，海明威创作《老人与海》实际上也是继承了这样的传统，是与美国文学中航海主题的呼应。《老人与海》与《白鲸》也成为美国航海文学中的双璧。

值得注意的是，《老人与海》的主人公圣地亚哥是有原型的。海明威在第一次世界大战后移居古巴，结识了一位名叫格雷戈里奥·富恩特斯的老渔民，他们后来成了很好的朋友，经常一起出海捕鱼。《老人与海》就是根据海明威的这位渔民好朋友的亲身经历写成的。这位名叫格雷戈里奥·富恩特斯的渔民活了104岁，直到2002年的1月才去世。

海明威小说中的英雄有什么特点？跟我们的小说中的英雄有何不同？我们应该怎样看待英雄呢？许多战争题材的作品也包含了英雄主义，但是这和海明威的英雄主义是非常不一样的。因为我们的英雄最终总是打了胜仗，而海明威的英雄打胜仗了吗？我们的英雄一般都是浓眉大眼的青年人，但是我们怎么看待老年人？老年人能不能成为英雄？关于这些问题，海明威的小说将会给我们很好的解答。

第二节
老人与千斤马林鱼的殊死搏斗

什么叫失败？也许可以说，人去做一件事情，没有达到预期的目的，这就是失败。但是，那些与命运斗争的人，那些做接近自己限度的斗争的人，却天生地接近这种失败。

这段话选自王小波对《老人与海》的感悟。接下来我们就一起来领略《老人与海》的魅力所在。

《老人与海》这本书里的人物，除了主人公圣地亚哥，还有谁呢？

小说的主人公当然是古巴老渔民圣地亚哥。但是这部作品里面还有一个非常重要的配角，那就是圣地亚哥的忘年交——小男孩马诺林。这个小男孩也住在渔村，他曾经跟着圣地亚哥一起出海捕鱼。但是老人接连84天一条鱼也没有捕到。马诺林的父母认为老人运气不好，吩咐孩子搭另一条船出海，果然第一个星期就捕到三条好鱼。从那个时候起，圣地亚哥就只能一个人出海了。他每天早晨划着小船到有大鱼出没的墨西哥湾流去，而晚上又总是两手空空回来。孩子每次见到老人空船而归，心里都非常难受，总要帮他拿东西。靠着小男孩的救济，他才能勉强吃顿饱饭。小男孩马诺林对老人有一种深深的敬意和同情。

故事发生的那一天，老人又出海了。这次他也是一个人出海，而且跑得比较远，因为出海越远，钓到的鱼可能就越大。虽然出海远会有种种风险，但这一点老人并不怕，他似乎有着和作者海明威一样的冒险精神。在古巴那一带的湾流里,他非常熟悉海水的情况,知道什么时候该出海、什么时候该回家。因为如果掌握不好时机,可能就有去无回。

渔民打鱼,运气好的时候,能捕到大鱼,但是通常情况下,他们出去整整一天,往往钓不到一条大鱼。显然这次出海的运气也不能算是好的。老人在海上漂流了整整一天,却仍然毫无所获。这种时候老渔民还是笑眯眯的,虽然有点失望,但是依然乐观。

那个年代的渔民出海打鱼,并不是像现在这样拉网的。我们现在的渔轮出海打鱼都是把大的渔网拖在船后面,捕鱼就成了相对简单的事情。但是老人只有一条小小的帆船,没有大的渔网。他是怎样捕鱼的呢?

老人主要是用钓饵钓鱼,就是一个鱼钩上面有一条小鱼,然后把这个鱼钩扎在绳子上,绳子固定在船的一头。这样的鱼钩可能有好几个,分别垂在不同的深度,然后他就在海上划船,慢慢等着鱼上钩。

海边的渔民都想钓大鱼。这位老人也总是觉得好像有一条大鱼在等着他。而钓大鱼也同样需要大的鱼饵,这里的鱼饵经常是沙丁鱼或青花鱼。在老人心里,10 磅[1]重的鱼才算是很好的鱼饵,每一条鱼线也都应该像一支铅笔那么粗,可以想象老人心目中的大鱼得有多大。

就在他以为自己又将一无所获地回家时,他发现鱼钩被触动了。他慢慢地跟着鱼走,他知道鱼已经上钩了,就等着鱼把钓饵深深地吞下去,然后再捕捞这条鱼。但是这一次老人遇到了一个特殊的情况,他碰到了一条非常厉害的鱼,这是一条巨大的马林鱼。

海明威对海里各种各样的鱼非常熟悉,所以他描写老人捕鱼的时候,写到了各种鱼类的特征,除此之外还包括水母、玳瑁、海豚等。但是我们

---

[1] 1 磅 =0.453 千克

一般的读者对马林鱼不是很熟悉。这种鱼一般都有着形如茅钩、边缘却粗糙如砂纸的尖嘴，尾巴的大小和形状都像一把锋利的大镰刀。文中的那条马林鱼体形巨大，最终在小说的结尾，我们知道这条马林鱼从头到尾长达18英尺，也就是5米多长，比老人的船还要长。老人在捕鱼的时候估计了一下，觉得这条鱼大概有1500磅重。所以老人一开始不动声色地坐在船上，他把钓饵的绳子一点点放出去，让鱼放纵地在海面下快速地往前游。

老人意识到这是一场艰苦的战斗。因为这是一条大鱼，困难的地方在于最终怎样来驯服它，把它绑在船边，然后顺利地回到岸边，这个事情说起来容易，做起来则是极其艰难的。起初，老人十分害怕大鱼往下沉，他甚至感谢上帝，保佑这条鱼是往前游的，而不是往下沉的。而且一根钓线同时连接了大鱼和老人，老人十分害怕触动钓线，惊走了大鱼，所以他喝水、吃东西都需要小心翼翼的才行。从中午钓到鱼开始，小船一整夜都跟着鱼往前走，夜里冷了，老人就用晒干了的盖鱼饵箱的袋子围在身上，然后靠在船头，找一个没那么难受的姿势，就这么坚持着。

这么久的时间里，老人几乎是不能动的，但是他的思想没有停滞。这时候老人甚至还在想着棒球赛，想着捕鱼的时候要是有个收音机该多好，他还希望小男孩可以在他身边帮助他。不仅如此，在《老人与海》这部小说里，圣地亚哥还有一些回忆。有一次，他曾经在某一个渔港，跟一个力气很大的人比手劲。扳腕子的两个人势均力敌，不吃不喝的两条硬汉在桌子的两边坐着，坚持了大半天以后，老人最终取得了胜利。这种耐力不是一般人所能想象的。

老人这一次钓到马林鱼面临的挑战要比扳腕子更加艰巨，等待的时间也不只是大半天。在小说的描述中，老人把大鱼当作旗鼓相当的对手，判断它的大小、特性，甚至开始揣测大鱼的心理活动，想象着这样一条大鱼的模样，回忆原来和小男孩一起钓到马林鱼的情形。那时候老人捕捞了一条母的马林鱼，而公的马林鱼一直在船边徘徊流连，最后见老人已经开始清理钓线和鱼叉，公鱼才望了母鱼最后一眼，随后便扎入了深水当中。老人回想到这里，觉得这是在鱼身上所见过的最悲哀的事情了。

不知不觉间天快要破晓了，他感到有什么东西咬住了其中一个鱼饵，为了不打扰那条上钩的大鱼，老人用刀割断了其他鱼线，即便这样会损失惨重，他也觉得这些都不如一条大鱼的价值重要。

后来大鱼猛地动了一下，如果当时老人没坐稳，或者没有快速地放线，那么他很可能被大鱼拖下水去。大鱼动起来的时候，老人的双手还要紧紧地抓住绳索，所以皮肉就被割伤了。在真正开始与大鱼搏斗之前，老人就已经伤痕累累。一位老人孤立无援地与一条一千多磅的大鱼厮杀是非常危险的。但是坚持下来的老人，在这种情况下要怎么捕获这条大鱼呢？

海明威自己是一条硬汉，他知道在极端的情况下，耐力是真正的决胜因素。所以老人开始休息整顿，有时候甚至会打个盹，然后再吃一点生的鱼肉。老人在这种极端的环境中坚持下来，让大鱼继续拖着这条船，耗费体力。最终那条鱼越来越累，变得比较听话，也不再跳出海面了。这时老人才稍微觉得安全一点，因为大鱼如果跳出海面，掉在渔船上，渔船就要倾覆了，那才是非常危险的情况。

在这个较量的过程中，老人同情这条大鱼，甚至把它当作朋友，虽然他觉得大鱼有高贵的自尊，没有任何人配得上吃这条鱼，但是他需要鱼肉。终于，他等到了大鱼忍耐不住的那一刻。大鱼在离老人大概 30 米的水面浮了上来，它在阳光下露出尾巴，呈现出淡淡的紫色，非常美丽。这时候，大鱼开始靠近渔船，老人拿起船上的鱼叉，向鱼的要害部位刺去，刺到之后，它开始慢慢地安静下来了。

因为渔船盛不下这条大鱼，所以老人在鱼死后，把它固定在船的一侧。这个时候出现了一条鲨鱼，这条鲨鱼咬掉了大概40磅鱼肉。老人用自己的鱼叉驱赶这条鲨鱼，当鱼叉刺向鲨鱼后却拔不出来了，鱼叉和鲨鱼一起沉入了海里，但是他杀死了那条鲨鱼。这时老人说出了最经典的那句话："然而人不是为失败而生的，一个人可以被毁灭，但不能被打败。"

来了一条鲨鱼之后，慢慢地，循着马林鱼的鲜血，越来越多的鲨鱼都来咬这条马林鱼。老人用他的桨打鲨鱼，但是用尽了所有的办法，还是不能赶走鲨鱼。就这样，在驾驶着帆船回到渔村的路上，马林鱼一点一点被鲨鱼吃光了。

老人这次捕鱼极其艰难，在海上漂流了三天两夜的时间，最终却没有捕到任何东西——他是空手而归的，而且带回来的鱼骨头也没有任何用途。但是老人最终还是捕到了这条鱼，他内心是骄傲的。

此时我们不禁要问，海明威写这部小说，他想展示的更深层的内涵是什么？是老人在整个捕鱼的过程中，那种绝不屈服的精神。他想告诉我们，人是可以被打败的，但是他在精神上是不能屈服的。

这部小说了不起的地方就是海明威非常熟悉捕鱼的所有细节，对海上情况的描写事无巨细，向我们呈现了一个勇敢的老渔夫形象。老渔夫捕鱼已经超出了生存的意义，最终他通过这个一无所获的过程，向读者、向世人证明了人身上有一种精神是永远不可能被战胜的，这种精神是不能用表面上的输赢来讨论的。

《老人与海》这部小说出版后，全世界一片喝彩之声。很少有作家能如此精彩地处理一个渔民的捕鱼经历。所以这是一部非常杰出的小说，但是这里有一个问题，我自己也是无解的。这个问题就是，老人圣地亚哥的行为是不是值得呢？

第三节
狮子意象与海洋文化

海明威的写作风格是非常奇特的。我曾经看过一张漫画,这张漫画上面的海明威站在一个很高的桌子前写作。他站着的时候,姿势很奇特,一条腿是朝后面翘起来的,也就是说他是用一只脚站着写作的。

你知道他为什么这样写作吗?因为海明威觉得用这种方式来写作会迫使他的表达特别简洁。如果坐在沙发上非常悠闲地敲打键盘,语言可能会比较啰唆,文字也可能会比较放纵。但是海明威追求一种简洁的风格,所以他要单腿站立来写作。海明威的作品尽量避免使用形容词、副词这些修饰用的词语,他往往只呈现一个简单的事情经过,给你一种在现场的感觉。

我们在《老人与海》里也看到,大部分内容都是非常简洁的场景描写,他不大抒情,也不会用很多形容词和副词,绝对没有感情喷涌的时刻。这种风格是值得我们读者欣赏的,也是值得我们中国当代作家借鉴的。

另外,海明威会为写作做很多前期的准备,他会深入生活,体验相关领域的各个侧面,比如前面我们提到的西班牙斗牛、古巴渔民生活等,因此海明威在这些方面的知识都是非常具体、细腻的。

《老人与海》有大量捕鱼的细节,海明威对捕鱼的所有细节是了然于胸的,我们读下来就会觉得他对这一行极其熟悉,他自己就可以做一个称职的渔民。不仅如此,老人圣地亚哥在海上捕鱼时看到的天上飞的鸟、海里游的鱼都可以说出一二,书中动物的种种习性和有关描写都跟现实相符。海明威描写得非常细致、具体,说明他对海上的情况和天上的情况都非常熟悉。可以看出,海明威有非常具体的博物学知识,这一点真是让人非常敬佩。

我们经常讲,要写好一个话题,首先需要深入生活。有时候你会觉得这像是套话,但是从海明威的创作实践中可以发现这并不是句空话。

我们会发现海明威的作品中有一些场景经常出现。在《老人与海》里面,他几次讲到狮子——非洲的雄狮。在小说的结尾处,老人圣地亚哥回到自己的窝棚睡觉,睡梦里他又梦到了狮子。我们知道,狮子是万兽之王,有一种天生的威严。《老人与海》里的狮子是不是在某种程度上,也是这个老人的精神象征呢?老人是不是也跟一头非洲雄狮一样,是兽中之王、人中之杰呢?作者想要传达的是,主人公圣地亚哥不仅是一位古巴海岸边的渔民,他代表着人类的一种精神,这种精神归根结底就是人可能会受到种种挫折,甚至失败,但是他身上有某种东西,是打不败的,是永远征服不了的。这就是小说给我们的启示。

在海明威生活的年代,世界正面临种种挑战和难处,人们担心会不会真的有战争来临。但是海明威意识到,人类即使面临各种难处,最终还是应该对未来抱有积极的信心。所以《老人与海》出版以后,不仅美国人非常喜欢它,全世界各个国家的人都非常喜欢它,因为这部小说向大家传递的是一种人类最终必将获胜的信念。而且这种信念是建立在和平的基础上的。人类必胜,并不是人一定要征服大自然,而是人在与自然共处的时候,要敢于体现自己身上最优秀的品质。

老人在捕鱼的过程中最优秀的品质是什么呢?

前面提到了老人的不屈不挠、绝不放弃的精神。在整个捕鱼的过程中,即使最终没有捕到鱼,老人也是不气馁的,他身上有一种超然的、从容不迫的精神。一方面他在跟鱼搏斗，另外一方面他又好像是生活在物质层面之上的。他对物质生活的要求极低，并不是为物质所限制的一个人。这种精神最终将成为一种对人类未来的乐观预期。

在《老人与海》中，老人圣地亚哥身上有一种非功利的生活态度，他不太在意自己做这件事情一定能得到什么，这是对我们生活的启发。受到老人这种非功利精神的启发，也许我们对生活里很多事情就不会太在意了，比如做一个科学实验，不要害怕失败。

如果我们现在要去做一个实验，可以不要求这个实验必须成功。失败本身也可以向世人证明，这个实验行不通，告诉其他想做同样实验的人，换一个思路也许可以得到更出色的结果。我们的社会其实特别需要不计利害做事情的态度和精神，而这是在科学实验中、在生活中仰望星空的一种能力。

读文学作品不仅是美学欣赏，文学作品跟生活更有着千丝万缕的联系，文学作品往往以其特有的方式阐述哲理，或者向我们提出问题。我们不一定是渔民，我们的工作也不一定是天天出海打鱼，但是我们跟圣地亚哥面临的问题是一样的，就是我们应该怎么生活。

老人的生活非常精彩，虽然他两手空空地回来，但是我们看到了他在这个过程中展现的积极的态度，这是我们大多数人做不到的。在他睡了一觉以后，我相信那个小男孩又会跑出来跟他一起出海。

这里又讲到了小男孩，前面提到小男孩是小说里特别重要的人物，他出现的场景不多，但是他的出现总是让人觉得老渔民圣地亚哥是有传人的，小男孩对他有一种默会。

人与人之间打动人心的最重要的因素是什么？

是默会。就是两个人不必说什么，但是相互理解，小男孩跟老人之间就有这种默会，或者叫作默契。小男孩也在捕鱼的过程中不断地成长，他也会出汗,看到老人花了这么多的时间和精力捕回来一条鱼全被鲨鱼吃光了,他的心里也是难过的。但是我觉得他的心情不仅限于难过,他在难过之余,还会想到这个老人身上有一种特别可亲的精神。这种精神是什么?小男孩不一定有直接的、现成的答案,但是我相信他会在成长的过程中不断寻找、界定这样一种精神,最终于无形之中,把老人的那种精神融入自己日常的生活态度之中。

这是一个小说给我们的非常重要的信息,小男孩在小说里面是一个重要的配角,但是这个配角又预示着在以后的日子里,在还没有写出来的故事里,他会成为一个主角。

这部小说中海明威描写的海洋也是很吸引人的。老人出海捕鱼,一共经历了三天两夜的时间。海明威是怎么样安排老人的时间的?在这段时间里,老人一边紧紧地拉住他的吊索,一边跟鱼搏斗,而且老人还在不断地回忆,所以过去和现在有一个有趣的交融。小说中很多回忆的场景都值得我们特别关注,而且这些回忆的场景对于我们进一步理解这个故事也有很大的帮助。

通过老人的回忆,我们知道他在很长一段时间里都是做水手的,一直跟大海打交道。中国的文化对大海是陌生的,但是海洋真的需要我们去深刻了解,中国现在越来越重视海洋问题,这也凸显了海洋文化在日常生活中的重要性。但是我们的文学里面反映海洋文化的多吗?我觉得还是非常不够的。海明威能写出这样的作品,也从侧面告诉我们了解海洋要花很多时间。希望我们的作家能够向海明威学习,大胆地、细腻地处理海洋文化中的各种元素。

中国非常重视农耕文化,但是我们的文化需要进一步拓展,由农耕文化走向海洋文化,希望大家在阅读《老人与海》小说的同时多多关注海洋和海洋知识。

《麦田里的守望者》
出走少年的精神成长之路

The Catcher in the Rye

南京大学·但汉松

杰罗姆·大卫·塞林格

📖 作品介绍

《麦田里的守望者》是美国作家杰罗姆·大卫·塞林格唯一一部长篇小说。主人公霍尔顿·考菲尔德是一名16岁的中学生，他出身于纽约一个富裕的中产阶级家庭，充满叛逆精神。为了将来能出人头地，家长和学校里的老师都强迫他好好读书，但他看不惯周围的一切，根本无心读书，因而总是受罚。在圣诞节之前，当第四次被学校开除时，他不敢回家，只身一人在纽约城游荡了一天两夜，在电影院里百无聊赖地消磨时光，与此同时，他的精神又十分苦闷，企图逃出虚伪的成人世界。而霍尔顿真正的梦想，是成为一名麦田里的守望者，去拯救那些处于危险之境的人，使他们免受精神的伤害。小说借助意识流天马行空的写作方法，充分探索了一个青少年的内心世界，以青少年的口吻和视角，揭示了资本主义物质文明繁荣的背后，人们精神的空虚和无助。

✒ 《麦田里的守望者》思维导图

第一节
文坛隐士塞林格和美国的 50 年代

今天要介绍的是一部美国文学中的奇书,名字想必你已经听说过,就叫《麦田里的守望者》。

让我们先从一个真实的故事开始吧。1980 年的一个冬夜,甲壳虫乐队的主唱约翰·列侬和他的日本妻子小野洋子回到了纽约曼哈顿的住处。夫妇二人一下车,一个叫查普曼的年轻男子就迎了上来,对着列侬连开四枪,将这位伟大的摇滚音乐明星和文化偶像杀害了。

杀人后,此人异常镇定,安静地待在现场等警察,手里依然翻着一本小说——美国作家塞林格的《麦田里的守望者》。后来在法庭上,这个凶手甚至还当庭朗诵了书中的段落。这段让无数读者耳熟能详的话就是:"我只想当个麦田里的守望者,我知道这有点儿异想天开,可我真正喜欢干的就是这个。"为什么一个青年人在读完了《麦田里的守望者》之后,会产生谋杀约翰·列侬的冲动呢?"麦田里的守望者"到底是什么意思呢?

在回答这些问题之前,让我们先了解一下文坛隐士塞林格。塞林格的全名叫杰罗姆·大卫·塞林格。塞林格 1919 年出生在纽约曼哈顿一个富裕的家庭,和他笔下的主人公霍尔顿一样,都是有钱人家的孩子,所以大概有了更多"作"的资本。他在学校里是个十足的差生,中学时被好几所学校开除,其中就包括纽约著名的大学预科学校麦克伯尼学校。一些评论家据此认为,小说中的潘西中学就是以该校为原型的。

因为实在是烂泥扶不上墙,父亲就将塞林格送到了宾夕法尼亚州的一所军事学院严格管教，总算在 1936 年拿到了毕业证。读大学的时候，塞林格也无长进，在纽约大学只待了一个月就辍学了，跟着父亲学习做火腿生意，但也不是那块料。

他的人生转折点，发生在哥伦比亚大学的夜校，在这里塞林格选修了一门短篇小说课程，并且遇到了一位好老师，此人是纽约《故事》杂志的创刊人和主编。他把塞林格带入了文学殿堂，并鼓励他开始自己的文学创作生涯。塞林格相继在一些杂志上发表了短篇小说，其中就包括赫赫有名的《纽约客》杂志，很快就在文坛崭露头角。

不过，塞林格真正出名是在 1951 年发表长篇小说《麦田里的守望者》之后。不到两周时间，这本书就登上了《纽约时报》畅销书排行榜的首位。塞林格变得家喻户晓，这既给他带来了令人艳羡的名利，但同时也惹来诸多麻烦，其中最主要的就是围绕这部小说的道德标准的争议。既然是写给青少年读的书，塞林格笔下的霍尔顿·考菲尔德实在不算什么行为楷模；相反，此人好吃懒做，不学无术，满嘴脏话，抽烟喝酒，甚至悲观厌世，用现在的话说，这是一部充满了"负能量"的坏书。

塞林格对这些争议不堪其扰，最后隐居到新罕布什尔州的一个偏僻之所，从 20 世纪的 60 年代开始隐居，一直到 2010 年去世时，他都对自己的住处严格保密，拒绝任何采访。我见过的最酷的一张作家照片，就是隐居中的塞林格。这个美男子全身赤裸，叼着烟斗，坐在竖立的行李箱上，然后聚精会神地用汽车后备厢当桌子，在上面用机械打字机写作。后来有人指出照片的主人其实另有其人，但不管怎么样，这都是我理想中的那个写出了《麦田里的守望者》的作家的隐居生活，够酷。据说，他去世后书桌里还藏着 15 部小说手稿，如果能够重见天日那该多么美好！

塞林格有一些与众不同的怪癖，我举几个例子来说一说。

第一，塞林格禁止中国出版社在《麦田里的守望者》的译本封面上用任何插图，封面上除了书名、作者名和译者名，什么都不能放，而且不许有"译者前言"或"译后记"。所以，如果你买到了译林出版社那本孙仲旭翻译的朴实无华的书，千万别投诉这是盗版书。

第二，塞林格禁止任何媒体重新刊登他在1941年和1948年期间发表的早期的短篇小说，大概是他觉得这些青涩的试笔之作不应该再被读到。除了1951年的《麦田里的守望者》，最为读者熟知的就是1953年出版的《九个故事》，这里收录了他发表在《纽约客》和《哈泼斯》杂志的9篇短篇小说，这是塞林格觉得拿得出手的作品。其中最有名的一篇是《逮香蕉鱼的最佳日子》。20世纪60年代，塞林格还出版了一部中篇小说集，以及一部短篇小说集《弗兰妮与祖伊》，书中的两个故事也是曾经在《纽约客》杂志发表过的。目前，塞林格研究者最感兴趣的，就是绕过作家生前定下的死规定——拍他的纪录片、写他的传记、窥探他的生活、出版他早期的短篇小说。

第三，塞林格禁止将他的作品改编成电影电视。奇怪吧！所以直到今天，我们已经有了三四个电影版的《了不起的盖茨比》，但没有一个电影版的《麦田里的守望者》。他早年曾经允许将《九个故事》中的一篇改成电影，但票房惨淡，后来塞林格干脆一律回绝任何影视改编邀约，哪怕卖出电影版权会赚很多钱。据说斯皮尔伯格都动过念头要拍《麦田里的守望者》，但也吃了闭门羹。

第四，塞林格隐居时迷上了东方宗教，据说生活过得相当怪异。据女作家乔伊斯·梅纳德出版的回忆录记载，她在20世纪70年代就读于耶鲁大学时，曾经搬到塞林格家中与他同住，当了这位隐士八个月的情人，后来因为受不了和他一样每日参禅打坐，整日只吃瓜子和半生不熟的羊肉，所以被赶了出来。据塞林格的女儿说，她父亲在半个世纪的隐居中风流韵事不断，还对禅宗、印度教、基督教科学派等宗教充满了狂热。

这些关于他的古怪逸闻就先说这么多，据此大概也能拼凑出一个无法定义的塞林格的形象。但其实我们还漏掉了他生命中最重要的一段经历，那就是第二次世界大战。

塞林格是个老兵，他在1942年至1945年期间在美军陆军通信兵团服役，参加了血腥无比的美军奥马哈海滩登陆、解放达豪集中营和让盟军伤亡惨痛的突出部战役，获得了五枚战斗勋章。有评论家指出，尽管塞林格在后来的作品中鲜有提及"二战"残酷的战斗场面，但作家在战场上亲身体验的人类浩劫，成了他无法磨灭的创伤，这些创伤又以隐秘的方式，进入到潘西中学那个男孩的心灵深处。

值得一提的是，塞林格在战场的枪林弹雨中一直没有落下写作，他一直将便携式打字机放在吉普车上，一有空就给他追求的获得过诺贝尔文学奖的美国剧作家尤金·奥尼尔的女儿写情书，当然也写短篇小说。所以，千万不要将《麦田里的守望者》当成是一个纽约富家公子的无病呻吟之作。这部小说的确充满了"负能量"，但它来自一个亲历过20世纪最可怕的灾难的人，一个见到过人类文明最深的伤痕的人。

为什么《麦田里的守望者》会在美国20世纪50年代产生如此巨大而持久的影响力呢？

这里其实有一个历史的语境。虽然第二次世界大战，尤其是太平洋战场，让美国付出了巨大的代价，但和欧洲、亚洲相比，美国本土在战争中几乎毫发无损。美国在战后迅速迎来了经济的巨大增长，物质主义和消费文化成了主流价值观，同时艾森豪威尔这样的英雄成了美国总统，美苏冷战的紧张气氛又日益高涨，整个美国社会处于一种令青年人感到窒息的文化保守主义中。换句话说，这是一个经济富足、生活无忧的时代，但同时也是一个乏味无趣、戒律森严的时代。

《麦田里的守望者》如一声惊雷，在这样的文化环境中炸响，给那些父权文化下困顿的青年人一剂强心针。霍尔顿这个 16 岁的问题少年，迅速成为同龄人的文化偶像，他代表了叛逆和反体制的精神，他对于这个笼罩在物质消费和虚假爱国主义之下的美国社会的厌恶，在那一代人中产生极强的共鸣。反戴着红色猎人帽、抽着香烟、满嘴下流话的霍尔顿·考菲尔德就出现在这样一个新旧交替的历史时刻。之后美国文化中还会出现更多的"坏孩子"，比如《无因的反抗》的男主角詹姆斯·迪恩，比如摇滚乐的先锋人物鲍勃·迪伦，比如"垮掉派"中的杰克·凯鲁亚克和艾伦·金斯堡等。

所有这些反叛的异端，都成为 20 世纪 60 年代的先驱。美国在接下来的 10 年会出现更具影响力的"反文化运动""嬉皮士运动""反战游行""伍德斯托克音乐节"等。不难想象，那些 20 世纪 60 年代的嬉皮士都是从小读着这本《麦田里的守望者》长大的。读塞林格的这本书，像霍尔顿那样说话、逃学、抽烟、戴帽子，这仿佛已经成为那一代少年的"成年礼"。当时在美国男孩中一个时髦的事情，就是偷偷找到这本书，然后在宿舍熄灯后点着手电筒在被子里读。

20 世纪 50 年代的青年读者有多么热爱这本书，当时的家长和道德卫道士们就有多么痛恨这本书。据说有个愤怒的家长对小说里的脏话做了统计：全书共有 237 个 "该死的（Goddamn）"、58 个 "混蛋（bastard）"、31 个 "天啊（Chris sake）" 和 6 个 "f" 开头的单词。即使在大家看到的中译本中，这些脏话的翻译也经过了一定的文明化处理。

在 20 世纪 50 年代的美国保守主义氛围中，一本青少年读物有这么多脏话是多么可怕的事情！很多美国家长和学校图书馆都将这本书作为禁书，甚至还有美国老师因为在课堂上讲授《麦田里的守望者》而被迫辞职。可是，我们知道，就如同亚当和夏娃偷吃的那个禁果——越被禁止，这本书就越充满了无穷的魅力。

最后值得一提的是，《麦田里的守望者》对中国读者来说，也同样具有巨大的冲击力。

中国早在 1963 年就有了施咸荣先生的译本，后来译林出版社在 20 世纪 90 年代购入此书的独家版权，然后又有了孙仲旭先生的译本，其中一个版本从 2012 年第一次印刷，到 2017 年已经重印超过 15 次，这本书在中国的畅销程度可见一斑。改革开放后，中国文坛出现的先锋派小说家，不少人都深受该书的影响，比如余华早期的成长小说《在细雨中呼喊》，里面的主人公明显带有霍尔顿的影子；苏童也承认，塞林格是他读大学时最为钟爱的外国作家。

所以，这部小说之所以伟大，是因为它诞生于美国特殊的 20 世纪 50 年代，但同时它表达和探索的那些人类经验，其实又是超越地域和时间的。

这一节，我们主要介绍了"文坛隐士"塞林格其人其事，以及小说的写作背景和文化影响力。下一节，我会介绍小说的人物和故事结构，同时带你重点剖析小说的前半部分，也就是主人公在潘西中学的故事。

第二节
一个 16 岁的少年为何愤怒

小说的前半段，讲述了霍尔顿在潘西中学心灰意冷，决定提前乘火车去纽约。在深入到小说的细节之前，我们先介绍一下《麦田里的守望者》的情节结构和人物图谱。

用最简单的一句话概括，这部小说讲述了一个 16 岁的问题男孩在圣诞节之前的三天三夜发生的故事。故事可以分为两个部分，前半段讲述了霍尔顿因为成绩不好，与宿舍同学斗殴，然后逃离潘西中学的经历，而后半段则将背景放在了纽约市，展现了霍尔顿在大都会的各种历险。

小说是以霍尔顿为叙述者来展开的，这也是文学中的第一人称视角。你在阅读本书时，仿佛能感到这个男孩就在对面。他各种活灵活现的讲述，你可绝对不能照单全收，他对周围老师、同学、出租车司机、父母、纽约路人等诸多人物的褒贬，都是从他的视角展开的。

小说的主人公是霍尔顿·考菲尔德。霍尔顿有一个妹妹，名叫菲比，是一个 10 岁的可爱女孩，她在学校是优等生，聪明伶俐，生活和学习都井井有条，深得霍尔顿的喜爱。他们的兄妹情是小说中最为柔软的部分。霍尔顿有一个哥哥——D.B.，作为大哥，他有着出色的文学才能，却为了生计在好莱坞从事商业剧本创作。霍尔顿与 D.B. 颇为疏远，他痛惜大哥没有好好写严肃的文学作品，将自己的才能出卖给了电影公司。霍尔顿还有一个弟弟，名叫艾里，幼年早逝的他是全家人挥之不去的痛。艾里在霍尔顿心里是最完美的孩子，弟弟去世后霍尔顿总是会想起他。

再说说霍尔顿的女性朋友——简，虽然她从未在小说里真正露面，但却和艾里一样，是小说内部隐而不显的存在。这个女孩是霍尔顿心心念念的女神，两人曾有过一段青梅竹马的美好时光。他与舍友打架是冲冠一怒为红颜，在纽约鬼混的日子里，他总惦记着给她打电话，但始终也没打成。如果简是霍尔顿精神上想象的灵魂伴侣，那么萨莉就是他现实中的女伴。他一方面觉得这个女孩虚荣、愚蠢，但另一方面又在纽约约她出去滑冰、看戏，甚至还想过带她私奔到马萨诸塞州或佛蒙特州。

霍尔顿还有几个挂在嘴边的中学室友，一个是又脏又臭的阿克利，一个是又帅又拽的斯特拉雷德，没有任何人是他真正的好友，他打心眼里鄙视这些人，但他有时候又热衷于与这些家伙插科打诨。

霍尔顿还有两个老师，一个是上了年纪的历史老师斯潘塞，虽然他对霍尔顿非常关心，让他临走前去道别，但霍尔顿忍受不了他的说教。另一个老师叫安托利尼，曾经教过他英语，是他打心眼里尊敬的老师，他也愿意接受安托利尼对自己的人生教诲。但是，这个人后来也让霍尔顿感到了幻灭。除了这些人物，还有一些更次要的过场人物，这里就不一一介绍了。

接下来，我们进入小说的前半段。

叙述者霍尔顿一开始就告诉读者，他是一个无可救药的学生，四次被学校开除。他现在就读的潘西中学位于宾夕法尼亚州的埃吉斯镇，潘西中学是虚构的，埃吉斯镇也是杜撰的地名。但你可能不知道，在宾夕法尼亚州上这样的一所大学预科学校意味着什么。我曾去过新泽西州的一所预科学校参观，名字叫劳伦斯威尔高中。和潘西中学一样，这所学校是独立的大学预科寄宿学校，适合 9 至 12 年级的学生。这样的地方办学条件极好，学费极高，甚至不低于哈佛大学、耶鲁大学本科生的学费，来这里的学生家境都不会差，同时也是奔着美国常青藤大学去的。

霍尔顿的父亲很有钱，所以经得起儿子这般折腾，但因为他实在讨厌学校，期末考试大多不及格，他只能再度面临退学。霍尔顿对此处变不惊，他盘算着自己如何先玩几天，然后按照原定计划，在圣诞节前返家和父母摊牌。

只要读几页，听着霍尔顿满腹的牢骚，我们大概就能明白他如此愤世嫉俗的原因。潘西中学最令他厌恶的是虚伪。"虚伪（phony）"这个词，会成为这本书主人公的口头禅。在霍尔顿看来，这个学校集合了美国"最虚伪的杂种"，从校长到老师，从学生到家长，莫不如是。

潘西中学在广告中宣传的是培养上流绅士的精英教育，但实际情况却完全不是如此。霍尔顿告诉读者，给宿舍楼捐款的校友富商奥森伯格不过是靠廉价殡葬生意发的家，在学校演讲时却言必称上帝和耶稣，结果下面的学生恶搞，放了一个巨响的屁来回应。霍尔顿这个小孩虽然毒舌，但叙述中充满了十足的冷幽默，这是我们读小说时一个很享受的地方。

霍尔顿临走前先要去见历史老师斯潘塞，这个已经"老得不中用"的历史老师代表了传递美国传统价值观的那一代人，但是他和霍尔顿的代沟是不可逾越的。他爱读的那本杂志叫《大西洋月刊》，这是一本重要的保守派杂志，立场正好和代表民主党自由派态度的《纽约客》相对。天天读这种刊物的老朽，估计脑子里全是美国"天定命运论"之类的无聊说教。

果不其然，他见到霍尔顿就开始兜售那套"人生比赛论"。他说："人生的确是场比赛，孩子。人生的确是场比赛，你得遵守比赛规则。"霍尔顿嘴上没有反驳，但心里完全受不了这套说辞，他心里暗想的是：如果这本身就是一场肮脏的比赛，那我也必须参加吗？也必须遵守那些狗屁规则吗？霍尔顿的这种想法，在具有叛逆心理的青年一代中非常具有代表性，那就是：不要教育我这个规则、那个规则，最重要的是我压根不想参与父辈制定规则的这种比赛。

人生是场比赛不假，但我们就不能选择自己喜欢的比赛吗？

满心失望的霍尔顿离开老师家，回到了宿舍。这时，他将唠叨一大段和舍友阿克利发生的琐事。逃离了历史老师的说教，回到同龄人身边，这并没有让主人公心里更舒坦，因为他发现这些尚未进入成年世界的少年同样污浊不堪。此时的宿舍并没有其他人，因为大家都去看橄榄球比赛了。不一会儿阿克利回来了，阿克利18岁，身材高大，满脸粉刺，在成年人身材的躯壳里，住着一个没开窍的大男孩。按照霍尔顿的说法，此人从不刷牙，牙齿上仿佛长满了苔藓，而且不知好歹，特别招人烦。

另一个回到宿舍的讨厌鬼是斯特拉雷德，他在颜值上与阿克利代表了两个极端，在情场上春风得意，和各种女孩打得火热。这次他急匆匆回来，是为了和邻校一个女生约会，甚至还嘱咐霍尔顿这个退学生替他写一篇作文。

在三个男孩的宿舍胡闹中，出现了一个关键的名字，那就是简。请记住，这个人对霍尔顿后来一系列反常举动的影响，远远比他口头上承认的要大。

霍尔顿无意中得知，原来斯特拉雷德这个花花公子晚上要去约会的对象，就是他前几年的邻居玩伴——简。尽管霍尔顿嘴上似乎从来都没一句好话，但读者很快就能从他的自述中感受到，简在他心中的地位不同寻常。令他印象最深的是简下国际跳棋时的怪癖：她的棋子一旦变成了王棋，就不挪动了，只是把王棋放在后排摆开。用霍尔顿的话说："她只是喜欢把它们全放在后排时的样子。"多说一句，按照国际跳棋的规则，每盘比赛王棋的数量并不固定，白兵和黑兵分别行棋到对方王棋位即可成为王棋。

简的这种下法，显然是有问题的，她似乎并不愿意全盘接受这个模仿现实战争的跳棋规则。或者说，她在用一种极端保守的方式下棋，她特别害怕棋盘上的搏杀，她害怕伤害别人，也害怕被伤害。

还记得历史老师那个关于人生如比赛的话吗？比赛就是游戏。

霍尔顿之所以不断地和室友提自己与简下棋的事，是因为他希望这句话能传到简的耳朵里，他相信只有他这样用心的男孩才能从简下棋的怪癖中，看到她内心最本真、最与众不同的东西，那就是和霍尔顿一样，她也不愿意按照成年人的规则参与游戏或比赛。

霍尔顿如此为简揪心，还有另一个原因。通过霍尔顿的讲述，我们知道简的家庭并不幸福，母亲离婚后再嫁的男人是个酗酒的混蛋。霍尔顿以一种未成年人少见的世故和敏感，同情简的不幸，并从她下棋的异常保守与怯懦，猜测她可能在家里受到了继父的暴力。所有这些，是那个急匆匆出去与简约会的斯特拉雷德不知道的，也不感兴趣的。霍尔顿鄙视斯特拉雷德，因为他满脑子想的都是与女孩上床；霍尔顿痛恨斯特拉雷德，是因为他害怕已被伤害的简会在这个浪荡子的手中再次遭到荼毒。

斯特拉雷德约会回来后，霍尔顿表面上满不在乎、骂骂咧咧，其实心里痛极了，这一点我们可以从他顾左右而言他的说话方式看出来。每当霍尔顿心情焦虑紧张，他说话就特别跳跃、前后不一致。当斯特拉雷德回来，告诉霍尔顿他们是在汽车上约会时，霍尔顿的心态立刻崩溃了。他知道这意味着什么，因为这个家伙最喜欢在汽车后座上夺走女孩的贞操。失控的霍尔顿打了斯特拉雷德，结果反过来被强壮的对方一顿暴揍，打得满脸是血。

每次读到这里，我都会特别感动，和阿克利的愚蠢、斯特拉雷德的色欲不同，霍尔顿对简有着一种骑士精神一样的爱和尊敬，他愿意为保护这个女孩牺牲自己。有一个细节也很有趣，霍尔顿在学校是击剑队的，但是在外出比赛时他把剑具落在了火车上。霍尔顿是一个丢掉了剑的骑士，他被学校驱逐，他无法保护自己暗恋的女孩。

另一个细节，就是霍尔顿替人写作文的那一段。这个很有语言天赋的差生写了弟弟用过的棒球手套。这是一个被艾里写满了诗歌的手套，但这个可怜的孩子却因为白血病而夭折。弟弟艾里死后，当时13岁的霍尔顿极度悲痛，甚至用拳头打玻璃窗户来发泄，最后被父母送去做心理辅导。

塞林格的战争创伤，那种挥之不去的死亡记忆，其实已经隐秘地进入了霍尔顿的世界。死亡带给我们最大的创伤，是它让人间最美好的生命戛然而止，而那些丑陋的、邪恶的人却活得好好的。艾里是霍尔顿心中的另一个自己，一个充满希望的完美自我，但是他却早早地死去了。

正是因为那天晚上有了这些看似琐碎的小事，喧闹的宿舍男生打斗背后就有了一种更深的悲伤。霍尔顿为什么决定改变计划，一分钟都不想在潘西中学多待，当晚就要坐火车去纽约？正是因为他在那一刻感到了彻底的孤独和绝望。不是因为被开除，不是因为被揍，而是因为他想到了艾里，想到了简，同时发现了未成年人世界里的肮脏和丑恶。这里特别需要留意的是，霍尔顿对这个世界的愤怒，源自那个"人生如比赛"的比喻，源自简下跳棋的怪癖和艾里的棒球手套。

第三节
霍尔顿的纽约历险记

霍尔顿离校出走前在潘西中学发生的事情看似琐碎，但对我们了解这个少年的心事意义重大。在小说的下半部分，生无可恋的霍尔顿坐上了开往纽约的火车。

一个少年的出走，往往是成长小说必然的发展方向，就如同另一部美国经典小说《哈克贝利·芬历险记》中的主人公，走向了未知的黑夜城市。一般而言，在路上的少年可以经历成长的关键时刻，迈向成年。

然而，塞林格可没兴趣写一部中规中矩的少年成长小说。事实上，叙述者霍尔顿从一开始就警告读者，不要把接下来的故事当成"大卫·科波菲尔式的屁话"。

霍尔顿进入纽约的旅程是一次堕落的旅程：成长，即意味着堕落，这是他站在成年人世界的门槛前最重要的发现。按照美国有名的文学评论家哈罗德·布鲁姆的看法，霍尔顿是当代版本的哈克贝利·芬，他的曼哈顿历险记几乎就是一次坠入地狱的见闻录，见到的是变态者、妓女、皮条客、无脑的电影粉丝、自大狂、醉鬼……

如果成长意味着与这些人为伍，那么为什么要长大？为什么不阻止简、艾里、菲比这样天真烂漫的孩子重蹈覆辙、坠入深渊？

霍尔顿带着这样的愤懑，从纽约潘恩车站，走入了纽约的黑夜。他的第一站是埃德蒙特旅馆。入住之后，他开始把自己想象成纽约男人，四处去找乐子。他先给一个脱衣舞女郎打电话，惨遭拒绝后又去旅馆大堂的吧台勾搭女人，同样也吃了闭门羹。

这里，你需要注意一个阅读秘密，那就是霍尔顿试图向读者传递的自我形象和小说其他人物看到的霍尔顿是有差别的。叙述者试图让我们相信他是夜场老手：他熟练地抽烟，油腔滑调地搭讪女生，甚至说自己千杯不醉。但实际上发育不良的霍尔顿无论如何吹牛，明眼人一下就能看破——他不过是个装大人的小屁孩罢了。

霍尔顿决定打车去格林威治村的一家夜总会，听黑人钢琴师弹琴，但那里同样藏污纳垢。每个人都那么虚伪势利，他觉得自己被一群蠢材包围，心烦意乱下只能不停地抽烟喝酒，甚至出手阔绰地给别人买酒。

回到旅店，百无聊赖的霍尔顿遇到了电梯管理员莫里斯。此人原来是一个皮条客，提出要介绍小妞到霍尔顿的房间。在这里，我们可以彻底认清霍尔顿的心口不一。在学校宿舍和夜总会，我们的主人公霍尔顿表现出一个约会达人、情场高手的样子，像电影里的不良少年；但当他在半推半就下被塞了一个女人到房间里，他立刻就露怯了。

第十三章是全书的一个小高潮，霍尔顿在回去的路上就向我们兜底了：他其实是个胆小鬼，只是尽量不表现出来。同学偷了他的手套，他会在脑海中想象多个来回如何与嫌疑人对峙并动拳头，但实际上他有心无胆。霍尔顿的这种虚假英雄气概延续到了桑妮进屋，他一面支支吾吾承认，自己其实还是处男之身，一面又觉得这个机会不错，可以先练练手，以免下次勾搭女人时露怯。结果去开门时，霍尔顿因为过度紧张而摔了个狗啃泥，为此他自我打趣说："我摔跤的时机总是绝佳，不是绊到手提箱就是别的什么东西。"

聪明的成年读者此时大概已经肚子都笑疼了，但霍尔顿的露怯才刚刚开始。他吹嘘自己性欲高涨，举手投足尽量模仿资深嫖客，但当桑妮脱掉上衣坐在他身上，他立刻感到"心里的沮丧感远远超过了性冲动"。他提出要和她聊聊，嫖资照付。

你千万不要认为这仅仅是一个男孩初夜前的临阵退缩，我认为霍尔顿明白，失去童贞就意味着失去了通向成年世界的最后一道屏障。他的沮丧感不是来自性无能，而是他担心自己会变成另一个斯特拉雷德。

霍尔顿退缩还有另一个原因，因为无论他嘴上如何尖酸刻薄，他总是习惯性地以小说家的共情去打量眼前的这个女孩，而不是仅仅将她作为发泄性冲动的工具。他难过的是，这样的女孩如果白天去店里买衣服，售货员可能以为她只是普通女孩，却不知道她晚上的皮肉营生。

霍尔顿的观察力是惊人的。读者很快就能意识到，这个桑妮是个立体的人物：她很瘦，疯狂地热爱电影，白天整日泡在电影院里，对好莱坞电影如数家珍，或许她的偶像是玛丽莲·梦露，或许她也有着自己的明星梦。然而，现实是残酷的，尽管霍尔顿不想用钱去买肉体，但桑妮却依然用成年人的残酷规则对待这个少年。桑妮拿到应得的钱后，又和莫里斯联合起来，讹诈了霍尔顿5美元，并狠狠揍了他一顿。第二次被打的霍尔顿躺在地上，满脑子想的是自己化身成电影的男主人公，腹部中弹后英姿飒爽地去复仇。

这里，我们通过霍尔顿的讲述方式，再次看到了这个16岁少年的精神结构，那就是他对于性的焦虑、对于男性气质的焦虑、对于成长本身的焦虑。

接下来，是小说从黑夜到白昼的转场，也是霍尔顿从肉体追寻到精神追寻的转场。

霍尔顿在夜晚的曼哈顿受到了成人世界的暴击和讹诈，于是决定在天亮后回到自己的舒适区，和同龄人交往。霍尔顿打电话约现实中的女伴萨莉去看戏和滑冰，这大概是他在纽约的一些固定的娱乐项目。从旅店退房后，霍尔顿在去约会的路上，心境发生了重大变化。首先，他遇到了两个修女。如果说前一夜的那些荒唐事是霍尔顿在地狱里的遭遇，那么与修女的邂逅则是他的一个精神转折点。霍尔顿给修女捐了10美元，这对他来说是一大笔钱，他想从修女那里找一些精神启示，但修女更愿意谈的却是《罗密欧与朱丽叶》，这是一处精妙细腻的反讽。

没有从修女那里找到宗教的救赎，霍尔顿决定去百老汇的唱片店，给心爱的妹妹菲比买一张她心仪已久的唱片。在去唱片店的路上，他无意中听到一个小孩子唱的一首歌谣，其中一句就是："如果有人抓住别人在穿越麦田。"你或许会眼前一亮，的确，这就是小说那个著名标题的源头。

在纽约处处不顺的霍尔顿听到孩子唱的这句歌词，心境有了奇妙的转变，他说自己"感觉好了点，不是很沮丧了"。如果我没有记错，这是小说中霍尔顿第一次提到自己心情变好。不过唱者无心，听者有意，霍尔顿此时的精神天平抵达了临界点。这句歌词在他的脑海里挥之不去，他开始将麦田想象为一个对儿童而言潜藏着巨大危险的地方，而不是我们望文生义的美好田园。

这里的麦田究竟有什么危险呢？

霍尔顿穿过中央公园，去旁边的自然历史博物馆找妹妹，结果妹妹没找到，却找到了关于"危险"的答案。他想到了自然历史博物馆的印第安人村落，如同里面陈列的那些动植物标本一样，永远不会随着时间的流逝而改变。然而，当孩子们年复一年地被老师组织来博物馆参观，每来一次都意味着这些孩子长大了，改变了。博物馆的一切都浸泡在时间的福尔马林里，但那些孩子们没有，每一次去博物馆，他们的童年都在一点点消逝。

这是霍尔顿最恐惧的危险：白血病已经夺走了他的小弟弟艾里，而一去不回的时间又要夺走菲比的童年。

这样一个黑暗的人生领悟，伴随着霍尔顿和萨莉的约会。百老汇的戏让霍尔顿觉得倒胃口，幕间休息时萨莉与一个大学生亲热地攀谈，这又让霍尔顿掉进了醋坛子。看完戏，两个人在无线广播城滑冰，感情似乎一度到了顶峰，霍尔顿突然对着与他三观完全不同的萨莉做了史上最幼稚的表白：他建议两人带着180美元的积蓄私奔，逃离无聊该死的家庭、学校和纽约，去马萨诸塞州或佛蒙特州，找一个面朝大海、春暖花开的地方，过男耕女织的生活。

当然，萨莉以成年人的理性一口回绝了他，并给他的浪漫理想泼了一盆冷水。霍尔顿突然意识到自己的愚蠢，读者也开始明白主人公心智的弱点——这个少年不仅是语言的巨人，行动的矮子，而且对爱情十分盲目。

小说的尾声，也是《麦田里的守望者》最催泪、最深情的地方。

虽然霍尔顿继续用二流子的口气在讲述，但读者却已经潸然泪下。最打动我的地方，是霍尔顿晚上潜回家里，想在离家出走前再看妹妹菲比一眼，并借点盘缠。小小的菲比一眼看穿了哥哥被学校开除的真相，她慷慨地拿出全部的积蓄——8.65美元——交给不争气的哥哥。这时，霍尔顿——那个丢掉了击剑装备的骑士，那个厌恶好莱坞电影，热爱《了不起的盖茨比》的大男孩——哭了，而且用他的话说："一旦哭起来，就他妈不可能说停就停。"

读到这里，你会不会和我一样，也有点心疼这个男孩？他对成年人的世界充满了刻骨的偏见，但也不乏敏锐的洞察力；他对生活充满了不切实际的幻想，但又在骨子里保留了可贵的单纯与美好。

他把自己珍爱的红色猎帽送给菲比，算是临行前的信物托付。霍尔顿决定去找当年的英文老师安托利尼先生。这个中年人是他在潘西中学最尊敬的人，他也曾赏识过霍尔顿哥哥 D.B. 的文学才华，力劝 D.B. 不要去洛杉矶写那些商业剧本。安托利尼不像斯潘塞老师那样讲老一辈的大道理，但他依然给霍尔顿上了一课。斯潘塞老先生希望他能遵守成年社会的比赛规则，而安托利尼老师则十分理解霍尔顿对这个世界的巨大失望，但是他认为：为了这种失望而彻底退出生活，并不是勇敢者的选择；相反，真正的成熟和勇敢，是"愿意为了某个理由而谦恭地活下去"。我觉得，安托利尼的这句话很像罗曼·罗兰的名言："世界上只有一种真正的英雄主义，就是认清了生活的真相后还依然热爱它。"这里，也有萨特存在主义的影子。

那个值得霍尔顿"谦恭地活下去"的理由又是什么呢？显然不是为了英文老师的期待。

霍尔顿欲言又止地告诉我们，睡在老师家的沙发上时，他突然惊醒，发现安托利尼坐在旁边抚摸他的头。霍尔顿以自己并不牢靠的直觉，判断这个老师是同性恋，他立刻仓皇逃出老师家，在外面的长椅上过了一夜。第二天早上，即将搭便车去西部的霍尔顿决定还是把钱还给妹妹，可没料到菲比穿着蓝色大衣，拖着皮箱出现在他眼前，坚定地说要和他一起去远方。

霍尔顿在那一刻立刻打消了离家出走的念头，因为他在菲比无条件的信任眼神中，找到了那个让他"谦恭地活下去"的理由，哪怕这意味着要被父母送去精神病院接受心理治疗。

故事在这里戛然而止，留在读者心里的，是那个漂亮可爱的菲比坐在旋转木马上的样子。我们的"麦田守望者"放弃了勇闯西部的英雄梦。他将来会成为什么样的人？一个碌碌无为的庸人，还是后来的塞林格？我不知道，但可以确定的是，霍尔顿在这里经历了某种道德成长。他经历了幻灭，但也明白了人生的责任。

我想你一定还有一些困惑。比如，"麦田的守望者"究竟是什么意思？红色猎帽和鸭子究竟是什么象征？塞林格究竟是更像D.B.，还是更像霍尔顿？接下来我将回答这些疑问，对这部小说的文学技巧和思想内涵再做一次整体性的回顾，并努力挖掘小说中的一些彩蛋。

第四节
麦田捕手、鸭子、红色猎帽及其他

前三节我们较为全面地梳理了这部小说的创作背景和故事结构,也以点带面地赏析了书中最精彩的一些章节段落和故事细节。现在我们跳出小说叙事的固定顺序,对作品解读做一些拾遗的工作。

首先,我们来集中聊一聊"麦田里的守望者"究竟是什么意思。前面介绍过,"麦田"这个关键意象浮现在霍尔顿的意识中,是因为他在去唱片店的路上,看到一个可爱的小孩独自沿着马路走过,边走嘴里边唱"如果有人抓到别人在穿越麦田"。后来,菲比告诉哥哥,其实这句歌词来自苏格兰诗人罗伯特·彭斯的那首《穿过麦田》,而且正确的说法应该是"如果有人碰到别人在穿越麦田"。也就是说,霍尔顿其实听错了 10 岁的小妹妹都能听懂的苏格兰歌谣,彭斯原文说的是"碰到"(meet),而不是"抓到"(catch)。

为什么霍尔顿会听错?一是当时在大街上,听不真切,二是霍尔顿对英国文学不熟悉,但我觉得还有一个解释。按照弗洛伊德心理学的解释,我们的口误其实反映了某种心理上的无意识。霍尔顿之所以听成了"抓到",或许是因为这个词一直潜伏于他的潜意识中。

还记得霍尔顿在小说开头替同学写作文吗?内容就是弟弟艾里的那个棒球手套。棒球手套是弟弟最钟爱的东西,寄托了他童年的梦想。这是一个左撇子用的外场接球手套,艾里就是个左撇子,他在这个手套上抄满了诗句,因为"他想当他站在外场,但没人击球时可以读一下"。台湾地区的翻译将书名翻译成"麦田捕手"而不是"麦田里的守望者",就是想到了书名与棒球的这层联系。

捕手是棒球运动中的重要位置，英语是 Catcher，通常简写成 C。棒球捕手被戏称为"场上的教练"，因为他的职责非常重要，不但要眼观六路、耳听八方，而且面对时速为 130~150 千米的投球，是绝对没有闲暇在场上读诗的。而且，由于传球方向的关系，捕手绝大部分由右撇子球员担任。所以，艾里的左撇子棒球手套其实是一个充满童年谐趣的梦，也注定是一个无法实现的梦。霍尔顿看见那个天真烂漫的男孩，沿着马路走在大街上而不是人行道上，对儿童来说，这绝不是安全的走法。所以，霍尔顿看到这个孩子的那一刻，应该想到了艾里，想到了艾里那个并不实际的棒球手套，从而下意识地把"碰到"听成了"抓到"。

这当然是一个美丽的错误，一旦动词"抓到"出现，霍尔顿就开始按照自己的方式组装起了想象。在霍尔顿和妹妹菲比的那段经典对话中，菲比反复追问他在这个世界上到底有什么喜欢的事情。愤世嫉俗的霍尔顿实在想不出来，情急之下只好说想当麦田里的守望者。这是一个奇特的职业，他的任务就是站在麦田边缘，抓住每个跑向悬崖的孩子。

"捕手"在这里被演绎成一个生死攸关的职业，他要防止孩子们坠崖，防止孩子们坠入成年世界的丑恶与虚伪中。因此，这种下坠是一种比喻，成长就是一种堕落。这让我想到了一个德国童话《彩衣吹笛人》，故事讲了一个叫汉姆林的吹笛手，用美丽的笛声把涉世未深的孩子们引向一个可怕的未知之所。霍尔顿的职业宣言表明了一种道德义务，他要去保护麦田里玩耍的孩子们，防止他们被诱惑，失去纯真。

接下来，我们谈谈塞林格、霍尔顿和 D.B. 的关系。

小说的读者中有一类被称为索隐派，他们读《红楼梦》时就考证出贾宝玉的原型是曹雪芹，史湘云的原型是脂砚斋，等等。但是在阅读文学作品的过程中，最好不要这样简单地画等号，狡猾的作者会把自己隐藏得很深，甚至狡兔三窟。

我不认为塞林格就是霍尔顿，霍尔顿的世界观也不能划到塞林格名下。如果单纯从人生经历来说，塞林格好像和霍尔顿的大哥D.B.重合度更高：两人都是通过写短篇小说登上文坛，开车出门都拿着便携式打字机，都参加过诺曼底登陆，都在部队服役过四年多，等等。但是D.B.的世俗性显然和塞林格后来的隐士态度相去甚远。或许可以这么讲：塞林格将自己人生中矛盾的两面，分别投射到了D.B.和霍尔顿身上。D.B.获得了作家的战争经历、写作才能和享乐主义精神，而霍尔顿则获得了塞林格的诗意、浪漫主义和遁世的情怀。D.B.和霍尔顿看起来是截然不同的两类人，但他们完全有可能共存于塞林格的身上。

D.B.和霍尔顿之间的矛盾，从表面上看，体现在大哥的职业选择上。霍尔顿从头到尾不断碎碎念，D.B.选择去洛杉矶发展，浪费了自己的文学才华，是暴殄天物，这意味着他只能服从电影公司的安排，以商业方式从事写作。在20世纪三四十年代，好莱坞曾经吸引了福克纳、菲茨杰拉德这样的美国大作家前去淘金，但这都是走投无路、迫于生计的选择。

霍尔顿对D.B.的失望，还体现在他对电影文化的极度厌恶，不停地在小说里贬低电影，开口闭口就是"他妈的破电影"，甚至认为自己绝不可能和桑妮发生肉体关系，因为用他的话说："我想我永远也不会跟一个整天看破电影的人干那个。真的觉得不能。"不过有意思的是，每次被揍，霍尔顿都会在脑子里幻想出一部英雄复仇电影，他就是好莱坞式的男主角。连他自己都意识到了这种自相矛盾，只好自我打趣说："尽管我对电影像对毒药一样避之则吉，模仿起来可是其乐无穷。"

霍尔顿厌恶的是电影代表的大众文化——把所有人变成没有个性的人。但他其实对浪漫故事和浪漫主义甘之如饴。他喜欢读《走出非洲》，这部小说后来被改编成了一部极为成功的电影。他还喜欢托马斯·哈代的《还乡》，尤其是里面的女主人公。霍尔顿厌恶那种工业文明和城市文化，幻想着返回更为自然与和谐的田园。这就是《麦田里的守望者》出现另一个重要象征——"鸭子"的原因。这不是一般的鸭子，而是那些栖息在超级大都市的中央公园湖里的鸭子。霍尔顿在去纽约的路上，惦记的不是自己被开除的悲惨，而是那群冬天还在中央公园湖里的鸭子。他两次乘坐出租车都问了同一个问题：中央公园靠南边那个湖里的鸭子们在湖水结冰后去哪儿了？第一个出租车司机以为霍尔顿在恶搞，干脆不搭理他；第二个司机叫霍维茨，他的回答是鸭子会待在冰面上，那是动物的天性，它们总会想到办法在冰封的纽约中央公园活下来。

霍尔顿问了一个非常有智慧、有人文情怀的问题。在现代社会的工业文明里，每个人都成了被标准定制的螺丝钉，或者用《瓦尔登湖》里的话来说，我们都是整齐划一的铁道枕木。霍尔顿对于冬天鸭子的惦念，是一个浪漫主义者对那些在都市缝隙中生存的动物的关怀，是城市化进程中对自然文化的关切。在所有城市居民都无暇顾及或满不在乎的问题上，霍尔顿发问了。这是一个孤独的城市男孩对城市里同样孤独的鸭子的共情，他想象力的枝蔓总是在向那些被社会遗忘的边缘角落伸展，这是他这个学校里的末流学生、语言上的二流子最令我们肃然起敬的地方。

除了鸭子，小说里的红色猎帽是另一个指向霍尔顿浪漫主义人格的重要象征。在火车上遗失了击剑装备之后，他立刻在街头买了这顶红色猎帽。

这里要注意两个前后关联的细节。

其一，弟弟艾里的头发是红色的，红到什么程度呢？霍尔顿告诉我们，他打高尔夫球时隔着一百多米开外，都能看见艾里火红的头发。某种意义上，霍尔顿戴着这顶红色猎帽，成为对去世的艾里的某种扮演。

其二，霍尔顿还喜欢把帽檐转到后边，这种反戴帽子的方式现在在青少年文化中非常流行。戴着这样古怪的帽子，霍尔顿获得了一种自我身份的标记，他终于可以把自己和那些千篇一律的虚伪的社会人区别开来——红色是他的愤怒、他的创伤记忆、他发育期的性冲动，他甚至向又脏又臭的室友阿克利吹牛说，这是顶杀人帽。

当然，更合适的说法其实是，戴上这顶红色猎帽的霍尔顿就变成了麦田里的守望者，但是他的狩猎目标不是杀人，而是为孩子们成为一个麦田里的捕手。他临走时本来将帽子送给了妹妹菲比，但善解人意的菲比最后将红色猎帽还给了哥哥。这个象征符号的传递，是塞林格文学创作的神来之笔。

如果 D.B. 和霍尔顿是塞林格某种分裂的自我，那么霍尔顿对于战争的态度是这种分裂最典型的证据。D.B. 经历过第二次世界大战最残酷的厮杀，虽然他本人没有什么机会开枪，只是负责开指挥车拉着一位将军跑来跑去，但 D.B. 是痛恨战争的，他甚至说"盟军部队里的混蛋简直跟纳粹部队里的混蛋一样多"。D.B. 让霍尔顿读海明威的《永别了，武器》，但霍尔顿读了以后却对这本反战题材的小说喜欢不起来，他说自己太小了，不懂欣赏。他说自己万分喜欢的是《了不起的盖茨比》，万分喜欢这个堂堂正正的浪漫主义英雄。

霍尔顿讨厌的是军队，担心在军队里遇到像阿克利、斯特拉雷德和莫里斯那样的混球战友。换句话说，霍尔顿无法忍受军队生活的整齐划一，这与他对学校的厌恶一脉相承；他无法理解战争和杀戮，尤其是战争中的死亡究竟意味着什么，他甚至觉得与其服役，还不如立刻被击毙。这是现实主义的 D.B. 和浪漫主义的霍尔顿最深的隔阂，也蕴含着塞林格对于霍尔顿那种浪漫世界观的深刻批评。

在小说第 18 章的结尾，霍尔顿说："我对发明了原子弹这件事有点儿开心。再来场战争的话，我他妈会端坐在原子弹的弹头上。我自愿报名，向上帝发誓，我会的。"《麦田里的守望者》不是一部教你杀人的书，也不是一部教你骑上原子弹毁灭人类的书，这是一部关于少年成长心事的书，是关于爱、勇气和责任的书。

在人生的某个时刻，我们每个人或多或少都是那个霍尔顿。去亲自见见那个戴着红色猎帽的霍尔顿吧，和他一道，去和这个世界好好谈谈。

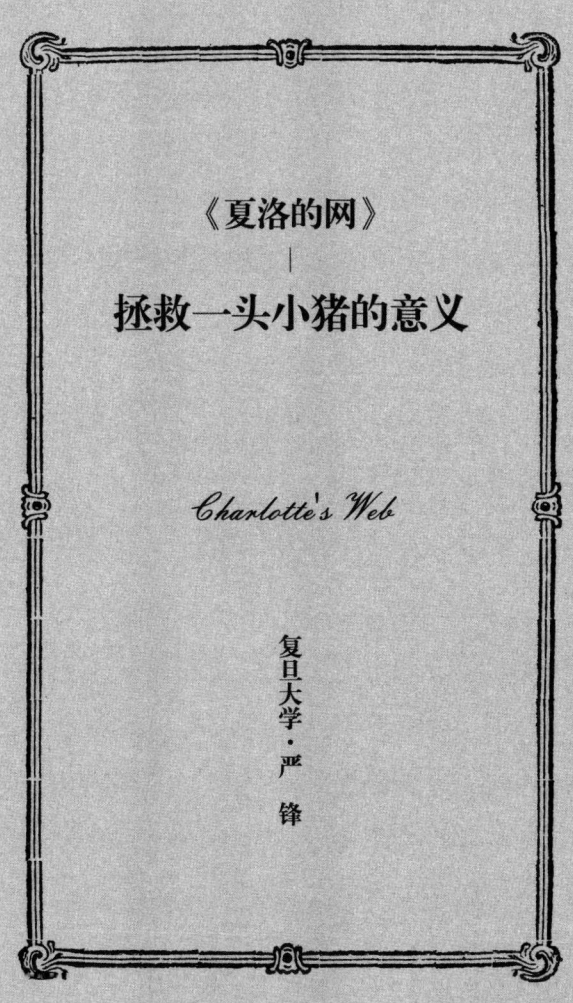

《夏洛的网》
——
拯救一头小猪的意义

Charlotte's Web

复旦大学·严 锋

E. B. 怀特

📖 作品介绍

《夏洛的网》是美国作家 E.B. 怀特的一部童话故事。讲述了一只叫威伯的小猪和一只叫夏洛的蜘蛛之间的友谊。在查克曼家的谷仓里，生活着一群快乐的动物。这时，小猪威伯得知，所有的猪都逃不过被杀的命运，自己也将成为熏肉火腿，威伯为此感到焦虑不安。威伯的好伙伴夏洛决定要拯救她的朋友，她用蜘蛛丝在猪食槽的上方编织了一张大网，蛛网上还结着"some pig"两个单词，让农场主和周围人惊叹威伯是一只"不寻常的猪"，这使他最终幸运地躲过了被杀的命运。作品中也写到了各种活灵活现的动物，创造了一个充满童真的世界。这是一个关于友谊和磨难的故事，歌颂友谊的美好；同时也是一部探讨生死主题的作品，展现了生命的美好，让我们感悟生命的意义，更好地热爱生命。

✒ 《夏洛的网》思维导图

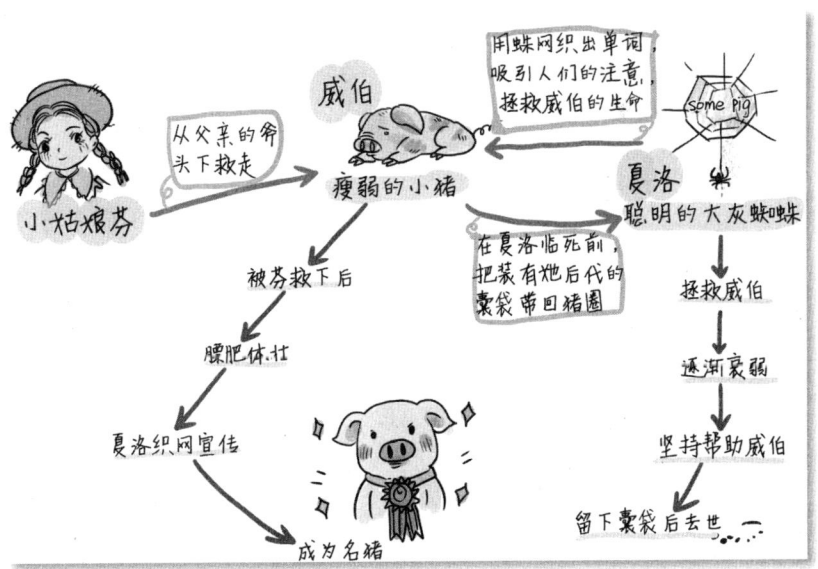

第一节
世界上只有两种人，一种读过《夏洛的网》，另一种将要读

《夏洛的网》是美国作家 E.B. 怀特创作的一部童话小说，从前在中国知道这部小说的人不算太多，但一直有一批真正热爱它的读者。在国际上，《夏洛的网》一直声名卓著。从 1952 年出版以来，《夏洛的网》已经在全球各地推出超过 23 种语言的版本，卖出超过 4500 万本。1976 年，美国《出版周刊》请教师、图书馆员、作家、出版家们列出 10 部最佳儿童文学名著，调查结果显示，《夏洛的网》名列榜首。在美国亚马逊网站上，《夏洛的网》的平均分接近最高分 5 颗星。2016 年，BBC 评选 100 年来最伟大的 10 本儿童读物，它竟然战胜了《小王子》《小熊维尼》《爱丽丝梦游仙境》这些我们耳熟能详的经典名著，名列第一！

1979 年初夏，我第一次读到这本书。那一年，我上初三，正被升学考试压得头昏脑涨。我小时候很少看少儿读物，一方面是因为那时候能看到的作品很少，另一方面也是因为自己有点早熟，觉得少儿读物比较幼稚。但巧的是，偏偏我在行将告别少年时代的时候，终于读到了少年应该读，并且可以读一辈子的作品。

在以后的日子里，大概每过两三年我就要把这本书重新读一遍，好像病人要定期吃药那样，有时候，生活中遇到一些不顺心的事情，还会不定期地"服用"，"服用"之后便觉神清气爽、心神安定，好似用光了的蓄电池又充足了电，又可以投入到人世间没完没了的损耗中。我觉得，在一个理想的世界，应该只有两种人存在，一种是读过《夏洛的网》的人，另一

种是将要读《夏洛的网》的人。这本书不但是写给孩子的，也是写给家长的，是一本孩子与家长可以一起读的童话小说。

这是一本什么样的书，它的魅力在哪里，为什么对不同年龄的人具有如此重大的意义？

《夏洛的网》的开头就非常吸引人，开头第一句是："爸爸拿着斧头去哪儿？"单刀直入，没有啰唆的铺垫和介绍，但设置了悬念，又引向重要的主题。这天一大清早，小姑娘芬看到爸爸阿拉伯尔手里拿着把斧头匆匆往外赶去，便问她妈妈这是怎么一回事。阿拉伯尔太太告诉她，昨晚家里的老母猪生了一窝小猪，其中有一只必须被"干掉"。小姑娘一听就急了，赶紧冲出去抢爸爸的斧头。阿拉伯尔先生告诉她，那只小猪先天不足，又瘦又小，恐怕很难养大。这时，小姑娘说了一句非常精彩的话："我也又瘦又小，难道也应该被干掉？"

阿拉伯尔先生让步了，小姑娘芬独力喂养这只小猪，并为他取名为威伯。养到5个星期的时候，威伯已经太大，芬也养不了他了，于是她听从阿拉伯尔先生的劝告，以5美元的价格把威伯卖给了在附近农场的舅舅查克曼，这样她还可以经常去看望他。

在查克曼舅舅的畜圈里，威伯每天吃吃喝喝，晒晒太阳，感到很满足。当他开始变得膘肥体壮的时候，旁边的鹅、羊、马、牛以过来人的身份，向他指出未来的风险——威伯的未来，就是变成圣诞节的火腿。

威伯吓坏了，在大家的怂恿下，他盲目地进行了一次逃亡，结果当然是失败的。他又被关回了猪圈，当夜晚来临的时候，威伯躺在烂泥里，闻着他熟悉而又喜爱的臭烘烘的味道，想着过去的幸福生活，想着迫在眉睫的悲惨结局，忍不住悲从中来，哭得稀里哗啦："我不想死啊，我不想死啊！"可是又有谁能救得了他呢？猪的命运难道不就是那样吗？

就在他生意绵绵而又万念俱灰的一刹那间，从猪圈的黑暗中传来一个清朗的声音："你不会死的。"

我真的不记得我看过多少次《夏洛的网》了，我熟知那里的每一个细节。可是，每次当我读到这个地方时，还是忍不住头皮发麻，热泪盈眶。这是伟大的一瞬间，虽然是发生在一个猪圈里的。这就像上帝在说："要有光。"

但是这里却并没有什么上帝，只有一只叫夏洛的蜘蛛。夏洛答应威伯，她一定会想办法拯救他的生命。夏洛说了一句我们每个人都应该记住的话："我会做你的朋友，你醒过来，睁开眼睛，就会看见我。"

一开始，她老实地承认自己还没有具体的计划，但是她会在每天穿梭织网的时候不停地思考。最后，聪明的夏洛终于想出了一个绝妙的办法。亲爱的朋友，如果你是一只蜘蛛，如果你也想去拯救一头可爱的小猪，你会怎么做呢？你有切实可行的计划吗？至于我，苦思冥想了很多年，所有想出来的办法都不如夏洛的好。

查克曼家的帮工蓝伟在早晨来到猪圈，倒完猪食后，他抬头一看，猪食槽上方有个大大的蜘蛛网，网上明确无误地结着两个词："some pig"（不寻常的猪）。

消息顿时传遍了乡里，威伯成了一头名猪。来参观的人络绎不绝，查克曼一家乐开了花。名气确实不是一件坏事情，至少对猪来说如此，但是威伯的命运仍然在空中飘荡。在一个贪吃的老鼠谈波顿很不情愿的帮助下，夏洛用她的网上艺术对威伯的名声层层加码，连续推出"杰出"（terrific）、"光彩照人"（radiant）等光辉字眼。最后，威伯参加了当地的农业博览会，在危急关头，已经衰老的夏洛，使尽全身的力气，用一个即兴发挥的"谦虚"（humble）把临阵怯场的威伯推上了金奖的宝座和名声的顶点，从而彻底地化解了威伯的性命问题。当胜利的消息传来，也是夏洛自觉衰老将亡的一刻，故事在此刻达到了最高潮。

夏洛和威伯最后的对话简单中见真诚，感人至深：

"夏洛，"威伯停了一会儿说，"你怎么一点声音都没有啦？"

"我喜欢静静地待着，"她说，"我一向喜欢安静。"

"可是你今天好像有点不一样，你没事吧？"

"可能有点儿累吧，不过我挺满意的。你早上在会场上的成功也有我的小小一份功劳。你将来会没事的。你能够太太平平地活下去啦，威伯。没有什么东西可以再伤害你了。往后是秋天，会变凉，白天会变短，叶子会从树上掉下来。然后是圣诞，是冬天，会下雪。你会活下去，看到冰封雪飘的好风景，因为你对查克曼家意义重大，他们不会伤害你了，再也不会了。冬天过去后，白天又会变长，池塘里的冰就会融化。百灵会回来唱歌，青蛙也会醒来，又会吹起暖暖的风。所有这些好看的东西，好听的声音，好闻的味道，都等着你去欣赏呢，威伯，这个美好的世界，这些珍贵的日子。"夏洛说着说着停了下来。

夏洛缓慢而又安静地死去了，但是在死以前，除了拯救威伯，实现了自己对朋友的承诺，她也完成了一件自己最重大的作品——一个水密的囊袋，里面安安稳稳地装着她的514个儿女。威伯想尽办法把囊袋带回了农场。来年春天，小夏洛们一个个破囊而出，乘风而去，但还是有3个小蜘蛛愿意留下来陪伴威伯，继续他们的母亲和威伯的友谊。

《夏洛的网》就是这样一个很简单，但是也有些古怪的故事。可能在这之前，在这之后，都没有一本书，是以一只蜘蛛作为主角的，而这只蜘蛛，拯救了它的朋友——一头猪的生命。书里的配角，也都是农场的动物和人。所有动物的表现都是基于它们的生理基础的，农场的环境也写得很真实，在这样一个基础之上展开的故事，才会显得如此真实可感，蜘蛛和小猪就这样悄悄走进我们心里。

第二节
在文学里，猪的生命也很重要

《夏洛的网》讨论的故事并不复杂，但是对于故事讲了什么，却一直有多种解读。

对于《夏洛的网》的主题，著名美国作家尤多拉·韦尔蒂有一个很好的概括。她说："这本书讲的是友情、亲密与保护、冒险与奇迹、生与死、信任与背叛、喜悦与痛苦，以及时间的流逝。"

我们可以看出，韦尔蒂所说的这些，基本上也是一切经典文学名著的共同主题。比如生与死，伟大的文学都会探讨生死问题。我们知道，人类最早期的文学作品，也就是大家传唱的史诗，都在讨论生死这样的大问题，比如古希腊的荷马史诗《伊利亚特》和《奥德修纪》。《伊利亚特》是讲述希腊人远征特洛伊的故事，开场就是阿喀琉斯的好友被特洛伊统帅赫克托尔杀死。阿喀琉斯愤怒了，他重返战场为好友报仇。而在《奥德修纪》里，主角奥德修斯甚至直接去过地狱。中国的四大名著也在讨论生死的问题。在《西游记》里，唐僧师徒四人一路与死亡搏斗，终于取得真经；在《三国演义》和《水浒传》里，主角们在到处都是死亡的战场之上寻找着生机；而在《红楼梦》里，四大家族的命运，就是在不可避免地从生机勃勃走向衰落和死亡。

关于生死问题，最著名的就是莎士比亚的《哈姆雷特》中的那句台词："生存，还是死亡，这是一个问题。"

在《夏洛的网》中，虽然主角威伯是一头猪，但生存还是死亡，也是威伯从头到尾必须直面的最重大的问题。谁都想太平地活下去，一头猪也不例外。在文学中，拯救一头小猪性命的意义，和在电影里拯救大兵雷恩的意义是一样的。正是死亡的阴影，让我们看到生命的宝贵；正因为拯救的艰难，让我们感受到生命的价值。孔子说："未知生，焉知死。"西方哲学家海德格尔说："向死而生。"生与死其实是一张纸的两面，你需要了解纸的这一面，才能真正参透纸的那一面。

夏洛的努力，让威伯有了生的可能性。小说中有这样一段对白：

"你为什么为我做这一切呢？"他问道，"我不配。我没有为你做过任何事情。"

"你一直是我的朋友，"夏洛回答说，"这件事本身就是一件了不起的事。我为你结网，因为我喜欢你。再说，生命到底是什么啊？我们出生，我们活上一阵子，我们死去。一只蜘蛛，一生只忙着捕捉和吃苍蝇是毫无意义的，通过帮助你，也许可以提升一点我生命的价值。谁都知道人活着该做一点有意义的事情。"

"唉，"威伯说，"我不会说话。我也不能像你一样说得那么好。不过你救了我，夏洛，我很高兴为你献出生命——我真心愿意。"

"我断定你会的。我感谢你这种慷慨之心。"

所以，《夏洛的网》是一部关于生命的小说，它向我们展示生命的美好，让我们感悟生命的意义，也让我们更好地热爱生命。但作者并不是一个天真的浪漫主义者，也不是一个狭隘的生命崇拜者。《夏洛的网》并不回避生活和自然中那些残酷的真相——死亡的不可避免，以及客观存在的食物链。从这个意义上说，《夏洛的网》既是一部少儿的童话，也是一部成人的现实主义小说。

作品的主角之一夏洛是一只聪明勤劳的蜘蛛,她还是威伯的救命恩人,对朋友赤胆忠心,但她也是一个嗜血的"猎杀者",口味很重,并且对威伯一点也不隐瞒她的食物种类,这让小猪听了瑟瑟发抖。夏洛对威伯说,她吃苍蝇、小爬虫、蚂蚱、高级甲虫、蛾子、蝴蝶、美味蟑螂、大小蚊蚋、长脚蜘蛛、蜈蚣、蟋蟀——不论什么,只要是粗心大意碰到她网上的昆虫。这就是她的生存方式,要不然她就得挨饿。再说,要是她不捉虫子吃,虫子就会不断繁殖,多得不计其数,终会毁灭地球,葬送一切。

作品中各种动物都活灵活现,非常有性格,既符合这种动物的特点,又符合人们对它们的观感。比如书中的老鼠谈波顿,他自私、猥琐、阴郁,看上去非常讨厌,但恰恰是这个老鼠,在拯救威伯的计划中扮演了非常重要的角色。这也是很有趣的情节。原来,夏洛在网上编织出"some pig"(不寻常的猪)的字样,让威伯出了名,但是时间一长,威伯的名声渐渐淡了,他又面临被宰杀的风险。然而夏洛作为蜘蛛,文化水平一般,她不会别的词了。怎么办呢?于是大家就动员老鼠谈波顿去偷报纸。老鼠就问:那我又有什么好处呢?动物们就答应用食物来交换。结果谈波顿没有去偷报纸,他为了省事儿,偷了一张包装纸回来。凑巧的是,上面的词非常棒,是"radiant"(光彩照人)。夏洛把这个词织在网上,这次是真的轰动全乡了。

在故事快结束的时候,老鼠谈波顿又一次立了大功。农场主打算带着威伯去参加农业博览会,希望他能拿到竞赛的名次。夏洛这时候已经怀孕了,可是为了好朋友威伯,她还是一起去了。谈波顿也和他们同行,因为夏洛告诉他,在集市上,到处都是人吃剩的食物。在博览会上,威伯表演得很好,为农场主赢得了25美元的奖金。威伯赶紧告诉夏洛这个好消息,可是夏洛说自己就要死了，请求威伯把她的五百多个蜘蛛卵一起带回去。但是猪是不能爬高的，怎么办呢？结果还是老鼠谈波顿爬到高处，把蜘蛛卵的囊袋摘了下来。威伯就用嘴含着夏洛的卵，眼睛里含着泪水，一路带回了农场。

怀特这样写是想告诉我们，连老鼠这么讨厌的动物也是我们这个世界不可缺失的一环，到最后都会让我们刮目相看。一开始，威伯不理解，也不接受这些事实与真相，但最终他要学会接受这个世界上的许多东西，接受各种自然规律，生命的各种形态，还有各种生生死死。

这里也体现出文学的一个非常重大的意义：成长。许多优秀的文学作品都是关于成长的，夏洛告诉威伯蜘蛛吃苍蝇的场景就是一个教育和学习的场景。小猪威伯经历了生活中的许多挑战、困惑、痛苦和恐惧。一开始他真的什么都不懂，傻乎乎的，就像我们每个人曾经经历过的一样，不知道生命的多样性，也不知道自己的命运会怎样展开。然后他开始慢慢了解生活的真相，最初他也很难接受，很不淡定，有过精神的崩溃和徒劳的逃亡。但是蜘蛛夏洛帮他打开思路，让他调节自己的情绪，勇敢地面对生活。最后小猪威伯获得了爱、友谊、生命的延续，还有成长。

在作品问世的 20 世纪 50 年代，这种现实主义的童话还是比较罕见的，所以作品受到了当时一些人的批评。他们认为其中的一些描写太残酷了，太成人化了，不应该让孩子那么早就接触那么可怕的场景。其实，用现在的标准来看，这个作品给孩子看是完全没有问题的，因为，我们都知道，人不是永远不死的，生老病死本来就是人生的第一课。让孩子知道有生就有死，如何面对和接受终将到来的死亡，如何在这个过程中体会生命的可贵，这才是好的教育。

这种朴素的、实事求是的精神，贯穿于《夏洛的网》全书，也让作品在浪漫与温情之外，有一般童话难得的真实与冷静。其实，直面现实的部分，恰恰是作品有力的地方，它超越时代，更能打动今天人们的心灵。

《夏洛的网》是一部关于生命的小说，在文学里，生死是最重大的题目，生命是最宝贵的东西，一头猪的生命，也像一个人的生命那样珍贵而独特。《夏洛的网》也是一部关于成长的小说，我们跟随着书中的主角小猪威伯，经历了生活的严苛考验，也找到了友谊，找到了他的"猪生意义"。这就是成长。

第三节
面对复杂，保持欢喜

《夏洛的网》的作者 E.B. 怀特只写过三部儿童文学作品，除了《夏洛的网》，还有《精灵鼠小弟》和《吹小号的天鹅》，虽然只有三部，但是每一部都是不断再版的经典。怀特童话中对父母和孩子的相处与沟通也有着很精准的示范。所以，在各种意义上，我都将他的书视为值得一生去读的好书。

《精灵鼠小弟》是怀特的第一部儿童小说，于 1945 年出版。精灵鼠小弟名字叫斯图亚特，是利特尔家的第二个孩子，他长得特别小，就和一只小老鼠一样。他是个非常善良又活泼好动的孩子。他最好的朋友是一只鸟儿，名叫马加洛。春天来了，马加洛要飞到北方去，斯图亚特非常担心他，决定开着小玩具车出发去找他。这个故事里有成长，有冒险，也歌颂友谊和信念，非常受欢迎，也被多次改编成电影和话剧。

《吹小号的天鹅》讲的是一只可爱的天鹅路易斯，他不会说话，为了和别人交流，他学会了在石板上写字。但是其他天鹅并不识字，所以他和别人的交流还是很困难，后来他遇到了可爱的母天鹅塞蕾娜，可是塞蕾娜不明白他的心意。为了帮助他，天鹅爸爸从乐器店偷来了小号。路易斯苦练吹号，终于他变成了一名演奏家，挣到了一大笔钱，不但还清了爸爸欠乐器店的钱，也终于用小号表达出他的爱，赢得了心爱姑娘塞蕾娜的芳心。

我们会觉得，怀特的童话一方面是天真的、很有幻想性的，一方面又是朴素的、写实。写作有两条路，一条写实，一条写虚，而怀特的作品里既有想象,又有逻辑,还有生动的细节和人性的呈现,这是很了不起的。

怀特对儿童文学的态度是非常严肃的。在一次采访中,他说任何人如果在为儿童写作的时候换挡,那么他很有可能会弄断挡杆。你应该往深里写,而不是往浅里写。孩子们的要求是很高的。他们是地球上最认真、最好奇、最热情、最有观察力、最敏感的读者,而且一般来说是最容易相处的读者。

从怀特的这段话可以看到,他从没有因为对方是儿童,就降低自己写作的深度,他的作品是清澈的,也是深沉的。

怀特出生于1899年。他一直都热爱动物和写作,他9岁时的第一篇文章《致老鼠》,就是写给动物的。1919年,20岁的怀特从美军退役,进入康奈尔大学。毕业后他成为记者和广告人。没过多久,怀特开始为著名的《纽约客》和《哈泼斯》杂志撰写专栏散文,这些散文描写都市人情世态,名气也不在怀特的小说之下,至今还不断地结集再版。所以,在成为童话作家之前,怀特首先是一位散文家。怀特的童话和散文在美国的中学和大学,不仅被作为读物,也被作为写作的教科书来使用,在很多创意写作课中,也被当作范本。

怀特的散文很美,他很善于描写对自然的热爱。但是怀特并没有以高高挂起的态度旁观世界,他是带着责任感去写作的。比如他著名的散文《自由》于1940年7月发表,当时美国还没有加入反纳粹的阵营,也有很多声音觉得美国就应该袖手旁观,觉得美国人隔着大洋很安全,为什么要付出热血和生命去参加战争呢?怀特在这篇《自由》里说出了理由:在美国,社会建立在对个人的信任上,而不是对个人的轻蔑上;而在希特勒和法西斯那里,普通人不过就是工具,是被人随意利用和驱使的原始人。他更进一步阐述,如果被法西斯统治,他情愿掉脑袋,因为与其当一个行尸走肉，脑袋失去用处，还不如不再要这个沉重的累赘。怀特的这篇文章是一篇反法西斯的檄文，在当时引起了很大的反响。

除了是一位散文家，怀特也是一位文体家。怀特为《纽约客》写专栏的11年间，一手奠定了影响深远的"《纽约客》文风"。曾和他合作多年的《纽约客》总编威廉·肖恩说：E.B.怀特是一位伟大的文体家。他的文学风格之纯净，在我们的语言中较之任何人都不遑多让。它是独特的，口语化的，清晰的，自然的，极美的。他的文字超越时空。怀特的散文，一如其小说，朴素，明晰，隽永。而这三点，正是他与威廉·斯特伦克合写的《风格的要素》中对文字的要求。《风格的要素》这本书，是几十年来英语写作方面最著名的教科书。

怀特在58岁那年写道："我生活的主题就是，面对复杂，保持欢喜。"这句话表达了他的写作态度和人生态度，对今天的我们也很有启发意义。

1985年10月1日，怀特去世。《纽约时报》为他发表的讣告里面，有一句话显得很是夸张。这句话是这么说的："如同《宪法第一修正案》一样，E.B.怀特的原则与风范长存。"宪法是国家的基石，美国《宪法第一修正案》是美国《权利法案》的一部分，《权利法案》是美国立国的基石。把一个作家的原则和风范上升到宪法的高度，这真是一句很少有作家能够得到的赞美。

怀特虽然去世了，但是一代又一代的读者还在从他的书里汲取着养分。他的书在中国流传也很广泛。

《夏洛的网》来到中国，有幸遇到了一些优秀的译者。最早，1979年的人民文学出版社出版的版本，是由翻译界的老前辈康馨老师翻译的。这个版本已经成为绝版的传奇，一书难求，包括我在内的年长的读者都是因为康馨老师的翻译而成为"夏洛迷"的。他的译文流畅自然，朴素优美，充满诗意，感人至深。比如夏洛与威伯离别，最后在嘉年华过后的废墟中孤独死去的一段：

> "再见！"，她轻声地说，然后用全身力气挥动一只前脚向他告别。她永远不再挪动了。次日，凡瑞士轮拆散了，赛跑的马装进了运马的篷车，游艺场主人们收拾起行李，开着活动住宅离开了，这时夏洛也死了。不久广场上已阒无人迹。棚子和房子都空了，显得很荒凉，跑道内场满是空瓶和垃圾。赴会的数百人中没有一个知道，会上最重要的角色曾是一个大灰蜘蛛，她死时无人在旁。

这段最后一句的原文是：No one was with her when she died。翻译成"她死时无人在旁"，简单精确，情感内敛，深得怀特语言风格的真髓。

目前在市面上流传最广的译本是著名的儿童文学作家和翻译家任溶溶先生翻译的。任溶溶出生于1923年，现在已经年逾90。《没头脑和不高兴》这部小说就是任溶溶先生的作品。在翻译方面，他能用俄、英、意、日四种语言进行翻译。他翻译过《安徒生童话全集》《彼得·潘》《木偶奇遇记》《长袜子皮皮》《小飞人》等，也获得过国际儿童读物联盟翻译奖等奖项。2012年，在他89岁的时候，他被中国翻译协会授予"翻译文化终身成就奖"荣誉称号。任溶溶老先生对待翻译非常严肃认真，他在吃透原文的基础上，用简单生动而富有动感的语言翻译出译文，读起来朗朗上口，很适合孩子阅读。

怀特本人比较长寿，他活了89岁，一直写作到83岁，他的生活与他的文字风格是一致的。他迷恋简单素朴的农村生活，他的一生，有很大一部分光阴在乡间度过。怀特是养猪的好手,《夏洛的网》写的很大一部分就是他自己的生活,现实生活中是真有夏洛这只蜘蛛,也真有威伯这头小猪的。整个故事的源起就在怀特拎着一桶猪食走向威伯的路上,那头猪当时快要不行了,怀特特别伤心。在一篇谈自己创作的文章里,怀特写道:"对一个喜爱动物的人来说,农场也是一个恼人的地方,因为绝大多数牲畜的恩养者,同时也就是它们的谋杀者。牲畜们平静地生活,却可怕的暴然死去,命运的不祥之音始终在它们耳际回荡。我养了一些猪,春天下的崽,我喂了它们一个夏天,一个秋天。这种情形令我苦恼。我和我的猪一天天地熟识,它们也一样。"最后,在《夏洛的网》中,怀特终于下决心要拯救一头小猪的性命。

怀特成功了。这头小猪的生命,永远延续在一代代热爱生命的人的记忆里。

现在,我已经是个大人了,可是每当遇到困难和麻烦,我还是会拿出《夏洛的网》来读,就像我第一次去读它的那个夏天。希望这本书也可以带给你这样愉快的阅读体验,一本好书就像一位好朋友,能够与我们相伴一生。

《神州集》
——中国古典诗与美国现代诗的完美融合

Cathay

四川大学·赵毅衡

埃兹拉·庞德

📖 作品介绍

《神州集》是美国意象派诗人埃兹拉·庞德的代表作。这本诗集是庞德在整理费诺罗萨手稿的基础上译出的一本半翻译半创作的诗集。他以对中国古诗的特殊翻译方式，把中国古典诗化入美国现代诗，被艾略特称赞为"为当代发明了中国诗的人"。《神州集》被誉为是"英语写成的最美的书"。庞德一生迷恋中国的语言、文化和艺术，也致力于这种"半翻译半创作"的特殊方式，除了《神州集》，还完成了诗集《诗章》和译作《诗经》。除翻译中国作品外，庞德也翻译过包括日本、希腊、意大利等多种语言的外国文学作品。尽管人们可以对庞德的译文进行各种指摘，但庞德开创性地做了前所未有的尝试，是诗歌史上的重要里程碑。庞德开创了著名的意象派，成为英语现代诗的起点，他也成为20世纪在美国影响最大的诗人，而他的"中国文字诗学"理论，在欧美诗学与哲学界至今影响深远。

🖋 《神州集》思维导图

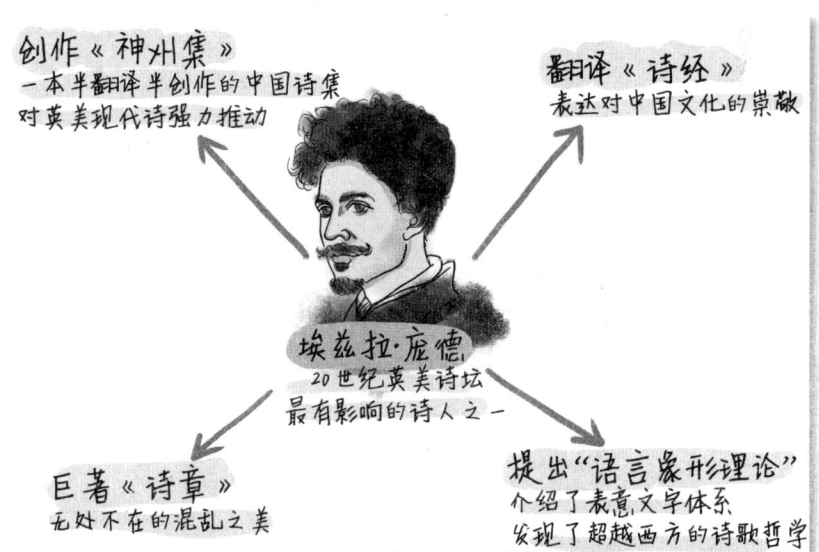

第一节
崇拜中国古典诗歌的美国诗人

诗歌是时代最敏感的触角，一个时代的文化将发生变化，诗歌会首先出现不可遏止的征象。

20世纪第二个10年，大致就在中国开始五四新诗运动的同时，美国也发生了一场"新诗运动"。美国的新诗运动受到多种外来因素的影响，而最重要的灵感来自中国古典诗歌。这是世界文学和文化史上值得研究的一桩文学影响案例。

不过我们今天不是全面讨论这个问题，而是集中谈20世纪美国诗人中最活跃的人之一，埃兹拉·庞德。

很多研究者认为，20世纪美国影响最大的诗人是庞德，而庞德也是对中国古典诗歌和哲学最热情的美国诗人。这位诗人1885年出生于美国爱达荷州，1972年在意大利去世，自从23岁移居欧洲后，他很少回美国。他的影响是世界性的。他开创了著名的意象派，成为英语现代诗的起点，他的"中国文字诗学"理论，在欧美诗学与哲学界至今影响深远，哲学家德里达、克里斯蒂娃等人，至今还在讨论这个题目。

庞德一生坚持把中国古典诗化入美国现代诗，把他理解的中国诗学精神融入现代诗学，终身不懈地推崇中国哲学。他的这份热情、这份坚持值得我们钦佩，更不用说他对中国哲学的特殊理解，更是值得我们思考。自然，庞德是一位诗人兼诗论家，而不是汉学家，他的理解很特殊，"不确切"，但是相隔遥远的文化，要真正产生影响，恐怕"确切"的专家式理解，反而难起作用。击中美国文化的要害，整合美国诗歌发展的需要，才是关键。这就是庞德的成绩值得我们一再回顾的原因。

在新诗运动刚开始萌芽时，庞德就把接受的中国诗的影响提到运动宗旨和指导方式的高度。1915年，他在《诗刊》上发表的一篇文章中说，中国诗"是一个宝库，今后一个世纪将从中寻找推动力，正如文艺复兴从希腊人那里找推动力"。他又说："一个文艺复兴，或一个觉醒运动，其第一步是输入印刷、雕塑或写作的范本……很可能本世纪会在中国找到新的希腊。目前我们已找到一整套新的价值。"

庞德虽然对不少欧洲现代与古典语极为娴熟，但是他不懂中文。最早他的中国诗翻译的灵感来自某些汉学家的翻译。他的诗之灵动，马上与死板的学问拉开极大的差距。其中一首《刘彻》成为美国诗歌史上的名篇：

丝绸的窸窣已不复闻，

尘土在宫院里飘飞，

听不到脚步声，而树叶

卷成堆，静止不动，

她，我心中的欢乐，长眠在下面：

一张潮湿的叶子粘在门槛上。

刘彻是汉武帝的名字。这首诗的原文据称是汉武帝刘彻为思怀已故的李夫人所作的《落叶哀蝉曲》，诗见于前秦王嘉所撰《拾遗记》。此书是所谓的"野史"，汉武帝是否写过情诗，正史没有提及，但原文是公元前某个中国诗人写的情歌，这点可以肯定。

庞德把汉武帝刘彻看作中国第一流的大诗人。这首诗是不是汉武帝之作,尚存疑问,但是庞德的"翻译",结尾方式是一个"意象叠加"。1912年庞德著名的短诗《地铁站台》,至今为人传诵,可以说是世界文学史上最著名的一首两行短诗:

人群中闪现的这些脸庞
潮湿黝黑树枝上的花瓣

这首诗的精巧美丽之处,正在于它那惊鸿一瞥似的描写,更来自两个意象不加任何连接的"叠加"。可以说,这是后世电影"蒙太奇"手法的先驱。所谓"意象叠加",就是把比喻中间的"像""如"字抽掉,让两个意象并列。而庞德的灵感恰恰来自中国诗词不加连接词的叠合手法。如:

自把玉钗敲砌竹,清歌一曲月如霜(高适《听张立本女吟》)
雨中黄叶树,灯下白头人。(司空曙《喜外弟卢纶见宿》)
落叶他乡树,寒灯独夜人。(马戴《灞上秋居》)

可见,意象叠加本是中国古典诗歌一个重要的技巧特征。读者阅读时,在它们之间自然地添加了比喻关系,例如"落叶他乡树",不仅为"寒灯独夜人"制造了气氛,更为它提供了一个比喻。而这个比喻的形成,需要读者参与。

显然,如果不直接接触中国诗歌,而是靠片断的材料,庞德的中国兴趣难以维持。这时机遇来了,那就是文学史上所谓"费诺罗萨手稿"的这批神秘的笔记本。

厄内斯特·费诺罗萨是美国东方学家,他的主要研究领域是日本美术。1896 年至 1900 年,他到日本游学,向有贺永雄、森海南等著名日本学者学习中国古典诗歌,学习期间做了大量的笔记。1908 年他不幸逝世,他的寡妻玛丽·费诺罗萨明白他的中国诗笔记很宝贵,其中每首诗不仅有汉文原文、日文读音,还有每个字的译义,显然无法直接出版。于是玛丽试图找到一个合适的诗人与她死去的丈夫"合作翻译"。

1912 年底,她在伦敦遇到 27 岁的美国青年诗人庞德,他们谈得很投机。庞德对中国和东方艺术的强烈热情,给她留下很深的印象。回美国之后,她就给庞德寄来了费诺罗萨的笔记本。庞德如获至宝,从中整理出三本书:1914 年"译出"一本中国古典诗集,其中大部分是李白的诗,即著名的《神州集》,在英美诗坛引起轰动,另一本是《日本能剧》,第三本就是我们后面会讨论的著名诗学著作《作为诗歌手段的中国文字》。

纵观庞德的一生,他的作品和思想一直引发争议。但是,《神州集》是个例外,至今得到诗人和诗评家的一致赞美。当时英语诗坛分裂严重,派别之争严重,这本译诗集一经出版,从哪里得到的都是无保留的赞扬。至今,英语的现代诗选,还经常选这本诗集的诗,虽然庞德写得很清楚这是翻译。

甚至最恨庞德的英国学院派,也不得不承认这本译诗集的魅力:"《神州集》中的诗是至高无上的美。它们就是诗的严格的范例。要是意象和技法的新鲜气息能帮助我们的诗,那么就是这些诗带来了我们需要的新鲜气息。""《神州集》是英语写成的最美的书……如果这些诗是原著而非译诗,那么庞德便是当今最伟大的诗人。"

《神州集》恰恰是半翻译半创作的,因此,庞德或许在一半意义上已经是当时最伟大的诗人。《诗刊》主编哈丽德·蒙罗在编辑作为新诗运动总结的诗选《新诗》时,声明一律不选翻译,即使是"影响深远使我们诗坛大为改观"的中国诗的翻译也不收，但是"庞德改写的李白诗"却不能不收。对庞德本人很不友善的批评家也说，《神州集》是"20世纪美国最佳的一打最好的诗作之一"。

而《荒原》的作者T.S.艾略特的评语，成为文学史上著名的评论妙句，他把庞德称为"为当代发明了中国诗的人"。他不说"发现"，而说"发明"，看来他明白庞德的所谓翻译，实际上是改写。

庞德自己对《神州集》得意之状溢于言表："如果你愿意，也可选。"他认为他的"译诗"不比艾略特的成名作《普鲁弗洛克的情歌》差。庞德说，他在译中国诗时"找到了最终的自我"。著名诗人奥尔丁顿也回忆到，当时他住在庞德家附近："埃兹拉在译中国诗——其中某些诗美极了！他每天要奔过来四五次，拿出一首新译来读给我们听。"

可以这样说，《神州集》是庞德的作品中最受读者欢迎的。文学史家说，假定"有一个人读过庞德自己的诗，就一定有至少十个人读过他的中国诗译文"。

《神州集》于1915年4月出版，考虑到这时是欧洲地区第一次世界大战最紧张的时期，它引起的轰动应该说足够大了。即使把它作为中国诗的翻译来看，也有人认为："《神州集》作为英语读者了解中国古典诗歌世界的窗户，至今是无可替代。"

至少，从历史角度看，《神州集》不仅是庞德第一次真正的成功，也是中国古典诗歌在美国第一次真正的成功，中国诗开始受人瞩目，"不管怎么说，东方诗歌自此后在英美文学中不再罕见"。

《神州集》究竟为什么能获得这么大的成功呢？

首先是题材，这个问题前人注意的不多。《神州集》第一次把当时（第一次世界大战期间）欧美读者和译者最有感触的题材——愁苦——突出地表现出来。《采薇》和《胡关饶风沙》的战乱之苦，《长干行》和《玉阶怨》的怨妇愁，《别友》《送孟浩然之广陵》《送元二使安西》的离别恨，《忆旧游寄谯郡元参军》的怀旧愁绪，这些题材可能是中国诗"现代性"的一个重要因素。

康拉德·艾肯评论道："愁是中国诗中最始终如一的调子——愁苦，或者说无可奈何的哀愁，好友终得一别之愁，离乡背井思家之愁；荣华富贵如过眼云烟之愁，人生不平之愁，暮年孤独之愁。"浪漫主义时代，诗人也写愁，但西方诗中的愁似乎是愤怒的变相宣泄。

在《神州集》的后序中，庞德说他为了避免人们的非难，还算笔下留情，没有选那些"措辞上太激进，以至于很多人接受不了的诗"。他举了一个例子：

Drawing sword, cut into water, water again flows.

Raise cup, quench sorrow, sorrow again sorrow.

这是李白的诗句："抽刀断水水更流，举杯消愁愁更愁。"我们可以看到，这不像英语，这是直搬中国诗句的句法。

李白的诗，成为整个美国现代诗的开场，这是值得我们骄傲的事。虽说这是经过改写的李白诗，但是任何翻译都是改写，要发挥影响，就必须适应那个文化在那个时刻的需要，这是文学史自身的逻辑。中国诗在恰当的时候用恰当的文笔翻译出来，产生了用别的方法不可能取得的影响，这是值得我们关注的历史。

庞德一生对中国文化和中国诗学锲而不舍地努力理解并全力推介，是中西文化关系史上最重要的课题之一。

近 50 年来，庞德在美国青年诗人中的影响越来越大，这主要是因为他有一种艺术形式上的"激进主义"。庞德在精神病院度过了 12 年（1946—1958）。20 世纪 50 年代末，伊丽莎白医院接见室已成为新兴起的反学院派诗的朝圣地。黑山派的恰尔斯·奥尔森，垮掉派的艾伦·金斯堡，以及其他当时还很年轻的诗人们，络绎不绝地去华盛顿拜见庞德。庞德一生从来没有像被当作精神病患者时那样名满全国，而且成了后现代先锋诗的教父。

讥评者认为这是一种浅薄的叛逆崇拜。美国政府总是与庞德过不去，或者说庞德始终与"体制"对立，所以以反正统文化自居的"垮掉派"——嬉皮士一代十分崇拜庞德。其实，原因恐怕不止仅于此：庞德对中国文化的热情是对欧洲中心式文化保守主义的抨击；他的求新不息的异端诗学和创作实践，为美国诗歌突破新批评学院派的束缚进入后现代的开放式姿态提供了经典式的前导。

第二节
从书法艺术中领会写诗的哲理

在庞德一生的创作中,中国传统文化对他影响很深,特别是中国古典诗歌、中国书法和中国画。庞德从中汲取了大量的美学思想,并应用到他的创作中。

庞德初次接触中国艺术,是 1909 年在大英博物馆听东方部负责人比尼翁演讲"东方与欧洲术"时。当时大英博物馆经常举行关于中国艺术的讲座,一批中国青铜器和玉器,吸引了不少美学家和艺术家。

庞德 1915 年初与朵萝西·莎士比亚结婚时,新娘用母亲送的贺婚支票买了一块中国玉。庞德夫人是伦敦社交界著名的淑女,她拥有几幅名贵的中国画。不知道是不是她让庞德爱上了中国艺术。从此以后,庞德就成了一位中国艺术的迷恋者。

当时在庞德周围,集合了一批各国诗人和艺术家,尤其是画家与雕塑家。

《诗章》是庞德写了一辈子的抒情长诗,也是西方现代诗歌中著名的"博学诗"典范。《诗章》中处处可以看到中国的影响和中国诗的引用片段,甚至直接使用汉字。这是当代世界诗坛一部奇异的名著。

《诗章》中有几处提到比尼翁,讲到他几本论中国艺术的书,看来这些书给庞德留下很深的印象。比尼翁再三提出的论点是中国美术"特别现代化"。他再三强调:中国艺术某些方面所包孕的思想看来是特别现代的,非常契合西方的现代思想,尤其是其简朴的风格,其"不求形似而求神似"

的宗旨。尤其是中国艺术接受人在广阔宇宙中的谦卑位置，它对生命在所有生物中不断延续的直觉式领悟，它对人之外的与人之内的生命形式都给予同样的关切。这是一种比以希腊神话为代表的欧洲艺术更倾向沉思的艺术；在其素材中，情节与故事起的作用较欧洲艺术中的小得多。

比尼翁不断重复的命题，"中国艺术之现代性"，想必给庞德从中国诗中引出现代诗学以重大的启发。庞德1914年与英国作家兼画家温德姆·刘易斯的结识，也是通过比尼翁的介绍。1915年，庞德与画家刘易斯、雕塑家雅各布·爱泼斯坦等人发起"漩涡主义"运动时，中国艺术意识在这批人中影响特别强烈。

庞德把参加"漩涡主义"的波兰雕塑家戈迪耶·布尔泽斯卡的作品比作周代青铜器，他说："《孩子与兔》这尊雕塑是周——至少让我们想起这个时期——的青铜动物雕塑。"这位波兰雕塑家没有想到这一点，在庞德的推动下他可能重新考虑了这个问题。1915年他从欧洲战场写信给庞德说，他如果能生还，艺术上将不再走老路："我想我会发展出一种我个人的风格，像中国雕塑那样，把怪异与非怪异两方面融合在一起。"看来庞德评价他的作品时，眼光比他本人还尖锐，而且终于使这个执拗的年轻天才信服了：应该从中国古代雕塑艺术中找到现代雕塑艺术的出路。可惜，布尔泽斯卡不久就死于战场，这就使我们无法见到一个自觉地被中国雕塑艺术吸引的艺术家可能做出的成绩。这是现代艺术史上无可弥补的遗憾。

布尔泽斯卡与庞德的战时通信，应是现代文学艺术史上最有意思的文件之一。庞德当时在译《神州集》，每封信抄给他一些新译，而布尔泽斯卡对《诗经·采薇》做出热烈的回应。后来庞德回忆说："布尔泽斯卡以前总把生活、把自然界看作是各种平面和各种有限度的线条。然而，他在博物馆花了半个月时间学习汉字，吃惊地发现词汇学家之愚蠢，他们满肚子学问，竟然看不出汉字的图画价值，在他看来这简直是一目了然的事。"

庞德与大英博物馆的中国艺术收藏的关系，还有一个有趣的旁证：李白《长干行》第一行"妾发初覆额，折花门前剧"，韦利译成：Soon after I wore my hair covering my forehead, I was plucking flowers and playing in front of the gate；而庞德译成：While my hair was still cut straight across my forehead, I played about the front gate, pulling flowers. 韦利的译句忠实于原文，而庞德的译句不仅形象生动，而且精确，音调优美。可能庞德到大英博物馆细看过中国画，因此按画取句。

《神州集》出版后，报刊上有的评论把庞德的译风与中国画相比，庞德对此似乎特别高兴，奥斯汀市得克萨斯大学所藏庞德夫人的一本《神州集》，特地把伦敦《泰晤士报》一篇评论贴在上面，此文强调庞德摹仿中国诗的含蓄手法，就像中国画中的留白，以无言传有言。看来庞德对此评语颇为得意。

为了把中国诗与中国画结合起来讲，书法就成了他的论题之一。为此，庞德迷上了中国书法。他说绘画首先是一种书法，这种理论源自中国，也可能是一些西方理论家从中国作品中得出的结论。

从书法艺术去领会中国诗，会得到有趣的结果。中国诗画激发的美国诗作中，庞德的《七湖诗章》可能是最美的。此诗母本实际上是一本日本画册《潇湘八景》，每幅画题有一首汉诗。原画册是一个东方传教士送给庞德父母的礼品，从风格上推断是日本诗人写的汉诗。庞德把"八"这个中国人的吉利数字，改成了"七"。此诗称为《七湖诗章》，在整个《诗章》中非常特殊。

《七湖诗章》是在一个中国女学者的帮助下写成的，这位中国女学者是曾国藩的曾孙女曾宝荪。她求学于伦敦，1918年在长沙创立艺芳女校，是中国早期教育界的名人。《献给七湖》，不知是谁写的诗：

雨；空阔的河；远行，

冻结的云里有火，暮色中的雨

茅屋檐下有一盏灯。

……

帆船四月过去，十月可能归来

船消失在银光中；缓缓地；

只有太阳在河上燃烧。

这里描写了中国诗中典型的山水景色，宁静的大自然，如世外桃源。
在景色描写之后，这首诗章忽然转向《尚书》中的一首中国古诗：

日出；工作

日落；休息

掘井而饮水

耕田而吃粮

帝王的权力？对我们有什么意义？

这一段是对据称尧时的民歌《击壤歌》的相当忠实的翻译，原诗是：

日出而作，

日入而息。

凿井而饮，

耕田而食。

帝力于我何有哉!

庞德自己对《七湖诗章》评价很高。1953年他回忆说这一诗章是"天堂之一瞥"。庞德用《击壤歌》描述了一个理想的社会。看来庞德很理解中国传统思想中的贤君政治、师法自然的理想。

前面介绍了庞德对中国艺术的迷恋，但是他是诗人，因此他对中国诗为何如此充满诗意思考得很多。他不满足于表面的模仿，而是试图建立一套"根本上不同于西方文化"的哲理。他最后找到的是汉字。

庞德在诗学上最重要的贡献，是他1921年整理发表的《作为诗歌手段的中国文字》，此文原是费诺罗萨生前草草写出的笔记。庞德以此文为基础，提出了"表意文字法"，这成为20世纪诗学的一个核心问题，当代诗歌实践的一个原则性立场，被称为"现代诗的圣经"。

对汉字"形象构成"的迷恋或迷惑，在20世纪初不少艺术家中突然大行其道。爱森斯坦创用电影蒙太奇，就是受汉字启发；美国新诗运动领袖之一埃米·罗厄尔观赏中国书法，悟出"拆字"法，并以此法译中国诗卷《松花笺》。

庞德在汉字构成中发掘出一套可以称为"语言象形理论"的理论。他认为欧洲文学（以及一切拼音文字），是"中世纪逻辑暴政"，完全失去了直接表现自然的能力。而汉字从来没有失去表现事物之间自然关联的能力，因为汉字由图案组合而成，这样的文字，能够"到达事物本身"。如此美妙的境界，由一种几千年不变的文字系统做支持，产生了世界上最持久的文明，也能催生最优美、最"现代式"的诗歌。

他举了个例子:"人见马",一个人高高站起,头上顶着又长又大的眼睛,看到的是四条腿奔跑的马。这里充满了形象,充满了动作。

显然,庞德最感兴趣的是所谓的会意字,因为它们展示了一种"动势",指出了"事物之间的有机联系"。例如"見"字,是两条腿撑起来的眼睛,在瞭望远方。再例如,"閒"字是门缝见月;"刃"字是刀上一点,指明刀刃的位置。西方汉学家纷纷嗤笑,语言学家认为不值一驳。不过这无所谓,因为大部分感兴趣的人,是诗人、诗学家、哲学家。

实际上连费诺罗萨自己也明白这一点:"的确,许多中国象形字的图画起源已无法追溯,甚至中国的词汇学家也承认许多组合经常只是取其语音。"庞德也从未从语言学角度为这个论文辩护。庞德所需要的,实际上是为现代艺术,尤其是美国现代诗运动中既成的趋势找一个理论辩护——先有结论后找理由。而他的目的是建立一种诗学,这种诗学能够用语言直接表现物象,以及物象本身的意义。

我们试看庞德是如何从汉字组成论引向他所希望的结论。

费诺罗萨强调:"中国字远非仅是武断的符号,它的基础是大自然活动的生动速记性画面……汉语是循大自然本身而形成的。"

庞德举例说:

在欧洲,你让人定义某物,他的定义总是脱离你熟知的简单事物,退入未知领域,退入遥远更遥远的抽象。

你问他什么是红,他说是一种"色彩"。

你问他什么是色彩,他说是光的振动或折射,光谱的一部分。

你问他什么是振动,他说是一种能量,如此等等,直到你得出存在或非存在的一种模式,直到你也不懂,他也不懂为止。

> 而一个中国人，如果要表现一个复杂的，一般化的概念，他如何行事？
>
> 要他来定义红，他不画出红色怎么办？他会（就如他的祖先那样）写下玫瑰、樱桃、铁锈、火鹤的简略式。
>
> 中国词即表意字，永远基于每人都知道的事物。

既然如此，汉语就必然是一种具体的语言，哪怕在谈抽象事物时都是如此："费诺罗萨讲的是一种如此写下的文字，它必定是诗性的，无可选择而且永远留驻于诗性中。"

庞德一针见血地指出与此正成对比的是："一行英文字永不会有这种诗性。"然而庞德写诗却依然用英文，他并没有为了追求这种诗性而放弃英文。

早在 1912 年，庞德读到费诺罗萨的论文之前，他发起意象派运动时，就提出诗歌语言应当"直接处理任何主观或客观的事物""绝对不用任何无助于表现的词"。1915 年他发起"漩涡主义"时，更要求意象具有动势："思想不断地奔涌，从它里面射出，或穿过，或进入。"

而庞德赞美汉字，正是着眼于语言中意向的直接性和意象的动势："我们眼睛看见的是名称与动词的合一，是动态的事物，或事物的动态。而中国的概念正是把两者合起来表现。"这就是庞德现代诗学的落脚点。

庞德认为"表意文字法"，即中文字式诗学，是他最大的贡献。他自己宣称："如果说我对文学批评有任何贡献的话，那就是我介绍了表意文字体系。"庞德作为中国文化的"粉丝"，很有创造性。他对中国文化的解释不一定准确，但是对英美人来说，他的解释非常有说服力。

第三节
处处可见汉字的英文诗

庞德靠仿写中国诗,创造性地翻译中国诗,给英美现代诗一个强力的推动;他对中国艺术非常迷恋,他从中文的构成中,发现了超越西方的诗歌哲学。接下来我们将着重谈庞德对中国文化的崇敬,即对儒家经典的诠释,尤其是孔子编删的《诗经》。

庞德在成熟期的创作实践上,比早年更前进一步,在英文诗中直接写上了汉字。这种做法,让西方读者瞠目结舌,给了西方诗人强烈的刺激。庞德的毕生力作《诗章》中有大量汉字,尤其是从1945年著名的《比萨诗章》之后,在《掘石机》(1955年)、《皇座》(1959年)、《草稿与片断》(1969年)等《诗章》单印本中,汉字处处可见。

他使用汉字时采用了拆字原则,即从中文字的构成中,找出更有力的复合形象。

例如,在欧洲残破时写的《比萨诗章》中,他愤怒地指责基督教文明:

《圣经》里有什么?
说吧,别给我一套胡言乱语
莫,无人。
太阳落入这个人的身体

庞德此时似乎不屑于参考《说文解字》,他只看到"大"字像一个自大狂,这个人葬送了太阳的光明。

甚至,当庞德直接引用孔子时,他也敢拆字。他翻译"学而时习之":

> 学习,随着时间的白色翅膀。

明显地拆开了"习"字。这里的"习"字是"習"的繁体字,上面是"羽"字,下面是"白"字,庞德认为孔子在告诉我们,学习必须与时俱进,因为时间有一副白色羽毛的翅膀,随时在飞:学习就要跟上时间飞翔的翅膀。不能不说庞德的理解给《论语》增加了诗意。

庞德也用同样的拆字法来翻译《诗经》。20世纪40年代末期,庞德的首要工作就是集中精力翻译《诗经》。1954年,他的新译文由哈佛大学出版社与英国费柏出版社同时出版,庞德名之为《孔子删定古诗选》。

庞德之前,《诗经》已有许多译文,有几种译本被公认为相当成功,例如1876年理雅各译本,1918年瓦德尔译本,1937年韦利译本,1950年瑞典著名汉学家高本汉译本。这些译本文字不一定漂亮,但考证颇下功夫。庞德不以为然,他认为他的翻译将比任何前人高明,因为他有特殊的译法,即从汉字中拆取形象。

在西方,翻译《诗经》这部古老的中国诗集的翻译者很多。但是庞德的翻译,文字优美,而且译法特殊,的确让人耳目一新。

译《诗经》时,庞德的主要助手是一个在华盛顿读书的孙姓中国女大学生。翻译时由庞德把他的译文读出来,孙女士指出可能误译之处。有评论者指出这位孙女士可能太年轻,对大诗人庞德过分敬畏,不敢据理力争,以至庞德的《诗经》译文过于随心所欲,离原文过远。不过作为诗,庞德的译本还是耐读的。他的文字凝练、有力而优雅。出于对孔子的尊敬,他重视《雅》和《颂》，一反当代中西学界重《风》的倾向。《雅》和《颂》的确更难译，庞德似乎见难则喜。他的译风好像回到了孔子时代，重视《雅》《颂》史诗般的凝重。

庞德以前没有过如此过瘾地在翻译中拆字的机会，翻译《神州集》时只是以拆句代拆字，因为那时他还不认识汉字；翻译"四书"不好拆字，因为自由度太小；写《诗章》可以嵌汉字，也只拆解了个别几个字。这次翻译《诗经》，他的机会来了。

可以说，庞德所译《诗经》，是拆字在文学史上唯一一次半成功的实践。我说"半成功"，是因为并不是每次都拆得有根据，也并非每次效果都好。如果你没有读过原文，你会惊叹于如此美的诗句：

Where the torrent bed break our wagon sheels, up, up the road...

在山洪的底石撞碎我们车轮的地方，往上，那往上的路上……

这是《小雅·渐渐之石》的开首二行："渐渐之石，维其高矣。"渐渐，是指山岩高耸。而庞德从"渐"字里读出了一个水，一个车，一个斤——斧砍，于是想到山间急流中河床的岩石足以颠碎车子的木轮：山洪的底石撞碎我们车轮。这是对古时"行路难"的生动描绘。

再看这一句：

High, pine-covered peak full of echoes
Proud ridge-pole of heaven, roof-free

高高地，松树盖满的山峰，充满回声

　　骄傲的天之屋背梁，树是屋顶

这两句来自《大雅·崧高》："崧高维岳，骏极于天。"庞德从"崧"字中读出了"盖满松树的山"；从"岳"（繁体字嶽）字中找出被围起来的"言"，即回声；从"极"（繁体字極）字中找出了撑住天的木。这诗句译得气势宏伟。

有的句子不一定美，却很有意思。《周颂·维天之命》："维天之命，于穆不已。"庞德在"维"字中看出了丝的弹性；在"穆"字中一边看出了禾谷，一边看出了白光。

而最奇怪的是这句翻译，《大雅·绵》的首句"绵绵瓜瓞，民之初生"被译成：

　　好像瓜蔓延生，人民开始

　　一张叶一张叶，没有计划

"瓜瓞"二字（大曰瓜，小曰瓞）实际上是串串小瓜苗，说的是人民繁衍生息。庞德凝视汉字许久，看出了瓜像一张张叶子，这个形象更加生动。

拆字译法，使《雅》《颂》过于简单的文字复杂化了，《诗经》的诗句被展开、被加强。而且，这适合庞德把《诗经》儒学化的目的，尤其《雅》《颂》部分，气象森严，情景肃默，相当合拍。而当他翻译《国风》的民歌时，就回归比较空灵的翻译法。

例如《鄘风·蝃蝀》：

蝃蝀在东，莫之敢指。

女子有行，远父母兄弟。

庞德清楚《国风》原先是民歌歌词，必须回归原作的简朴：

Rainbow duplex in East

no one dares to trust in,

girl going out must

leave afar her kin.

如此翻译，尤其是后两行，英文比中文还简单，几乎不再是翻译，而是直译中文。没有连接词、冠词等许多语法成分，这样的英语，是经过中文改造的英文，的确使人耳目一新。

庞德是把《诗经》作为"中国史诗"来译的，因为它是"包含历史的诗"。他的翻译，是典型的所谓"过分翻译"，即把中文读者已无法体验的构词比喻，全部挖出来。这样的翻译可以说比原作"丰富"得多。

庞德的《诗经》翻译又是典型的"介入式翻译"，不以"信"为目的。他进行的是半翻译半创作，是一种积极的写作或阅读方式。

从总体上说，他的努力是成功的。他翻译的《诗经》是美国当代诗歌中不可不读的一部作品。就文笔之优雅洒脱而言，我个人认为其他几十种英译《诗经》，无人能比。

庞德编了一本题为《孔夫子到肯明斯》的世界诗选给学生用，其中开首用了一批《诗经》的篇目。庞德对孔子重视教育的印象极深，经常"为课堂写作"。

庞德对中国文化的崇拜，最明显地表现在他的名著《诗章》之中。诗章第 101 及 102 章是庞德第一次注意到非汉族的中国文明，即云南丽江流域的纳西族文明。他的材料来源似为人类学家约瑟夫·珞克所著《中国西南古纳西王国》一书。

庞德思想的包容能力使他很快能把任何他感兴趣的文化材料纳入他自己的思想之中。纳西族宗教是一种自然神教，而漓江的风景为这两章提供了柔美的背景。

《诗章》自第 110 章之后的各章被称作《草稿与片断》。这个结尾，如冲破大坝的洪水，化为无数瀑布和急流，每个支流规模都变小了，但可能这时方才显出诗歌的自在状态。毫不讳言的片断性，足以显示《诗章》先前各部着力过多的沉重。由此，庞德走出了《诗章》这一现代派诗歌宏伟的死胡同，而走向后现代式的世界观。

《诗章》的不解之结，不可避免地涉及庞德对自己一生的评价。他也做了一个明白无误的悲剧式结论："我本想写出天堂，结果写出末日启示录。"他一再希望在儒家哲学的基础上建立西方文化的复兴，结果看到的是第一次世界大战、第二次世界大战和冷战；他本想写出儒家理想的诗意，结果《诗章》中最令人心悸的是人努力追求自我毁灭。

但庞德进一步自省，发现问题并不完全在于外部世界，也在于诗的主体——他的内省之心。他认识到他没能做到孔子对其学生的期望。《诗章》第 111 章的开头就说：

  我，一件事，联系一件事；
  回从一件事看到十件。

这是《论语·公冶长》中的话："回也，闻一以知十，赐也，闻一以知二。子曰：弗如也，吾与女，弗如也。"

庞德一生对中国文化和中国诗学锲而不舍地努力理解并全力推介，是中西文化关系史上最重要的课题之一。《诗章》在现代文学史上的地位，也使得我们不得不正视它的成就。

《诗章》第13章即《孔子诗章》最后三行加了引号，但明显不是孔子语录：

杏花
从东方吹到西方
我一直努力不让花凋落。

这三行读起来像庞德的誓言：努力做许多工作，使中国文化不至于"凋落"。庞德立志使中国古代文明之花重新开放，但这努力必将是艰苦的，因为这不只是保持，还是再创造。

在一生最后之时，他回想到这努力：

我曾试图写出天堂
别动
让风说话
那就是天堂。
让众神原谅
我做过的事
让那些我爱的人原谅
我做过的事。

这是《草稿与片断》中的一章即《诗章》第 120 章，全文很短。庞德在风声中找到了天堂，这风从东方吹到西方，吹来了儒家思想的杏花。不管庞德做得成功与否，《诗章》对中国文化的吸纳气度，使得其中许多篇章气势雄浑、沛然磅礴，这些都是美国现代文化的骄傲，也是人类精神的瑰宝。

庞德对中国文化的迷恋、崇拜，以及对中国史学和哲学的实践表现在他对中国古典诗歌的创造性翻译之中，也表现在他在自己的诗作中不断提到中国，更表现在他建立了一整套"中国文字诗学"。他在 20 世纪初期开始这种努力，建立了"意象派"的基本艺术原则；他一生坚持学习中国文化，介绍中国文化，并且创造性地把中国文化融合在他自己的艺术实践中，建立了一种高瞻远瞩、大气磅礴的诗歌景象，对当代西方艺术影响极大。对于这样一位坚持不懈的"中国艺术爱好者"，我们必须保持尊敬，倾听他的声音，因为这能启发我们，如何向全世界"讲好中国故事"。

图书在版编目（CIP）数据

世界名著大师课.美国卷/柳鸣九，王智量，蓝英年主编.
—成都：天地出版社，2020.11
ISBN 978-7-5455-5717-6

Ⅰ.①世… Ⅱ.①柳… ②王… ③蓝… Ⅲ.①文学欣赏—美国 Ⅳ.①I106

中国版本图书馆CIP数据核字（2020）第084465号

SHIJIE MINGZHU DASHI KE: MEIGUO JUAN

世界名著大师课：美国卷

出 品 人	陈小雨　杨　政
主　　编	柳鸣九　王智量　蓝英年
责任编辑	张诗尧
装帧设计	今亮后声·小九
责任印制	董建臣

出版发行	天地出版社
	（成都市槐树街2号　邮政编码：610014）
	（北京市方庄芳群园3区3号　邮政编码：100078）
网　　址	http://www.tiandiph.com
电子邮箱	tianditg@163.com
经　　销	新华文轩出版传媒股份有限公司

印　　刷	北京文昌阁彩色印刷有限责任公司
版　　次	2020年11月第1版
印　　次	2021年11月第4次印刷
开　　本	710mm×1000mm　1/16
印　　张	22.75
字　　数	282千字
定　　价	49.00元
书　　号	ISBN 978-7-5455-5717-6

版权所有◆违者必究

咨询电话：（028）87734639（总编室）
购书热线：（010）67693207（营销中心）

如有印装错误，请与本社联系调换

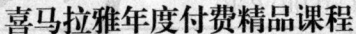

喜马拉雅年度付费精品课程

莫言推荐、顶尖翻译家、一流高校权威学科带头人
从上万部作品中遴选出100部传世经典名著

课程介绍

这是一门时间跨度大、地域涵盖广、内容丰富的精品课程，邀请了世界文学领域48位名家作为引领人，他们分别来自北京大学、清华大学、北京外国语大学、北京师范大学、中国人民大学、复旦大学、中国社会科学院、浙江大学、南京大学、厦门大学、武汉大学等20所名校的外国文学、中文院系，包括获鲁迅文学奖文学翻译奖的翻译家、各类文学研究奖获得者。这门课程中，每位大师都会带着听众一同阅读自己的"一生之书"——是他们最喜爱、研究最深入，或者是浸淫其中一生的经典作品，其中的许多作品本就是他们的译作——《荷马史诗》《叶甫盖尼·奥涅金》《安娜·卡列尼娜》《红与黑》《悲惨世界》《茶花女》《局外人》《小王子》《老人与海》《汤姆·索亚历险记》《神曲》《不能承受的生命之轻》《变形记》……在课程中，他们会像医生操作手术刀一般地剖析经典，为你搭起通往外国文学名著的桥梁。相信这一档课程，不是阅读经典的终点，而是阅读经典的序幕。

欢迎收听更多精彩有声书

《汴京之围》
一部惊心动魄的帝国衰亡史

《天下刀宗》
一部百万人追更的武侠故事

《光荣时代》
一部罕见的反特刑侦长篇

双语彩蛋

名家亲自朗诵，扫码免费试听